LOVE

LIFE

Bobbie Ann Mason

楚尘
文化
Chu Chen

北京楚尘文化传媒有限公司 出品

爱情生活

［美］博比·安·梅森 著　　　　小二　方玉 译

图书在版编目（CIP）数据

爱情生活 /（美）博比·安·梅森著；小二，方玉译 . -- 北京：中信出版社，2023.8
（博比·安·梅森经典作品）
书名原文：Love Life
ISBN 978-7-5217-3680-9

Ⅰ.①爱… Ⅱ.①博… ②小… ③方… Ⅲ.①短篇小说－小说集－美国－现代 Ⅳ.①I712.45

中国版本图书馆 CIP 数据核字（2021）第 245328 号

LOVE LIFE by Bobbie Ann Mason
Copyright © 1989 by Bobbie Ann Mason
Chinese simplified translation copyright © 2023 by Chu Chen Books.
All Rights Reserved
本书仅限中国大陆地区发行销售

爱情生活

著者：　　[美]博比·安·梅森
译者：　　小二　方玉
出版发行：中信出版集团股份有限公司
　　　　　（北京市朝阳区东三环北路 27 号嘉铭中心　邮编　100020）
承印者：　北京启航东方印刷有限公司

开本：880mm×1230mm　1/32　　印张：11.5　　　字数：216 千字
版次：2023 年 8 月第 1 版　　　　印次：2023 年 8 月第 1 次印刷
京权图字：01-2021-6372　　　　　书号：ISBN 978-7-5217-3680-9
　　　　　　　　　　　　　　　　定价：69.00 元

版权所有·侵权必究
如有印刷、装订问题，本公司负责调换。
服务热线：400-600-8099
投稿邮箱：author@citicpub.com

献给罗杰·安吉尔

目录

001　中译本序

015　爱情生活
041　午夜魔法
063　靓仔镇
093　玛丽塔
113　金字塔的秘密
133　钢琴手指
157　大黄蜂
179　胖贝尔莎的故事
203　州冠军
223　私密的谎言
245　郊狼
271　电波
297　高粱饴
321　孟菲斯
347　心愿

中译本序

小 二

评论家朱迪丝·弗里曼把美国作家博比·安·梅森的小说比作"绿甘蓝和汉堡包的混搭":一种结合了旧风俗与新事物、淳朴的乡村与发展中的都市以及地域特色与流行因素的混合大餐。

梅森自己的生活讲述的是同样的故事。在肯塔基州梅菲尔德一个小奶牛场长大的梅森从小就干着各种各样的农活:喂牛、采桑果、在烈日下除草,等等。与外部世界的接触大部分来自当地电台里播放的流行音乐。上中学时,她做过"山巅族"组合的粉丝会主席,并去底特律和圣路易斯参加"山巅族"组合的音乐会。大学毕业后她离开肯塔基去东部深造,先后在纽约州立大学宾汉姆顿分校和康涅狄格大学获得英语文学硕士和博士学位，博士论文是对纳博科夫小说《阿达》的分析研究，并以"纳博科夫的花园"为题公开发表。在西肯塔基的乡下干农活，在康州的高等学府研究纳博科夫，乡村生活与都市文化同时汇聚在她的笔下，混合碰撞，成就了梅森独特的文本。

大器晚成的梅森获得博士学位后并没有开始专职的文学创作，而是去了一所大学教授新闻传播学。她投稿的小说曾被《纽约客》退稿多达二十次，最终，在她四十岁那年，短篇小说《供奉》首次登上《纽约客》。至今，梅森已发表五部长篇小说、五部短篇小说集、一部自传和多部非虚构作品。她的第一部短篇小说集《夏伊洛公园》出版后即获当年的"美国笔会海明威奖"，同时入围"美国笔会福克纳小说奖""美国图书奖"和"国家图书评论圈奖"；自传《清泉》入围"普利策奖"；长篇小说《羽冠》和短篇小说集《蜿蜒而下的山路》分别获得"南方评论圈奖"；短篇小说《心愿》获得"小推车奖"。反映越战后遗症的长篇小说《在乡下》被改编成同名电影，由布鲁斯·威利斯和艾米丽·劳伊德出演男女主角。梅森还获得过美国文学艺术学院颁发的"文学艺术奖"，她的短篇小说多次入选《美国最佳短篇小说集》和《欧·亨利奖短篇小说年度作品集》。

特有的生活经历让梅森对城乡之间的反差以及美国南北方

的生活方式和价值观都有着充分的了解。20世纪中叶，美国南部的乡村发生了巨大的变迁。传统的生活方式和价值观受到通俗文化和来自北方新理念的挑战，高速公路和大型购物中心缩小了城市与乡村的差别，动摇和改变了农村传统的生存模式。"新住宅区像漂在水面上的浮油一样在西肯塔基扩散……那些周六下午聚集在法庭前广场上下跳棋嚼烟草的农民不见了。"(《夏伊洛公园》)。家庭、社区及自我等基本概念被重新定义。年轻人不再从事祖辈相传的劳作，而是去"新建成的工厂里上班"(《孟菲斯》)，有的则被高速公路带到"北方的汽车制造厂工作"(《1949，底特律的地平线》)。传统的"美国梦"——土地、自由和一种独立的乡村生活——受到空前的挑战：生活在农村的人主动放弃了土地，选择去工厂打卡上班。虽然这些人"在新建成的工厂里上班，挣的钱比以往任何时候都多。认识的人都有一个停着各种车子的院子：摩托车、三轮摩托、跑车、皮卡等"(《孟菲斯》)，但在生活得到改善的同时，他们却失去了祖辈赖以为生的土地和与之伴随的传统。

20世纪60年代兴起的女权运动则使得女性在家庭中的分工和地位发生了根本变化，这种变化在改变女性思想和行为模式的同时，也动摇了男性的统治地位。这样的变化当然会引起男性的不满。在《电波》这篇小说里，当简指责父亲丢下她、哥哥和母亲离家出走时，他的回答是："问题就出在这里，太多的女人出去工作,男人找不到工作……女人应该待在家里。"

相反,女性对于变化的态度却普遍比男性来得从容,尤其是年轻的女性。在《抽签》这篇小说里,一直不说话的外祖父在家庭圣诞晚宴上突然说道:"按常理,应该男人先吃饭,孩子们在另外的桌子上吃。女人应该最后吃,在厨房里吃。"孙女艾瑞斯回答道:"如今时代不同了,我们跟男人一样棒。"而出来打圆场的艾瑞斯的父亲则说:"她是从电视里看来的。"这段三人之间的对话精妙地概括了不同年龄、不同性别的人物面对变化的不同态度。

梅森小说中的人物以女性居多,她们通常对自己的现状感到不满。但她们对于自身现状的认识以及面对危机所采取的态度却不尽相同。女权运动使得传统的婚姻和生育观念发生变化,保守的南方已开始接受同居、未婚生育和人工流产这些有违传统的事情。在《第三个星期一》这篇小说里,三十七岁的琳达未婚怀孕,但她不但不想和孩子的父亲结婚,还打算把孩子生出来独自抚养。女主人公鲁比宁愿与一个在跳蚤市场认识的狗贩子同居,也不愿意像其他人那样随便嫁人。她在克服世俗压力的同时,也在克服疾病造成的身体残缺(因乳腺癌而做了乳房切除)对自己的影响。《靓仔镇》里的女招待黛比则在女权意识上走到了极致,她告诉新认识的女朋友自己为什么要做结扎:"你知道我为啥要做结扎吗?因为我讨厌被定义。我前夫认为每天晚上六点钟他回家的时候,我必须准时把晚饭摆到桌子上。可我也上班啊,我五点半才回家。所有买东西、打扫卫生、煮饭的事还都得我来做。我讨厌人们觉得这种事理所当然——我该做晚饭就因为我长着生育器官。"《静物西瓜》里的露易丝经受着失业和丈夫离家出走的双重打击。面对混乱和经济上的压力,她表现得异常镇静,通过画笔重新建立自己的世界。《电波》中的女主角简的同居男友失业后因骄傲而搬离她家,她自己也失业了,使得她重新振作的是去当一名无线电女兵的想法。《高粱饴》中的丽兹的婚姻出了问题,她不像以前那样爱她丈夫了:"他喝醉酒的时候,做起爱来就像是在种玉米,她一点儿也不享受。"外遇艾迪后,丽兹开始了一种她向往已久的生活,但由于阶层差异,她无法融入艾迪的朋友圈,同时又担心自己会因外遇而失去孩子。但所有这些都不能阻挡她追求幸福的愿望。《定居与迁移》讲述了另一个红杏出墙的故事。小说开宗明义地说明:"自从我丈夫去路易斯维尔工作后,我找了一个情人,对此连我自己都感到惊讶。"与《高粱饴》中的丽兹不同,《定居与迁移》中的"我"是个见过世面的女性,而且她丈夫是个负责任、为家庭奔波的男子,但"我"最终还是出轨了。

大部分女性却没有这样的勇气。在《夏伊洛公园》这篇小说里,诺玛的丈夫勒罗伊因伤结束了长期在外的工作回到家里后,诺玛反而无所适从了。她寻求出口的方式是做一些以前从没做过的事情,通过健身、去夜校学习和学习烹饪来调节自己。而身为卡车司机的勒罗伊则做起了模型手工,并声称要为诺玛搭建一栋木头房子。尽管双方都在为维持这段婚姻做努力,但由于缺乏沟通技能,他们的婚姻最终还是走向了破裂。除了诺玛,梅森笔下类似的女性还有很多,梅森通过她们行为的细微变化来表现她们的困惑、不满和摆脱困境的努力——尽管这种努力往往是徒劳无功的。在《退修会》这篇小说里,与做牧师的丈夫结婚十年并育有两个孩子的乔治安看似过着平静的生活,宗教信仰似乎增强了他们的婚姻,丈夫除了周日主持礼拜,平时在外面做电工补贴家用,而乔治安则帮着誊写教堂做礼拜的小册子,并在周末的礼拜仪式上担任钢琴伴奏。但乔治安并不幸福,也找不到不幸福的原因。她感觉自己受到了无形的约束,不断做出各种反叛的行为,比如在本该去教堂的礼拜天穿着牛仔裤清理鸡窝,在教堂做钢琴伴奏时故意弹错曲子,以及拒绝参加一年一度的教会退修会,等等。乔治安最终还是去了退修会,但她却在一个有关婚姻的讲座上提出一个问题:"如果你嫁的男人……是所有造物中最好的一个……可是有一天你却发现他并不是适合你的人,你们会怎么办?"乔治安自己没有找到答案。她只能通过躲在地下室里打电子游戏来获得掌控自己命运的感觉。当一个卡车司机提议为她买一杯啤酒时,她重新发现了自己被丈夫忽略的女性魅力——当然,这给她带来的仅仅是心理上的安慰而已。

在传统和变化之间，小人物一边享受变化带来的种种好处，一边却仍然缅怀变化前的世界。和传统的抗争表面上看似理所当然、冠冕堂皇，但在现实生活中，一个人固有的生活习惯、根深蒂固的道德观念，都会给大多数人带来心理上的巨大困惑与矛盾。小说《定居与迁移》中的一段话惟妙惟肖地描述了这样的人群在摆脱困境时的努力与徒劳："我突然看见另一条车道上有一只兔子在动。它正在原地跳跃，就像跑步选手在原地做热身运动。它的前腿疯狂地摆动着，可是它的后腿被碾碎了，使它无法离开车道。"

除了以上的主题，梅森也非常关注战争给人们留下的创伤。《纽约时报》著名书评人角谷美智子称赞梅森的第一部长篇小说《在乡下》是"一部像闪光灯一样在人们脑海中留下烙印的小说"。小说的主角是一个父亲在她出生之前就丧生越战的十七岁女孩山姆·休斯，她试图收集她沉默寡言的舅舅和其他人的记忆来想象和构建她父亲的越战经历。当读到已故父亲直率且真实的战争日记时，她终于意识到她的想象只是被电视、电影培养出来的幻觉。小说以前往越战纪念碑的旅程开始和结束，分裂的三代人终于相聚在刻着山姆父亲名字的纪念牌前，释放出他们积压已久的悲伤。与梅森的大部分作品一样，这部长篇小说对广阔的郊区和乡村景观进行了精细的描述。豪生酒店、乡村厨房连锁餐厅和州际公路沿线的埃克森加油站这些在美国随处可见的商家,收音机和立体声音响里播放的流行音乐——从《大门》乐队到布鲁斯·斯普林斯汀的摇滚乐——通过叙述者的感性筛选,创造出一幅生动的音景。

大量流行元素的使用是梅森小说的另一特色。20世纪60年代大众文化的盛行对南方的传统习俗、伦理和生活观念产生了颠覆性的冲击:祖辈的生活经验被电视节目主持人的说教取代;电视广告和摇滚乐影响着人们的日常生活,潜移默化地改变着他们的思想和行为。在梅森的小说里,正在播出的电视节目和正在流行的通俗歌曲与人们的日常生活交织在一起。这点很像贾樟柯导演的电影,时装、广告和流行歌曲等带有时代烙印的东西在她的作品中随处可见。梅森想要描述通俗文化对她笔下人物的思想和日常生活的影响。这些新的文化元素潜移默化地改变着世代相传的习俗观念,梅森用近乎白描的叙事手法讲述她的人物如何自觉或不自觉地顺应着这些变化。《旧物》这篇小说里贯穿着各种电视节目。先是《今天》节目主持讨论单亲家庭问题,而《今晚》电视节目主持人一段滑稽的舞蹈让克利奥想到自己离过两次婚。《明天》这个节目里则在讨论青少年酗酒问题,梅森选择的这三个电视节目的名字本身就隐含寓意。她借助这些电视节目来呈现形形色色的社会问题。在小说《电波》里,当简的父亲让她回来和他一起住时,简的回答是:"不行，我们已经不喜欢看同一个电视节目了。"

梅森很早就在为文娱杂志撰写文章，也尝试过小说创作，但直到四十岁她才找到了自己的叙述语言，这就是她祖辈使用的语言，那是肯塔基州西部一个叫作"杰克逊购置地"的半岛上居民的语言。"我用简单明了的英语写作，"她说，"那种肯塔基农村和小镇人常用的语言和韵律。我能听到他们言谈里的音乐，我觉得这种语言传达了他们对世界的态度。这就是我讲述他们的故事的语言。"而且她小说中的人物几乎全部生活在或来自这个地区，梅森也因此被一些评论家贴上"地域作家"和"南方作家"的标签。

梅森关注的对象多为蓝领阶层，他们从事着廉价购物中心收银员、餐馆女招待之类的工作，评论家们因此给她贴上了诸如"购物中心现实主义""肮脏现实主义"这一类的标签，其中最著名的是"蓝领超现实极简主义"。而梅森则俏皮地称自己的小说是"走进超市的南方哥特体"。由于写作年代以及对中下阶层的关注，很多评论家把梅森归入以雷蒙德·卡佛为代表的"肮脏现实主义"作家群。梅森的短篇小说《西瓜静物》就曾被选入英国文学杂志《格兰塔》介绍"肮脏现实主义"的专刊里。纵观梅森的作品，它们确实具有"肮脏现实主义"小说的特点，比如关注蓝领阶层，写作的手法简洁平实、注重琐碎小事、有控制的叙述、与叙事主体保持距离等；通过一些日常琐事的描写，让读者自己体会到其中的深意；摒弃修饰性的词句，以开放式的结尾激发读者了解故事真相的愿望。但不同于卡佛等人的小说，梅森的小说有其特有的品质，她更关注社会变迁对普通人的影响，注重女性意识和女性身份的认同。梅森在接受艾伯特·威廉采访时表述了自己的文学观，她认为："文学最主要的东西不是主题和象征，而是质感和情感。主题和象征就像浴帘下方的铅坠，它们只起固定浴帘的作用并赋予它形状，但它们并不是浴帘。"尽管梅森博士论文的研究对象纳博科夫是位文体家，她也承认纳博科夫和詹姆斯·乔伊斯这两位注重形式的大师对她的影响，但她并不认同纳博科夫"高度象征"的叙事方式。不过纳博科夫的"去情绪化"以及"细节就是一切"的写作信条却对梅森影响深刻，她注重对细节的描述，避免情绪化的描写。另外从文本角度来讲，相比其他"极简主义"作家，梅森的小说相对丰满和更富情感，篇幅也相对长一点。

曾有评论家批评梅森的作品涉及太多的流行元素，质疑其能否经受时间的考验而成为经典，但梅森认为通俗文化更接近她的人物，能反映他们的感受和信仰，她说这些东西是真实的，对很多人来说很重要，我无法忽略他们。梅森只在乎这些通俗文化对她笔下人物的影响，以及他们在面对通俗文化和所谓的科技进步的冲击时，如何调整自己而不被生活淘汰。她在向读者介绍肯塔基大学出版社为她出版的作品精选合集《拼缀物》时表明了自己的小说观："小说带你去一个你自以为知道却发现它既熟悉又陌生的世界冒险。它会扭曲你原来的想法，惊得你跳起来。作为一名读者，我希望被人摇晃和骚扰，被推搡得晕头转向。我想惊讶得目瞪口呆。我想写你在阅读我在写作时都有这种感受的小说。我不想让小说去安抚或祝贺什么。它不应该证实你的偏见或只是反映你自己的生活。据我所知，小说应该提供的不仅仅是连接点点滴滴的满足感，或是温暖被窝带来的舒适感。写作的快乐是找到穿破被面的纤细的绒毛。弗拉基米尔·纳博科夫在他的小说《阿达》中写道：'细节就是一切。'"

梅森也喜欢采用"开放式"的结尾。但与暗示不祥或灾难性结局的卡佛式的"开放"结尾不同，对待生活的态度更加积极的梅森的"开放式结尾"暗示的结局尽管不确定，但往往隐含着希望。在《高粱饴》里，女主人公面对的是一个不确定的未来，她不知道自己能否离开丈夫，和艾迪一起过上美好幸福的生活。但在小说的结尾处，她还是表现出尝试不同生活的决心。"她用脚指头试了试水温。水烫得有点受不了，但是她决定忍受——像是一种惩罚，或者是一种习惯之后就会变得美妙无比的新体验。"在《孟菲斯》的结尾处，贝弗莉"把昨天的信件带回家——乔的汽车杂志、他该付的信用卡账单和一些垃圾信件。她把乔的信件放在厨房的一个架子上,紧挨着从乔那里借来但忘记归还的录像带"。尽管梅森没有交代贝弗莉做出了什么决定,不过读者仍然可以感觉到她告别过去的决心。

时代变迁不仅反映在物质世界里,它还包括文化层面上的变化。尽管程度有所不同,但变迁带给每个个体的冲击都是巨大的。新生事物在带来生活便利的同时,也冲击着固有的传统观念。乡村城市化是一种物质上的变化,我们可以用农村人口的变化、新型住宅和高速公路等精确地加以定义。而对新观念和新文化的接受以及对旧传统习俗的"背叛"则是漫长和无法确切定义的。梅森在以自己为原型的小说《南希·卡尔佩珀》里探讨了这种现象。在城市生活多年并有了自己的孩子的南希仍然牵挂着远在肯塔基老家的父母和奶奶。在来宾包括吸大麻的雅痞出现的婚礼上,在与未婚夫共舞的时候,她脑子里却在想着在老家的父母晚餐吃的是什么。中国正在经历20世纪下半叶美国经历过的变迁。城市生活吸引着年轻人,大量的农村人口涌入城市,年轻人为了更好的机遇北上南下。但过年的返乡大潮反映了人们对传统的遵从和依附。他们有人违心地参加父母安排的相亲,甚至有人为了让父母安心,租一个男(女)朋友回家过年。梅森精准地描述了人们面对文化变迁时心理层面的微妙起伏，这在某种程度上让她的作品具有"永久"性和"广义"性。变化永恒存在，每一代人都会面对属于自己时代的变迁，读一读梅森的作品，也许能让你在面对时代巨变时会更从容镇定一些。

2022 年 3 月

爱情生活

奥帕尔懒洋洋地躺在躺椅里，头戴侄女珍妮从科罗拉多州为她捎来的库尔氏啤酒公司的广告帽。她用手摸索着遥控器，按了一个键，肿胀的指关节一阵疼痛。电视里，一个小伙子正在街上跳舞，其他几个穿黑衣的小伙子则重重地敲打着鼓和吉他。这是她最爱看的节目，无论白天黑夜，总在播放。这是个音乐频道，播的都是歌曲，伴着点故事情节。奥帕尔从来就不爱看故事——她痛恨朋友们看的那些肥皂剧——但是这个节目很让她入迷。色彩和服装随着音乐的变化而变化，毫无规律，正如她这几天的心思。现在电视里正在播放的歌曲背景是一群长发警察追捕一个头戴粗呢帽、身穿方格衬衫的危险女子。他们每个人钱包里都有一张这个女子的照片，追赶着她穿过一间挂满一扇扇牛肉的冷藏室；她跳上一辆摩托车，他们则设下路障，可她骑着摩托车越了过去。最后，她钻入一列火车，渐行渐远，离他们而去，一边还微笑着挥手道别。

奥帕尔身旁的桌子上放着一盒纸巾、眼镜盒、一杯加了冰的可口可乐，还有一个刻花玻璃酒瓶，里面装着完全可以被当成浇花水的清澈液体。奥帕尔倒了点液体到可乐里，慢慢抿着。那味道就像薄荷糖，让人感到慰藉。她的手指有点刺痛。奥帕尔觉得很开心，现在她退休了，再也不用悄悄溜进教师休息室，从皮夹里拿出瓶子来喝上一口。她还会梦到代数题，复杂的二次方程式，数字总在变化，找不到答案。如今的孩子正在用代数来编程。电视故事里的那些小年轻让她想起自己在希望镇高中的学生。年纪大了也有值得骄傲的地方，当乐浪涌过时，她心想，要是不那么让人恐惧就更好了。

不过她并不觉得孤独，尤其现在她姐姐爱丽丝的女儿珍妮搬回来了，回到了肯塔基。珍妮闲躺在沙发上的样子让她看上去那么自信，旁边是那个到哪儿都背着的背包。爱丽丝是个精致且女人味十足的人，但珍妮却像极了奥帕尔，简直可以做她的亲生女儿。她有跟奥帕尔一样薄薄的浅色头发，同样的宽肩膀大骨架及长腿。甚至珍妮大笑的样子也让奥帕尔想起自己的笑声，那种她总是留着用来对付某些特定的人却从不允许自己在学校里发出的张扬的嘲笑。珍妮时不时会那样笑上一阵，让奥帕尔感到舒心。她突然想起来，年过三十的珍妮，就像那首歌里的姑娘一样，身后也抛下了一长串的男人。珍妮曾跟好几个男人同居过，哪儿的人都有。奥帕尔闹不清珍妮提到过的那些男人，他们都叫约翰、斯基普、迈克尔之类的名字。她并不着急结婚，珍妮说。她说她要买栋活动房到林子里去生活，像隐士一样。她脑子里塞满了各种各样的想法，喜欢夸张。她不停地交替使用"太称心了""太可爱了"，还有"太棒了"这几句话。

昨天晚上珍妮过来，跟她的现任男朋友兰迪·纽科姆一起。奥帕尔还记得兰迪上几何课的时候坐在教室后排。他是个普普通通的孩子，不是特别聪明，上课经常迟到。如今他开了家房地产中介公司，开着辆凯迪拉克。珍妮当着奥帕尔的面亲吻兰迪，说他很棒。她也夸过餐具垫很棒。

珍妮又提起要看看那些百纳被。"你为什么把自己的好东西都藏起来呢，奥帕尔姨妈？"她说。奥帕尔可没觉得那些被子有多好，而且她也不想老是看着它们。她给珍妮和兰迪看了几条双环图纹被，几条星星图纹被，还有几条古怪的被子，但就不让他们看那条最古怪的葬礼被，也是珍妮不停问及的那条被子。难道珍妮回来就是为了搜寻那些破布头？这想法让奥帕尔打了个寒战。

门铃响了。奥帕尔把身上的薄被和杂志挪开才站起来,关节有点僵硬。电视里正吼着一首她听过的歌,画面上有好多气球和炸弹。

韦尔玛·肖站在门前,这人住在奥帕尔隔壁的复式公寓里,刚从"商贸世界"下班回家。"你疯了吗,奥帕尔?"韦尔玛叫道。她穿着一件梅红色的印花衬衫和一条梅红色的裙子,绿色的小围巾用金色的别针别住。韦尔玛吼道:"隔着一条街都能听到你这里的噪音!"

"摇滚不怕声音大。"奥帕尔说,这是她从一首歌里听来的歌词。

接着发出一阵她那种特有的嘲笑声。韦尔玛转身走了。她还在极力让自己显得性感,穿着颜色搭配协调的衣服,可这么做根本没用,奥帕尔微笑着想,关上门,朝躺椅快步走去。

珍妮最喜欢奥帕尔姨妈,喜欢她用一根橡皮筋把头发绑成一个马尾的样子。奥帕尔总是穿着夏威夷松身长裙和袜子,个子很高,腰间有些赘肉。她告诉珍妮中年发福是因为骨头膨胀,跟你吃什么没有一点关系。奥帕尔老是开玩笑说天气一变潮,"老关"——她的关节炎——就会来看望她。

珍妮回到镇上已经六个月了。她在镇政府上班,负责誊写各种文件:结婚、离婚、死亡、酒驾认罪书。同样的名字经常会出现在不同的单据上。回肯塔基之前，珍妮曾在丹佛的餐馆做服务员，但是在那里她总感到心神不安，忍不住想回家。她从前对小镇陈规陋俗的叛逆让步给了焦虑。

南方的炎热似乎让所有的东西变了味，就像含有杂质的旧杯子。她去上班的头两天里，见过两个装了假肢的人，一个盲人，一个用钩子代替手的人，一个缺了一条胳膊的人。这一切看上去那么不真实。露天停车场上，一只斗牛犬从一辆科迈罗轿车关着的车窗里对她发起攻击，恶狠狠地叫着，用鼻子撞击车窗。她站在停车场上，听着斗牛犬的叫声，想象自己正置身于一座竞技场，周围拥挤着围观的人群。南方让她感到紧张不安。兰迪告诉她这只是因为她离开太久了。"我们这儿现在没别人想象的那么土气。"他说。

珍妮跟兰迪交往三个月了。第一次跟他晚上约会，他带她去了一间装饰华丽的餐馆，那里的大虾是从新奥尔良空运过来的。之后他们又去了霍普金斯维尔的一间小酒吧，是跟她工作上认识的朋友凯西·斯蒂尔一起去的，还有凯西的丈夫鲍勃。凯西和鲍勃关系不太好，整个晚上都在互相挑刺。酒吧里，一个魅力十足、兴致勃勃的女人应客人点歌以赚取小费，她的男同伴是个盲人，为她弹吉他伴奏。她演唱的时候一直注视着他，对着他唱，向他投以抚慰的微笑。在他们的背后，几个男人在跟他们的女朋友打桌球。珍妮注意到盲人牛仔裤上笔直的裤缝，猜想裤子应该是女人熨烫过的。当她提出这一点的时候，凯西说她把鲍勃的牛仔裤拿去自助洗衣店，那里的机器同样可以把裤子弄出刀锋一样的裤缝来。酒吧里男人带来的女人分两类：穿着浅色的短裙、头发精心打理过的看似天真的女人，以及不化妆、穿着牛仔裤和T恤的看似强悍的女人。珍妮觉得哪种类型都可能是女朋友或妻子。她是多余的，哪一类都不是。歌手为一位名叫威尔·埃德的受欢迎的常客送上一首生日歌，生日祝贺的套路结束之后又过去跟那人共舞，自动点唱机放起了音乐。她走起路来有点跛，似乎一条腿比另一条短，在牛仔裤下面显得僵硬。女人跳舞的时候，珍妮看到那条腿不是真的。

"如果不是上帝眷顾，我也会跟他们一样。"兰迪对珍妮耳语。他紧握住她的手，硕大的松绿石戒指扎着她的指关节。

"那些旧被子在财产拍卖会上能卖出好价钱的。"一天晚上，当离开珍妮姨妈家前往兰迪的房地产公司时，兰迪对珍妮说。他们正坐在那辆深红色的凯迪拉克里。"一条星星图形的被子以前一般卖二十五块，现在或许可以卖到三百块。"

"姨妈觉得它们根本不值钱。她把所有的好东西都藏了起来，好像为这些东西感到难为情似的。她还有漂亮的台布和钩花小桌布，都是多年前她自己做的。但是现在她变得有点古怪了，除了看音乐频道，什么事都不干。"

"我觉得她是想念那些孩子了。"兰迪说,接着发出一阵大笑。"她以前让所有的学生像敬畏上帝一样怕她!我永远忘不了那次她告诉我不要再看那么多电视,要多读点书,真就像万能的上帝亲口下达的命令似的。我不敢不照她的话做,读了《罪与罚》。如果不是她让我感到羞愧的话,我根本不会去读那本书的。不过对此我很感激。我都记不清《罪与罚》到底讲的是啥了,除了里面有个斧头杀手。"

"基本上讲的就是这个啊,"珍妮说,"他被抓住了。罪与罚——就跟那些老套的电视节目一样。"

兰迪碰了碰仪表盘上的几个按键,韦伦·詹宁斯[1]就唱开了。音响非常出色,兰迪拥有的一切都代表着质量。他一直在为珍妮找她想买的地——几英亩带树林的地——不过迄今为止他代理的房地产里还没有让他满意的。他考虑的是地皮的使用规划、供电线路以及有多大的空地。可珍妮想要的不过是一块偏僻的地方,让她可以养条狗,种点西红柿。她知道自己真正需要的是一辆好点的车,不过她哪儿都不想去。

在兰迪的办公室里,珍妮研究着上市房子的照片,兰迪则拿着电话跟什么人谈论着把一块六十英亩的农场分割成几个小农场出售的事情。墙上挂着的好几张证书上都有他的照片,照片里的

---

[1] 韦伦·詹宁斯(Waylon Jennings,1937—2002):美国乡村歌手和音乐家。

他有一张丰满、营养良好的脸，不过现在他瘦了些，也比那时好看了。他的微笑带点男孩子气，讨人喜欢，像珍妮最喜欢的男演员丹尼斯·奎德[1]。她喜欢兰迪的微笑，看上去那么无辜，似乎他会为自己关心的人做任何的事情。兰迪其实并不想卖地给珍妮，他说如果她独自住在林子里的话，他担心她会被人强奸了。

"佩服。"当他砰地摔下电话时她说，指着那张本年度本地区发展最迅速房地产商奖状。

"还行吧？这么点大的范围里开了三家分公司——我没啥好抱怨的。目前房地产的成交量很大，人们永远不会满足。你知道吗？这是人性最真实的一面，"他笑了起来，"也是我成功的秘密。"

"芭芭拉跟我离婚两年了，"后来，在去珍妮公寓的路上他说，"我不否认做个自由的人很有乐趣，但是我的孩子都上大学了，到了重新开始的那个时间点了。我已经准备好了开始新的生活。生意是很好，我不能要求更多，不过我一直在想——别笑，求你了，不过我想的是你是否愿意跟我分享，我会对你好的。我发誓。"

在一个停车牌前，他伸手去摸她的手。街角有个百事可乐装瓶厂，它对面则是"宽街房"，一家餐馆，门前摆着一座老式的骑手塑像。如今大家都把这种小塑像原先的黑脸漆成白色，但是这一座却被整个漆成了鲜绿色。珍妮无法不让自己笑出声来。

---

[1] 丹尼斯·奎德（Dennis Quaid, 1954—　）：美国男演员、导演。代表作有《大白鲨3》等。

"我没在笑你——真的！"她抱歉地说。"那座塑像老让我忍不住发笑。"

"你不必现在答复我。"

"我不知道该说什么。"

"我可以为我们买栋非常划算的房子，"他说，"我经手的任何房子我都能买下来。如果你特别喜欢树的话，我甚至可以为我们买座小农场。你不用把钱花在地皮上。"

"我得考虑一下。"兰迪吓着她了。她喜欢他，但是他的精力和乐观都有点怪异。她周围的人似乎都精力充沛，就像那条斗牛犬。

"我会给你时间考虑的。"他说，把车开到她公寓门前。"生活一直对我很好。生意不错，孩子们没跑出去变成瘾君子。这年头你就只能指望这么多了。"

珍妮和凯西·斯蒂尔在"宽街房"吃午饭。冰茶里掺了白色葡萄汁，珍妮花了好久才分辨出来，可"宽街房"不会承认那是葡萄汁。他们的冰茶得保持一份神秘，大概是因为在这个禁酒的地方他们不能出售含酒精饮料的缘故吧。白天的光线里，门前塑像的颜色跟快乐绿巨人[1]一模一样。

---

[1] 美国一家生产冷冻蔬菜的公司的吉祥物。

人们爱跟珍妮掏心窝子，但是珍妮并非总是回报以同样的倾诉。这是一种不公平的交换，虽然通常没人意识到这一点。她很好奇，渴望听到别人的故事，她会问很多问题，多到不合宜的程度。凯西的生活就是一场混乱的骗局。当初她之所以留在丈夫鲍勃身边，是因为他刚开了一家汽车修理店，而她不希望他在事业起步的时候经历婚姻的动荡，现在她意识到了那是一个错误。

"那吉米和威利特呢？"珍妮问。吉米和威利特是凯西故事里的另外两个角色。

"混乱持续了好几个月。还记得你刚来办公室工作的时候我有多紧张吗？我还以为自己得了溃疡。"凯西点燃一根烟，朝着墙壁吐了一口烟，"我那时不知道鲍勃和威利特搞在一起，他们也不知道我跟吉米的事儿。你来之前这种情况已经有两年了。等到开始穿帮的时候——我是说，糟糕透了！我跟吉米说的事情，转眼就被传到鲍勃那儿去了，因为吉米会告诉威利特。一个不真实的圆圈。当时我怀着杰森，人特别敏感。我察觉到鲍勃在背着我乱搞，但万万没想到是跟威利特。"

肥胖的餐馆服务生过来询问："一切都好吧？"

凯西说："不好，不过不是你的错。你知道我要干什么吗？"她问珍妮。

"不知道，干吗？"

"我要带着杰森搬到我姐家去，她家楼上有套类似公寓的房间。鲍勃想拿房子干吗都行。我等了太久都没走出这一步,但是现在是时候了。反正孩子归我姐了,我干吗不直接住在那儿呢?"

她又喷了一口烟,抬起眼睛平视着珍妮。"你知道我羡慕你什么吗?你那么独立,怎么想就怎么说。你刚开始在办公室上班的时候,我对自己说:'我要是能像她那样就好了!'我看得出你去过不少地方,是你鼓舞了我。这就是我决定搬出去的原因。"

珍妮拨弄着放在冰茶杯碟上的柠檬片,从里面挑出一颗籽来。她没办法对凯西吐露兰迪·纽科姆求婚的事。不知为何,她为此感到害臊。

"自从9月3号开始我就没跟威利特说过一句话。"凯西说。

凯西继续说。珍妮听着,很难对凯西的问题表现出来兴趣。她意识到凯西是那么享受生活。凯西期待着离开她丈夫,跟享受她与吉米的偷情一样快乐,也跟她享受不和威利特讲话一样快乐。

"我们今晚去喝它个烂醉吧。"凯西很有兴致地说,"庆祝一下我的决定。"

"我不行,今晚我要去看我姨妈,还得给她带点烈酒,她给我钱让我买伏特加和薄荷酒,还告诉我别去同一家卖酒的商店。她说她不想让我背上酒鬼的名声!我得跑老远的路到霍普金斯维尔去买。"

"你姨妈真逗,精力好旺盛。"

服务生收拾掉碗盘,啪地扔下一张甜品单。她们点了巧克力核桃派,当日特价。

"你知道这件事最糟糕的地方在哪儿吗?"凯西说,"为了变聪明而耗费的时间。不过我会把失去的时间补回来的。你可以下注,这事鲍勃一点儿也管不着。"

奥帕尔的房子有一道前廊。珍妮觉得前廊暗示着某种历史——坐在摇椅里的人在讲故事。但是奥帕尔什么故事都不讲。这真让人恼火,因为珍妮很想知道她姨妈从前的爱情生活,可奥帕尔半点秘密都不透露。她们坐在前廊上,观察着对方。她们微笑着,时不时因为某件不可思议的事情爆发出一阵大笑。去完洗手间,珍妮偷偷溜进卧室四处窥探,她注意到壁橱里一层层的旧墙纸,墙纸业已开裂翻卷,把俗丽古老的印花碎片洒落在奥帕尔的夏威夷松身裙上。

下了楼,奥帕尔问:"珍妮,你想不想吃蛋糕?"

"当然想吃。我最馋你做的蛋糕了,奥帕尔姨妈。"

"这次我搅蛋白的时间不够长,'老关'又来拜访了。"奥帕尔伸缩着手指,微笑着。"听着就像大姨妈。以前女孩子总说大姨妈来了,或者是倒霉了。"她羞涩地垂下目光看着自己的指关节,"不过如今,她们当然直说不误了。"

蛋糕非常可口——从原料做起的老式柠檬戚风蛋糕。珍妮的厨艺仅限于英国松饼式小比萨，以及用现成的混合材料做成的巧克力小方蛋糕。大快朵颐之后，珍妮脱口而出："奥帕尔姨妈，你从来没结过婚，不觉得遗憾吗？说实话。"

奥帕尔笑了。"那天我跟艾拉·梅·史密斯闲聊——就是那个退休的地理老师——她说：'我有十二个特别特别棒的孙子孙女，我们团聚的时候我说："老天，瞧瞧我开了个什么样的头！"'"奥帕尔模仿着艾拉·梅·史密斯，用一种愚蠢的叽叽喳喳的声音代表她。"天，我得用二次方程式才算得出那个女人产出的总人数。"她继续说道，"这些人多多少少继承了她狭隘的心胸。我可不认为这是对世界的贡献。"奥帕尔笑起来，从杯子里抿了一口酒。"你呢，珍妮？你打算结婚吗？"

"结婚已经过时了。我认识的人里面没有谁结了婚还幸福的。"

奥帕尔说了三个她认识的老师的名字，他们都结婚几十年了。

"可他们真的幸福吗？"

"哦，得了，珍妮！你说的是你为什么不结婚还有你为什么不幸福。小兰迪·纽科姆有什么不好？好笑不好笑？一说到他我就想起他小时候的样子。"

"再给我看看那些百衲被吧，奥帕尔姨妈。"

"我会给你看几条样子奇特的，但不是你总追着我要看的那一条。"

"行，给我看看吧。"

两人上楼，姨妈把几条样子奇特的被子铺到床上。被子用浅色柔软的天鹅绒、格子花呢和印花布拼接而成，拼布材料用丝线刺绣连接起来，有几张上面绣着名字的缩写。杂乱无章的图形让珍妮想象起这些被子所代表的那些古怪而扭曲的人生。

她说："有一次妈妈给了我一条百纳被，可我当时并不重视它的价值，把它洗得快散了架。"

"如果你不再搬来搬去的话，我会送你一条样子特怪的被子。"奥帕尔说，"这东西你的背包可放不下。"她沉思地擦拭着她的杯子，"你知道这些被子对我来说意味着什么吗？"

"不知道，什么？"

"一堆绝望老女人毁掉的眼睛。你知道我打算干吗？"

"不知道，干吗？"

"我要去学有氧舞。也许我会去学开摩托。我要努力变得摩登一些。"

"你真好玩，奥帕尔姨妈。你真是太逗了。"

"难道我不是太称心了吗？"

"太令人崇拜了。"珍妮说。

侄女离开后，奥帕尔嘴里哼着小曲，跳了一小段僵硬的吉格舞。她舒服地躺在她的书本之间，按动着遥控器。多年前，她可以体罚不守纪律的学生。她用的是一个搅拌黄油用的板子，上面钻着孔，那些孔会制造出令人满意的刺痛。电视上，一辆1950年的敞篷车没油了，这是她最喜欢的片段之一。敞篷车里坐着一对可爱的情侣，女孩穿着短袜和牛津鞋，男孩穿着篮球夹克。他们的样子跟嬉皮风盛行前的年轻人一样。但是男孩开始长出猫须和大大的猫耳朵，接着他的脸也变得毛茸茸的，像动物的皮毛一样，而女孩则在一旁尖叫着"血腥杀手"。奥帕尔抿了点薄荷酒，观察着他脸部的变化。他那件篮球夹克的红色和金色正是希望镇高中的颜色。他追着女孩，现在他已经长出了长爪子。

男孩精力充沛地跟一群从笼子里逃出来的食尸鬼共舞，接着文森特·普莱斯[1]开始旁白。女孩非常害怕。那些食尸鬼那么老那么丑。这就是我们在孩子眼里的样子，奥帕尔心想。她非常喜欢这个故事，甚至爱上了演职员表——伴随着埃尔默·伯恩斯坦[2]所配的恐怖背景音乐。这是个有意思的故事，它暗示着所有恐惧和惊骇的感情，这些感情必定深藏在年轻人的心中。在内心，在很深的地方，真的有魔鬼存在。老年人等待着，行将死去的身躯仍然能够跳舞。

奥帕尔又给自己倒了一杯酒。她感觉不错，现在，她的关节

---

1 文森特·普莱斯（Vincent Price，1911—1993）：美国演员，以扮演恐怖片角色知名。代表作有《恐怖蜡像馆》和《变蝇人》等。

2 埃尔默·伯恩斯坦（Elmer Bernstein，1922—2004）：美国电影作曲家，乐队指挥。20世纪50年代初进入美国电影界，由他作曲、配乐的影片不下一百部。

很放松,像舞者的关节。

珍妮真爱打听,她的问题那么直接。奥帕尔曾经爱上过自己的学生吗?有过一两次。那时她二十几岁,那种事似乎不怎么光彩。其实什么也没发生——只不过是些白日梦而已。三十岁的时候,她曾喜欢过一个男孩,那时似乎也没什么。可是到了三十五岁,当一个帅气的男孩课后留下来跟她谈话的时候,情况变得严重了。从此以后她对学生保持着一定的距离。

这些年来奥帕尔并非完全没有经历,她有过男人,尽管不像珍妮有过的那些随便的风流韵事。奥帕尔还记得纳什维尔的一家汽车旅馆的房间,那时她才四十岁。那个男人开一辆灰色的克莱斯勒帝国车。她跟一个发誓保守秘密的朋友讲到他时,用一种开玩笑的口气把他称作"帝国"。她跟他走,是因为知道他会带自己去到某个地方,坐在一辆好车里,而他们会上床。她一直记得那间房间有多么干净空荡,多么没有历史感,引不起任何联想。镜子里,她看见一个面色苍白的恐慌女人和一个矮小的胡子该刮的男人。早上,他出去了一趟,带回来咖啡和橙汁。离开希望镇前他们曾在一家新开的甜甜圈店里买了些甜甜圈。他出门的时候,她把床整理好,把自己的东西放进包里,让一切整洁得似乎她从未到过那里。他回来的时候,她已经穿戴整齐,连吊袜带和长筒袜都穿好了。他们吃完甜甜圈之后,她把所有的纸和杯子都收拾掉,还把床边桌上的碎渣也擦干净。他说:"跟我一起走,我带你去爱达荷。""为什么去爱达荷？"她想知道，但他的回答很模糊。爱达荷听起来是个很冷的地方，而她不想告诉他自己有多么不喜欢他那刺人的络腮胡以及那些硬邦邦的、沾满糖霜的甜甜圈。这样说似乎不够善良，可是如果他长得好看一点，没有一脸盛气凌人的深色胡子的话，她也许会跟他走，坐着那辆闪亮的帝国车去爱达荷。她连机会都没给过他，后来她想。她当时那么害怕，如果学校里有人看见她在汽车旅馆，她会丢掉工作的。"我需要一个女人，"他说，"一个像你这样的女人。"

  一个炎热的下午，大雨将至，珍妮坐在帐篷下的一张折叠椅上，兰迪正在拍卖巴克利湖边的四百英亩土地。他让人修出一条通往此地的路，把这块地分成很多份。湖边的地一英亩要价高达两千块，其他的地则可期望卖到每英亩一千块。兰迪带着好几个助手，现场甚至还摆着一张签协议的桌子，供应热狗和冷饮。

  拍卖进行到一半时，他们停下来等待雷阵雨过去。坐在遮篷下的折叠椅上，珍妮想到了葬礼。雨势刚刚减缓，拍卖又继续进行了。头戴牛仔帽、身穿蓝色运动夹克的兰迪手拿麦克风，昂首阔步地走来走去，像一只斗鸡一样骄傲。他亲切地跟人交谈着，完全清楚如何应付眼前这群人。"现在各位都去拿杯冷饮，放松放松，想象一下你们将来会在这块梦寐以求的地上钓鱼。这块地适合休假，用来建造第二个家，或者用来投资——乖乖，你可以直接把房车停在这儿，就可以住下来了。如果湖边的码头修好了，这里会成为天堂的。我们已经卖出去好几块了。"

这块四百英亩的土地看上去像一片荒野。珍妮喜爱太阳在雨后的水面上溅起的片片光斑，喜爱阳光穿过树木击中颤动的树叶，如同迪斯科舞厅里灯球发出的光。在这里修建码头似乎不那么自然。她可以在这里搭一顶帐篷，直到有能力买下一栋二手活动房。她可以在黎明时游泳，就像很久以前，她在一次去西部的露营旅行中所做的一样。突然，她发现自己正在为一块地竞价。标价已经过了四百，她继续加价，跟一个来自密苏里的男人竞标，那人告诉周围的人自己在找一块退休养老的地方。

"卖给这位背背包的年轻女士了。"当她喊到六百时，兰迪说。他对她做出沮丧的表情，让她觉得很尴尬。

拍卖结束后，珍妮等着兰迪给他的生意收尾，她按照地图找到了自己的那块地。那块地紧挨着一条碎石子路，用系着亮粉色测量纸带的桩子作为界标。这是林子里的一小块——有点像百纳被上她自己的那一块，她心想。这些是她的树。爬藤植物和灌木丛厚厚的，沾满雨滴。她注意到一棵被风刮倒的树倾靠在一棵枫树上，就像死在枫树怀里的爱人。枫树很强壮，她心想，但是她觉得自己很想拿起一把斧头砍掉那棵倒下的树，以挽救枫树。远处，一艘快艇的呜咽切入了白昼。

之后他们在兰迪的面包车前碰了头，那是他的移动房地产办公室，车的正中升起一小块木瓦的房顶，好让车子显得具有乡土气息，看着就像一座建在轮胎上的户外厕所。车身一侧漆着一段话：现实即房地产。当兰迪费力地开车穿行在那条泥泞的新路上时，珍妮向他道了歉。买下那块地就跟在不该笑的时候朝着那尊雕塑发笑一样，是会让他误会的事情，是对他的关心的嘲笑。

"我真搞不懂你，"他说，"你说你想搬到野外自己种西红柿，可是你表现得像是住在外太空。你不可能在外太空种西红柿，其实你在林子里也没法种西红柿，除非你能清理出一块地方来。"

"我在找一块安身的地方。"

"我得怎么做才能让你明白我呢？"

"我不知道。我还需要一点时间。"

兰迪把车转上高速公路，公路上满是参加拍卖会的车子留下的泥胎印。"我说过会等你，我估计我得等下去了。"他说，脸上闪耀着他的丹尼斯·奎德式笑容，"那你需要多久就多久吧。我在芭芭拉那儿学乖了，你得懂女人才行，这是维持关系成功的关键。"他皱着眉头，使劲拍打着方向盘，"总之，别人是这么跟我说的。"

珍妮跟奥帕尔在喝咖啡，她总是爱不期而至。天还很早，珍妮看上去像是一夜没睡。

"给我看看你的百衲被吧。"珍妮说，"我不是说你的那些奇特的被子,我想看那条特殊的被子。妈妈说那上面有家谱。"

奥帕尔把咖啡洒在碟子里了。"现在的年轻人都怎么了?"她问道。

"我想知道它为什么叫葬礼被。"珍妮说,"你打算裹着它下葬吗?"

奥帕尔想往咖啡里加点薄荷酒,这主意听着挺馋人的。她朝书房走去,咖啡杯在托碟上叮当作响,几滴咖啡洒到了地毯上。现在别去管它,她想,转过身来。

"那不过是段家族历史而已。"她说。

"为什么叫它葬礼被呢?"珍妮问。

她面色苍白,眼睛下面吊着蓝色的眼袋,眼皮上涂着蓝色的眼影。

"看见厅里那个柜子了吗?"奥帕尔说,"搬把椅子过来,我们好把被子拿下来。"

珍妮站在一张厨房用的椅子上,从好几条百衲被下面把那条被子抽了出来。被子用蓝色的塑料布裹着,珍妮紧紧抱着它从椅子上下来。

她们把被子在沙发上铺开来,蓝色的塑料布不知飘到哪里去了。珍妮两眼紧盯着被子,那模样像陷入爱河的人。"太称心了!"她嘟囔着,"多美啊。"

"得了!"奥帕尔说,"丑得简直没法说了。"

珍妮用手指抚摸着被子粗糙的纹理。这条被子暗淡阴沉，背面使用的是厚重的灰色华达呢，正面那些九英寸[1]大小的方块由各种色调的灰、棕、黑色小块拼接而成，材料是毛织品，似乎是用男人冬天穿的外套做成的。每个方块上都有一个米白色的贴布墓碑——带有喜剧意味的形状，就像鬼马小精灵一样。每个墓碑上都有一个名字和一个日期。

珍妮认出了几个名字：米尔特·威廉姆斯、沃瑞斯·威廉姆斯、特尔玛·李·弗瑞曼。最老的墓碑上是"尤拉莉·弗瑞曼，1857—1900"。被子的形状并不规整，是一个长方形，一只角上长出来一截。被子是用纱线拼在一起的，底部没有缝合，以便加入更多的方块。

"是尤拉莉的女儿开的头，"奥帕尔说，"可这事在家族里就像瘟疫一样流传了下来。你见过这么可怕这么陈旧暗沉的颜色吗？我年轻的时候拼过些方块上去，可做这件事太压抑了。我肯定有些亲戚死了却没有方块，所以可能得补几个上去。"

"我会做的，"珍妮说，"我可以学做百衲被。"

"照规矩，家族姓氏到底了的话，被子也就到底了。"奥帕尔说，"我父母没儿子，就是说家谱里弗瑞曼这一支到了尽头，所以要由最后一个老处女来完成这床被子。"她发出一阵狂野的咯咯笑声，"从理论上讲，这样一条被子可以一直往下织，直到世界末日。"

---

[1] 1英寸约为2.54厘米，12英寸为1英尺。

"你会介意让我拿走这条被子吗？"珍妮问。

"你要拿它来干吗？这玩意儿铺床上太丑，接着织又太病态。"

"我觉得它有种美。"珍妮说。她重重地敲打着那粗糙的花呢，它已经开始腐烂，都有虫眼了。珍妮感觉到泪水正顺着她的脸颊往下流。

"反正别把我的名字放上去。"姨妈说。

珍妮把那条百衲被拿到她的公寓去了。她解释说打算研究一下家谱，或者还要把被子织完。如果她够聪明，奥帕尔想，她会让兰迪·纽科姆把被子拿去拍卖。珍妮拿被子的样子，就好像在抢什么不要钱的东西一样。奥帕尔觉得松了一口气，仿佛她把那条破破烂烂的旧被子的重负推给了自己的侄女。所有那些悲惨的、怪异的女人，费尽眼力，在颜色暗沉的破布片上飞针走线。

有很长一阵，珍妮都不愿意说自己为什么要哭，当她开始诉说的时候，奥帕尔一开始感到不舒服，害怕她会要求自己也讲讲跟她类似的经历。可等她倾听下去之后，她发现自己被珍妮的故事吸引住了。珍妮说的是因为一个男人。事情总是如此，奥帕尔想。那是五年以前，一个珍妮在海边认识的男人。奥帕尔想象着海鸥，漂亮的沙滩。那里没有棕榈树，那是在北部。那个年轻人跟珍妮一起在一家餐馆里打工，餐馆有一堵向着大海的玻璃墙。他们一起做服务生，攒下足够的小费，夏末临近时一起出去旅行。

珍妮把这段时间描述得像一段田园诗,在海边的餐馆里做服务生。当她说到那次旅行时,她又开始哭了,但是那次旅行听起来很不错。奥帕尔入神地倾听着,想象着那个年轻男人的模样,她认为他长了张漂亮、平滑的面孔,头发盖过额头,显得很有魅力。作为餐馆侍者,他一定举止得体。珍妮和这个名叫吉姆的男人飞到科罗拉多州的丹佛,他们租了一辆车,在西部到处游荡。他们去了大峡谷、黄石公园和其他奥帕尔听说过的地方。他们在海滩上烧烤三文鱼,那时在另一个大洋的边上。他们在红杉木树林里野营,高大的树木遮住了天空。珍妮描述着所有这些场景,那个男人听上去似乎是个挺不错的人。他哥哥死于越南,他为自己的幸存感到内疚,因为他哥哥是个游泳选手,有机会参加奥运会。吉姆不善运动,他的关节不好,还长着锤状趾。睡在帐篷里的他睡眠断断续续,珍妮照顾着他。但是当他们蜿蜒向北,到达黄石公园的时候,那趟旅程开始变得令人不快了。浪漫已然耗尽,她爱他,却无法应付他的需求。他们在一起的最后几天的一个夜里,整夜下着雨,他告诉她别碰帐篷布,因为哪怕一根指头的压力都会使尼龙布上被压的地方漏雨。躺在雨中的帐篷里,珍妮无法抵抗自己要用手去触摸帐篷顶一个积雨形成的小水袋的愿望。然后就开始漏雨了,情况越来越糟,直到他们湿得一塌糊涂,不得不转移到车里。那之后不久,当他们的钱快花光了的时候,他俩就分道扬镳了。珍妮在丹佛找到一份工作,她再也没有见过他。

奥帕尔专注地倾听着那些细节，关于一起烤鱼，关于用拉链连在一起的睡袋，关于搭帐篷以及在寒冷的河水里洗浴。当珍妮讲到现状时，奥帕尔毫无准备。她觉得自己浸在了冷水里，被独自撇在那里喘着气。珍妮说有几次她从一个共同的朋友那里听说吉姆在墨西哥待了一段时间，然后，她说，她想到了他，因为湖边的那些树，她渴望再次见到他。她曾经对他不公，现在她知道了。她给那位曾跟他们一起在海边餐馆打工的朋友打了个电话。那个朋友没办法找到她，所以也没法告诉她吉姆一年多以前在科罗拉多去世了。他的四驱车在一个弯道上冲下了山。

"我觉得自己置身于某种骗局之中，那么不真实。"珍妮拽着那条旧被子，眼睛黯淡，"当时我在科罗拉多，我居然不知道他也在那儿。如果我仍然了解他，我会知道怎么去悼念他，可我现在不知道。而且那是一年多前的事了，所以我不知道应该有什么样的感觉。"

"别往后看，宝贝。"奥帕尔说，紧紧地拥抱着侄女。但是她在发抖，珍妮跟着她一起颤抖。

奥帕尔为自己做了点吃的，觉得这能补充能量。她很累。她在托盘上放了一个苹果和一把削皮刀，还有牛奶和曲奇。按动遥控器，画面便如鲜花般绽放开来。她很明智地买了台大电视，在消费杂志上排名最前的，虽然需要时常调调颜色。她调低音量，开始削苹果。她的一个指关节上有一个包,如果是在过去,人们会拿起家里那本《圣经》,用它把这类肿囊打碎,使劲地敲打。

  屏幕上,一位童子军领队正在营火边上给几个童子军讲故事。营火只是一个壁炉,里面的木头是电热的。不同的歌混在一起让奥帕尔失去了时间感。在一片满是加油泵的沙漠里,一个女人俯卧在一辆车的引擎盖上。好多电视机撞毁了。浓烟从一个眼球里浮出。天空像书里的一页纸一样翻动。然后,在一间教室里的一张课桌前,一个自大的金发男孩,T恤的袖子里藏着一包烟,唱着一首关于一位背上有文身、坐在坐便器上抽烟的性感女郎的歌。教室里,孩子们都在旋转,随着狂野的音乐打着响指。黑板前白发盘成一个髻的老师一脸不以为然的样子,但是孩子们不知道她脑子里在想什么。老师在想,当下课铃响起后,她将上路去纳什维尔。

午夜魔法

史蒂夫离开超市，一下子进到了阳光里。他眨着眼睛在那儿站了一会儿，然后扫了一眼自己的脚。脚上是一双跑鞋，他明明记得自己之前穿的是靴子。他又摸了摸脸，没刮胡子。他的车，正非法停在残疾人停车位上，深蓝色，样子古里古怪。车尾漆着几个巨大的粉红色花体字"午夜魔法"，字端还带着橙色和红色的尾巴。彩色的线条和一段段的彩虹贯穿了车身，这个设计是他从漆车工那本厚厚的书里挑选出来的。车屁股给抬高了，活像一只发情的母猫。半夜里开着这样的车在外面游荡，会被人当作吸血鬼的。

坐在驾驶座上,他吃着刚买的裹着巧克力的炸面圈,喝着纸盒装的巧克力牛奶。牛奶的味道不太对劲,如今他们尽往巧克力牛奶里加些奇怪的东西。他父亲以前是开送奶车的,后来因为偷盗一批堆在一家鞋店后面的保龄球球鞋而被捕。他总是让史蒂夫不要再提那段历史,只想他好的一面。

这是个周日。史蒂夫全身无力,酒还没完全醒过来。昨晚,他刚和卡伦吵过架。就在她跑进他家的洗手间去生闷气的时候,电话铃响了,是史蒂夫的哥哥巴德,他想知道史蒂夫是否见到过自己的狗大红。巴德带着大红和两只毕尔格猎犬出门打猎,大红走失了。史蒂夫没见到那只傻狗。他该在哪儿见到它?——难道是它顺着梅因街溜达的时候?巴德住在好几英里之外的乡下。周六晚上这么晚打电话过来,史蒂夫很不高兴。那次巴德射杀了一只臭鼬,把它扔在史蒂夫的垃圾桶里,史蒂夫还没原谅他呢。他又打开一瓶啤酒,看着电视上的垃圾节目,直到卡伦从洗手间出来,开始收拾自己的东西。

"你为什么不买几个像样点的盘子呢?"她说,指着乱七八糟扔在厨房台子上的一堆脏纸盘。

"纸盘子更方便,"他说,"钱买不到幸福,但能买到纸盘子。"他把她拉到沙发上坐下,抚摸着她的头发,接着按住她的双臂,呵她的痒痒。

"别闹!"她尖叫道,但他知道她并不是当真的。他不过是在跟她闹着玩。

"你就像我妈以前养的那只老猫，"她说，挣脱了他，"你一跟它玩它就会发脾气，然后开始不停地蹬后腿。猫想撕开兔子内脏的时候也会那样。"

要是史蒂夫的朋友多兰和南希回来了，他的心情会好很多。在史蒂夫的公寓里，无论多兰何时把南希拉到沙发上，呵她痒痒，她都会很开心。多兰和南希上周结婚了，一起去了迪士尼，史蒂夫答应今天晚些时候去纳什维尔机场接他们。多兰六个星期前才认识南希——在帕迪尤卡的蓝鸟鸡尾酒吧餐厅里。那天多兰跟史蒂夫和卡伦一起去的那里，庆祝卡伦的二十三岁生日。南希和另外一个女服务生把卡伦的生日蛋糕送到他们的桌子上，一块儿唱起了生日歌。蛋糕上燃烧着的火花棒嘶嘶作响。南希穿着紧绷绷的运动裤袜——鲜粉色，小腿处有黑色的斜纹划过，一件长长的水蓝色运动衫盖过屁股。多兰就这样坠入了爱河——突然而热烈。史蒂夫知道多兰从来没有跟哪个姑娘相处到可以进行一段恋情，而现在突然间就坠入了爱河，这让史蒂夫既惊讶又嫉妒。

南希笑起来很可爱，那是对多兰所说的一切带赞许的回应。她的嘴唇薄薄的，腿又长又匀称，戴着蓝色的隐形眼镜。不过她不见得比金发和天生碧眼的卡伦更有魅力，而且南希对汽车一窍不通。卡伦具有机轴和油泵方面的应用知识，如果她的车子发动不了，她知道原因大概是分电器盖受潮了。史蒂夫真希望他和卡伦能像南希和多兰那样相互逗乐。南希和多兰爱看电视里的《新婚夫妇互答》节目。他俩取笑那个节目，猜测如果他们上了节目，会被问到哪些与对方有关的问题。如果南希得知多兰最爱吃哪种烤牛排，她会说："哦，我得把这记下来！这种事正是上《新婚夫妇互答》节目必须知道的。"

看着多兰和南希相亲相爱的那几个星期里，史蒂夫心里空荡荡的，有种宿命的感觉。昨晚卡伦生他气的时候，仿佛是一个来自另一个时代的声音在通过她说话，把他的命运告诉他。卡伦相信这一类的事情。她总跟他讲萨尔多在周日聚会上说了些什么，那些聚会就在保龄球馆边上改建的舞厅里举行。萨尔多是一个千岁印第安人，借住在帕迪尤卡一个年轻女孩的身体内。卡伦去参加那些聚会之前，她和史蒂夫的关系很稳定——虽然没有像多兰和南希那样爱得发昏，但起码是一种合理的幸福。如今史蒂夫感觉混乱，感觉自己好像是透明的，似乎卡伦有一双能够看穿他的眼睛。

史蒂夫租的公寓在一座又大又旧的老房子的二楼，史蒂夫在公寓里找自己的脏衣服，肯定是卡伦把他的衣服藏起来了。如果他运气好的话，她已把脏衣服带回自己家去洗了。音响里飘来关于南希婚礼的报道，他正为她把这段报道录下来。"新娘身穿标准长度的蓬蓬袖米色长裙，点缀着小珍珠。"这个报道里有一处失实：新郎多兰·帕尔默受雇于约翰逊钢材公司。史蒂夫笑了，多兰会乐坏的。他和南希去佛罗里达之前，多兰告诉史蒂夫他觉得自己像是中奖了一样。"她让我觉得自己是个人物，"多兰说，"这不正是世界上所有人都想要的东西吗——觉得自己是个人物？"

　　史蒂夫在床底下找到了他的衣服，跟衣服一起的还有灰尘形成的绒毛。电视上一个身穿深蓝色西装、头发闪亮的家伙向他高吼着灵魂拯救，屏幕底部有一个800开头的免费电话号码。史蒂夫只需要寄钱即可。"你把钱寄给我，我就会拯救你的灵魂。"史蒂夫对那个家伙说。他把所有的有线电视频道都换了一遍，但是没什么好看的。他拿起电话打给卡伦，然后又挂掉了。他得想想要说什么。他把自己的指关节按得啪啪响，卡伦最讨厌他这样。

　　史蒂夫把脏衣服塞进一个大袋子里，抓起钥匙，摔上门，走出了公寓。像以往一样，扛在肩上的袋子让他想起圣诞老人。在自助洗衣店，他把所有的衣服都放进一台洗衣机里，放好洗衣粉，塞进硬币，假装自己是在玩老虎机。自助洗衣店里人很多，现如今有这么多人不去教堂真让人感到意外。不过少几个伪善者也好，他想。天主教的牧师们死于艾滋病，而这个镇子里半数浸信会信徒都是酒鬼。一个穿紫色牛仔裤的漂亮女人在读一本书，他考虑是否要跟她搭讪，后来决定还是算了。她对于他来说可能过于聪明了。他留下搅拌中的衣服，开车经过麦当劳和哈迪斯[1]时放慢车速，想看看里面是否有他认识的人。是不是该去卡伦家呢？他还在想这个问题，但不知不觉中已经把车开进阿莫科加油站，在加油了。史蒂夫的朋友皮特往他的挡风玻璃上喷了点蓝色液体——这是给他的特殊待遇，自助加油岛是没有这项服务的。皮特探身到史蒂夫车里，拉了一下后视镜上晃荡着的紫色袜带。"嘿，史蒂夫，看来你交好运了。"

"可不。"那是南希的，在她婚礼上得到的。本来应该是蓝色的，但紫色的正好在降价。多兰告诉南希她的蓝色隐形眼镜应该算是"蓝色的物事"[2]了。南希把袜带扔向史蒂夫——正如她把新娘花束扔向自己的女朋友们一样。他觉得抓到了她的裤袜带意味着他将是下一个有好事的人——他不知道会是什么样的好事。也许卡伦可以去问萨尔多，但是无论萨尔多说什么，史蒂夫都不会相信。萨尔多是个头号假货。

史蒂夫用油枪捅着油箱，试图把油箱盖顶开，油箱盖果然被顶开了，他熟练地接住盖子：内场腾空球规则[3]。油枪"咔嗒"一声响，油加满了。

"那啥，史蒂夫，你上班的时候不会睡着吗？"史蒂夫发动引

---

1 美国的一个连锁快餐店。
2 西方风俗，新娘婚礼上佩戴"蓝色的物事"将给新人带来运气。
3 棒球比赛的一种规则。

擎时皮特问道。

　　这是一个老玩笑。史蒂夫在床垫厂工作。厂房又矮又长，没有窗户，靠墙堆着一包包的纤维填充物。史蒂夫操纵着巨大的剪刀，剪开绷在架子上的柔软的印花织物。先由他把填充物塞进框架中，再由珍妮特和琳恩完成剩下的工作。厂里的男人们成天戏弄那两个姑娘。珍妮特和琳恩也蛮配合，说，"你想上我的床吗？"或者"午休时间我们去放床的房间吧"。新床垫展露在亮晃晃的日光灯下，不是能干点什么事的性感之地。但是史蒂夫喜欢新床的味道，他喜欢所有新东西的味道。姑娘们人不错，可她们都没当真。琳恩已经订婚，而且比史蒂夫大三岁。

　　自助洗衣店里，他把洗好了的湿淋淋、冷冰冰的衣服放进烘干机，每塞进一枚角币，他都会先把硬币从手心翻弹到手背上：两正，两反。他把一张一美元纸币放进换钞机，看着乔治·华盛顿的脸消失，变成了角币。他笑了，想象乔治·华盛顿来到二十世纪，想闹明白自助洗衣店、"午夜魔法"、疯狂女人这些东西。穿紫色牛仔裤的女孩还在，仍然在看书。他开车离开洗衣店，离开停车位时轮胎发出刺耳的声音。
　　卡伦的公寓位于一家干洗店楼上，紧挨着一片空旷的停车场。这是镇里一个偏僻的地方，离出城高架桥不远。停车场里停着四辆车，包括卡伦那辆红色的福特福睿斯。通往她公寓的楼梯在房子的外面，楼梯上有几级台阶已经坏了。镇子里最近出了个强奸犯，已经在卡伦住地附近作案两次了。现在卡伦睡觉的时候总在身边放一把刀，床底下还放着一杆猎枪。

"你还在生我的气？"她开门时他问道。她刚刚睡醒，头发朝着不同方向放射开。

"是啊。"她让他进了门，然后又回到床上。

"我怎么了？"他在床边坐下。

她不回答他的问题。她说："昨天回家后，因为太紧张，我把那面墙给漆了。"她指着卧室的墙，那面墙如今是浅绿色的，另一面墙则是粉红色。那颜色就像南希和多兰婚礼上的薄荷糖。"房东说如果我把墙都漆了，他会把买油漆的钱从我的房租里扣除掉。"卡伦说。

"他该给窗户装上铁栏杆。"史蒂夫说。窗台上放着一排站岗的可乐瓶子，除此之外还放着吊兰，吊兰毛骨悚然的叶子一直拖到了地板上。

"如果那个强奸犯从窗户爬进来，我会有所准备的。"她说，"我会一枪崩了他，我真的会。我要把那个混蛋杀死。"她把枕头揉成一团抱在怀里，"我得喝点咖啡。"

"想让我去给你弄点来吗？我去取烘干机里的衣服的时候可以去趟麦当劳。"

"我把咖啡机打开就行了。"她跳下床来，穿着一件胸前印着46

号的红色橄榄球T恤。史蒂夫朝床垫打了一拳,床垫质量很差。他不喜欢在这儿跟她睡觉,昨晚他希望她能留在他那儿。

卡伦踢踢踏踏地走进厨房,打开水龙头往咖啡壶里放水。她量好咖啡粉,放进滤纸,然后把滤纸放进咖啡壶上方的圆锥里,再把水倒进上方的水箱里。他羡慕她,自己连咖啡都不会煮。他应该多为她做点事——也许给她弄张新床垫,按成本价。她的公寓很小,装饰着她在手工俱乐部做的玩意儿。

"你该搬家了。"他说。

她笑了。"嘿!我打算把那个家伙引诱过来,我想得那五千美元的赏金!"

"你可以搬到我那儿去。"这样的话他以前从来没说过,他自己都吓了一跳。

她消失在卧室里,几分钟后重新出现时已经穿了一条牛仔裤和一件套头衫。滴着的咖啡闻起来就像燃烧的树叶,里面还有橡子。史蒂夫喜欢闻这味道,但他并不太喜欢喝咖啡。小时候,他母亲泡咖啡的过滤壶在清晨发出的味道令人陶醉,可当他长大到可以喝咖啡的时候,简直无法相信那玩意儿怎么会那么苦。

"找到你的衣服了?"卡伦问,她倒了两杯咖啡,在里面加入牛奶和糖。

"可不,我得把它们从床底下拖出来。已经有毛茸茸的动物在上面做窝了。"他伸手把她拉到自己跟前。

"什么动物啊？"她说，声调柔软起来。

"小猫咪和小兔子。"他的话音融入了她的头发。

她的呼吸缠绕着他的颈项。"我真希望知道我该拿你怎么办。"她喃喃道。

"信任我。"

"我不知道。"她说，从他怀里挣脱开。

他开始玩起开罐头器来，把把手开开合合。

"别弄了，"她说，"弄得我紧张兮兮的。我没睡好。他们不把那家伙抓到我就别想睡个好觉。"

"为什么不问问萨尔多那个强奸犯是谁呢？老萨尔多不是无所不知吗？"

"噢，住嘴。你总是什么事都不当真。"

"我是当真的。我刚让你搬去跟我住。"

她拿着杯子喝着咖啡，脸上渐渐有了生气。她说："我今天有好多事情要做。要给在塔拉哈西的姐姐和侄儿写信，要把那件新买的套装改一下，还要打扫房间，把卧室漆完。"她叹了口气，"肯定做不完。"

在她说话的时候，他做出弹吉他的样子，似乎在为她伴奏。他开玩笑地轻轻捶了她几下，"晚上跟我去纳什维尔接多兰和南希吧。"他说。

"不行,今晚聚会之前我有太多的事要做,是关于如何认识自己内在力量的聚会。"她盯着他,目光里带着恼怒,还有他希望是暗示爱情的东西。"我得整理一下脑子。今天就让我清净一下吧,行吗?"

卡伦的咖啡让史蒂夫神经紧张,不过也让他感到乐观,他又开车回到自助洗衣店。他一半的人生都用来追逐自己的衣服。街上车很多,一户户人家从教堂出来,赶着去吃炸鸡,看红衣凤头鸟队[1]的球赛。从教堂出来的人心情一定很不错,他想。他曾听人说宗教是一种性替代品。卡伦告诉他萨尔多是双性人。"双倍的乐趣,双倍的爽"是史蒂夫的回答。卡伦说:"萨尔多说答案在你自己那儿,而不是在上帝那儿。"电视里的福音传道者说答案在上帝那儿。一个人跌至最低点时,就会获得重生,就会发现耶稣。这正是发生在史蒂夫父亲身上的事。他给史蒂夫写了一封封可怜巴巴的信,里面满是圣经上的引语。他父亲曾经以侥幸躲过惩罚为生,但是现在他大大咧咧地把自己的屎拉在救世主的衣襟上。史蒂夫希望自己永远不会堕落到那种程度。他宁愿相信自己。他无法确定自己能够相信什么人,特别是萨尔多——即便萨尔多传递的信息是要相信自

---

[1] 路易斯维尔大学的棒球队。

己。他担心卡伦正在被洗脑,他听说那个自称萨尔多的女孩现在开着一辆保时捷。

自助洗衣店里,他发现自己的衣服堆在烘干机上,和别人的衣服混在一起。他的衣服仍然是湿的,他不得不等着另一部烘干机空出来。史蒂夫气冲冲地坐在车里,听着收音机,心里清楚自己这种不耐烦其实是毫无必要的,因为即便他的衣服洗完了,他能干的事情大概仍然是开着车乱逛,听收音机。"不要换台,"播音员说,"FM 90.45。"

透过车窗,他看见那个穿紫色牛仔裤的女孩正把她的衣服从他用过的那台烘干机里往外取。他没精打采地从"午夜魔法"上下来,走进洗衣店。她的衣服装在一个粉色洗衣篮里,里面有紫色的T恤、紫色的袜子和内裤。

"看起来你很中意紫色啊。"他一边把自己潮湿的衣服放进腾空了的烘干机,一边对她说。

"是我最喜欢的颜色,就这么回事。"她说,冷冰冰地看了他一眼。正当他伸手去拿那几条内裤时,她一把把它们拿了起来。动作很快。

"想听个很棒的笑话吗?"他问。

"什么?"

"里根为什么轰炸利比亚?"

"不知道。为什么?"

"为了引起茱迪·福斯特[1]的注意。"

"茱迪·福斯特是谁？"她问。

"你在开玩笑吧！"多兰跟南希讲这个笑话时，南希咯咯笑个不停。

那个女人把一件薄薄的睡衣叠成三折，然后熟练地把几双紫色袜子配对叠好。那堆衣服里没有小孩的T恤，也没有男人的衣服。

"我刚喝了咖啡，有点发抖。"他说，把手伸到她的脸跟前，故意让自己的手打着战。

"那你就不该喝咖啡。"她说。

"你真知道怎么伤害男人。"他对她说，"这样说话，就像关上了一扇门。"

她没有回答，把洗衣篮挎在腰间，走掉了。

核桃街和中心街接口处的红灯已经亮了三个小时了，周围看不到一辆车，史蒂夫长驱而过。他开回卡伦公寓所在的那栋楼，把车停在她那辆福特旁边，想着接下来该干什么。那片小小的停车场夹在卡伦住的房子和一家午餐店的入口之间。上班时间一过，这地方就一片荒凉。卡伦的窗户正对着午餐店的屋顶。夜里，停

---

[1] 茱迪·福斯特（Judie Foster, 1962— ）：美国著名影视演员，代表作包括《出租车司机》《沉默的羔羊》等。

车场灯光非常黯淡。他对自己昨天让她独自开车回家感到十分自责，但是他喝得酩酊大醉，无法开车，再说她也不让他开。昨天晚上，他突然想起来了，他曾假装自己是那个强奸犯，这是她为什么那么生气的原因。今天她对此事却只字未提，也许是被他吓坏了，害怕提及。"别再这样了！"昨晚，当她挣脱他时曾这样喊道。"如果你知道那人就是我难道不会松口气吗？"他问。那是在沙发上胳肢她引发的，他无法控制自己。不过那只是一场游戏而已，她应该知道呀。

如果他是那个偷窥她公寓的强奸犯，他会藏在楼下干洗店黑暗的运货车道上，当她夜里回家，手拿钥匙准备开门时，他会一把抱紧她的腰。他的武器，藏在外套里，会顶着她的背。在外面截击她比通过窗户进入房间要容易，不会把那些瓶子碰到地上摔碎，也不会遭到那些蜘蛛植物的阻碍。强奸犯会直接抢过她手里的刀来对付她。他会把她的猎枪丢开，就像史蒂夫昨夜把她按在床上那样轻而易举。

史蒂夫轻轻换到倒车挡，偷偷地把车开出停车场。在一个停车牌前，一辆皮卡绕到他旁边，朝他按了下喇叭，是巴德。

"我找到大红了！"巴德大声吼道，"他今天早上出现在后门口，饿坏了。"大红在皮卡的车厢里摇晃着身躯，舌头耷在外面，像口袋里露出来的一截手绢。

"我就知道它会回来。"史蒂夫回喊道。

"你知道什么啊！爱尔兰赛特犬天生爱乱跑，经常跑丢。"

"告诉大红安稳一点，"史蒂夫说，"给它讲几个睡前故事，再喂它一点猪油。"

"你没事儿吧，史蒂夫？"

"没事儿啊，怎么了？"

"你那副样子就像是刚刚活过来。"他们身后的一辆车按响了喇叭，"保重。"巴德说。

史蒂夫买了个巨无霸汉堡和双份的薯条带回家，就着一瓶啤酒，在厨房里吃了起来。红衣凤头鸟队的球赛刚刚开始。他有种无所适从的感觉，有时候他会突然产生一种无法解释的绝望感，似乎他必须摆脱自身系统里的某个东西，就像通过全速运转发动机来烧掉燃油管里的杂质一样。他意识到有一个词整个上午都在自己脑子里回响：纳芙拉蒂诺娃[1]。这个词的每个音节都像音乐一样悦耳，合着布莱恩·亚当斯[2]《燃烧的心》的节奏。纳芙拉蒂诺娃——她的胳膊像男人的胳膊一样强壮。他想象着南希过来这里——穿着蓬蓬袖和亮粉色的紧身裤，她的心情总是很好。他相信她肯定是个无可挑剔的管家，能把一切打理得干净，漂亮，妥帖，而不会提及自己多么操劳受苦。史蒂夫发现大多数人都会抱

---

1 纳芙拉蒂诺娃（Navratilova, 1956— ）：出生在布拉格（捷克）的美国女子网球运动员，女子网坛常青树，有网坛"铁金刚"之称。

2 布莱恩·亚当斯（Bryan Adams, 1959— ）：加拿大摇滚乐手。

怨自己不得不做的事情，而这些事情其实是他们自找的。他爸抱怨监狱里的伙食。巴德抱怨他走失的狗。卡伦则抱怨刷墙，或者不得不完成杂事以免聚会迟到。她必须买新轮胎的时候，她会对轮胎的开支念叨上几个星期。他意识到自己和卡伦永远不会像多兰和南希那样。人和人之间必须存在着某种化学反应，某种无法解释的东西。为什么他会跟一个对妄称自己是印第安人转世的年轻女孩言听计从的人在一起？有一瞬间，他觉得自己的想法有多么不合逻辑。他希望出现奇迹，可又不相信奇迹会出现。他的脑袋嗡嗡作响。

吃完饭，他开始视察灾情。他的厨房简直跟遭到轰炸后的贝鲁特一样。垃圾箱里装满了便餐盒和纸盘子，已经溢出来了。烤箱里，他发现了一个上周六留下的装比萨的盒子，两片剩下的比萨长出了灰色的霉菌。他找到一个垃圾袋，开始清理厨房。他清楚自己这么做是为了卡伦搬过来，不然的话他根本无所谓，除非情况糟糕透顶了。如果她搬过来的话，她可以用卧室边上那个凹室来摆放她的工艺品桌子。他又打开一瓶啤酒。棒球赛离这里很远，在一座圆顶体育场举行。从电视上看，他不知道自己处身于那么巨大的室内球场会是什么样的感觉。他也无法想象铺着人工草坪的整座球场怎么可以置于一片屋顶之下。在那儿打棒球似乎跟在室内钓鱼一样离奇。在沙发旁边，他拾起一个耳环。

这时电话铃响了，是多兰。"史蒂夫，你这大傻瓜！你在哪儿啊，老天爷？"

"我就在这儿啊。你在哪儿？"

"得，你尽管大胆猜！"

"不知道。在跟米老鼠一起喝啤酒？"

"南希和我在纳什维尔机场，你倒猜猜谁应该接我们来着？"

"哦不是吧！我以为是今晚呢。"

"一点钟，432航班。"

"我在哪儿写下来了的，我以为是七点。"

"反正我们已经到了，现在我们该咋办？"

"那我得去接你们。"

"快点。南希累惨了，她昨晚失眠了。"

"你俩还相爱吗？"史蒂夫脱口而出。他正拿着卡伦的耳环在玩，套在另一个圆环里的银圆环。

多兰怪异地笑了。"哦，我们会跟你和盘托出的。这个蜜月可以收入世界纪录。"

"去酒吧看球赛吧。等着，多兰，我两个半钟头之后应该能到。"

"别玩命——不过快点。"

史蒂夫把一扎六罐啤酒剩下的放进手提冷藏箱，上了路。他朝通往I-24高速公路的辅路开去，然后从那儿开向纳什维尔。他不太明白多兰说话的语气，他的口气像是发现了南希身上有什么毛病。开出镇子十几英里后，史蒂夫才想起自己忘了去拿洗好的衣服。他真希望卡伦在车上，她喜欢在周日坐他的车闲逛。他考虑着要不要掉头，去一个加油站给她打个电话。他无法决定。收音机里那个狂野的音调让他分心，而且他意识到要掉头已经太迟了。啤酒减缓了他的头疼。

史蒂夫开过巴克利湖出口，急速绕过小山顶上的一辆卡车。高速公路宽敞易行，没什么车。开着车，他脑子里那团混乱似乎在缓慢消除，就像被放进了搅拌器一样。初夏的一个周六他和卡伦曾在湖间地住了一夜。在一个旅游景点他们看见围栏后有一只白鹿。后来，他们沿着景区的公路行驶，那是一条穿过荒野的高速，卡伦说那只鹿令人毛骨悚然。"就像给漂白了似的。好像少了什么。真让人难堪，好像夏天没晒到太阳一样。"

"也许我们应该把泰德·特纳[1]找来给它染色，"史蒂夫说，"就像他在电影里干的那样。"

卡伦笑了。她跟萨尔多混在一起之前，他是能够像那样逗她开心的。萨尔多，这个满嘴谎话的婆娘。也许他应该成为一个破除迷信者以拯救她。他不知道她在萨尔多身上花了多少钱，她对此一直保密。

---

1 泰德·特纳（Ted Turner, 1938— ）：全美最大的有线电视新闻网——CNN 的创办者，开创了世界上第一个全天候 24 小时滚动播送新闻的频道，也是世界上最早出现的国际电视频道。

没多久他就过了田纳西州界。田纳西，志愿者之州[1]。有一段路上，他试图想一些跟田纳西押韵的事儿，接着思绪就断了。突然他瞧见前面路肩边上躺着个东西。很大个，也许是一头死鹿。接近那里的过程中，他在猜测那到底是什么。他喜欢眼睛玩的这种把戏，一只大牛蛙可以变成一颗雪松或者一个路牌。他意识到那是一个男人，躺在路肩几码开外的地方。他不知道那是否是个停下来歇脚的旅行者，但是附近并没有车。史蒂夫把车速放慢到五十迈。很显然，那是个男人，在离路肩大约二十英尺的地方，靠近一颗灌木。那个男人脸朝下躺着，以一种不自然的姿势躺着，直而平——死人的姿势。他穿着一件格子衬衫，一双蓝色的跑鞋，洗得褪了色的牛仔裤。躺在那样空旷的地方，他似乎是被抛弃了，就像一袋垃圾。

史蒂夫缓缓开过附近的出口，想着可能已经有人报警了。车里有啤酒，呼吸中有酒气，他可不想跟警察闹着玩。他们想知道他的驾照号码，也许甚至会把他带到警察局问话。如果他停车查看，也许会留下脚印，"午夜魔法"的油漆碎块。据他所知，他开车经过时，车上的挡泥板会把史蒂夫家车道上的泥径直抛洒到那个男人身上。但是他任由自己的想象跟着自己一起跑开了。他想要嘲笑一下自己的这一习惯。他吞下几口啤酒，把收音机调到棒

---

[1] 志愿者之州是田纳西州的绰号，源于1812年战争中，大批的志愿兵来自该州。

球赛的频道。那件事淡忘过去了。卡伦说要相信你自己,相信你的直觉——了解自己。

"用不着一个千岁印第安人来告诉你这一点吧,"几天前他对她说,"我可以免费告诉你。"

克拉克斯维尔出口快到了。《最后一辆去克拉克斯维尔的列车》穿过他的脑海。那个大白天躺在那儿的男人让他心烦意乱。这让他想起午休时他在床垫间睡觉醒来后的情形,那时会觉得自己就像一个手术后苏醒的病人。每个人都围着他站着,用眼睛测量着他。几乎毫无计划地,他把车开上了出口的斜坡。他放慢速度,左转,然后右转,把车停在一个加油站旁的一座电话亭前面。他让发动机开着,摸索到口袋里有一个二十五分的硬币,他把那枚硬币抛起来,心里想着正面。结果是背面。电话上写着急救号码,急救号码是免费的。他把硬币放回口袋,拨了号,一个录音带上的声音让他等着。

过了一会儿,一个女人的声音出现了。史蒂夫用高于平常的声调讲着电话:"我正在 I-24 号向南的路上。我想报告我看见路边躺着一个男人,我不知道他是死了还是在休息。"

"先生,你在哪儿?"

"现在?哦,我在一座加油站。"

---

1 门基乐队演唱的一首摇滚曲,歌词大意是一个男子给他心爱的女人打电话,让她搭最后一班火车赶到克拉克斯维尔,他会在车站等她。

"加油站的位置？"

"该死，我不知道。克拉克斯维尔出口。"

"北还是南？"

"南。我都说了是向南了。"

"你现在用的电话号码是什么？"

他张开自己空着的那只手的五指，放在电话亭的玻璃墙上，透过手指的间隙注视着外面被分割成片的景象。州际高速公路上交通若无其事地流淌着，冷漠得像正在土里蠕动的蠕虫。电话里那个女人的声音在问其他事情。"先生？"她说，"你在吗，先生？"他的脑袋因为啤酒而嗡嗡作响。他的指关节上有一个血泡，他不知道是在哪里弄出来的。

史蒂夫透过电话亭的门打量着自己的车。车子空转着，颠簸着，像一只在喘息的狗。引擎在加快，又慢下来。车子消声器发出的声音低沉洪亮，像短程加速赛车发出的轰鸣。那是"午夜魔法"的力量，他的心声。

靓仔镇

琼注意到女儿帕蒂开始梳右分头,好让头发落在右前额,遮住她上次车祸留下的疤痕。

帕蒂发现琼在看她,于是说:"那个疤看不出来了,妈。"帕蒂腰间挎着小宝宝,她的小女儿克里斯蒂正趴在地板上跟猫玩。

"科迪呢?"帕蒂问。

"去纳什维尔了。他在帕迪尤卡碰到的那个大人物让他等他的指示,他等烦了,所以跟威尔·埃德去了那边,想自己做一张唱片。"琼的丈夫,科迪·斯万,准备做一张唱片。这事她难以相信。科迪一直想做一张唱片。

"是那种要自己付钱给录音室的交易吗?"帕蒂怀疑地问。

"他付五百块给录音室,他们卖完第一个三千张以后他可以拿百分之十。"

"简直是宰人。"帕蒂说,"这点他不知道吗?我在《60分钟》[1]里看到过。"

"嗯,他没耐心等着被人发掘。你不是不知道他那人。"

小宝宝罗德尼哭了起来,帕蒂把一个奶嘴塞进他嘴里。她说:"问题是,他们会发行那张唱片吗?那些公司专靠给野鸡乐队录音发财,随便哪个搭便车去纳什维尔的乐队都行,然后他们又不发行那些录音。"

"科迪说他可以把唱片卖给他附近的粉丝。"

"他可以在商店里卖。"帕蒂说。她在一家连锁廉价商店上班。

"他今早开着那辆消声器松动了的面包车出的门。他把消声器用电线缠在车子下面,在右手的门把手上打了个结绑住。"

"听着就像科迪干的事。老天啊,克里斯蒂,你怎么在折腾那只猫呢?"

克里斯蒂正把猫四脚朝天地夹在双膝之间。"我在数它的奶头,它有四个奶头。"

"那是只公猫,宝贝。"琼柔声说。

---

[1] 美国哥伦比亚广播公司(CBS)的一个新闻杂志节目,自1968年开始播出,迄今已播出五十多年。

琼带女儿去买东西。搭便车到琼家里来的帕蒂，在收到汽车保险公司的赔款之前，交通都要依靠她母亲。她的车撞上了一辆蓝色的别克，开车的是一个正去赶镇里的大减价活动的老太太，帕蒂的车报废了。她的头撞在方向盘上，脸擦伤得非常厉害，有段时间看上去就跟一个被霜打黑了的熟柿子一样。

孩子们坐在后座上，琼载着帕蒂在镇子里转悠，帮她办事情。帕蒂不系安全带，她十八岁以前就撞烂过两部车，不过上次车祸不是她的责任。科迪说帕蒂的第二个名字叫麻烦。上高中时，她怀了孕，不得不结婚，但是一捆干草掉到她身上，导致她流了产。那以后，她生下两个孩子，可后来又离婚了。帕蒂习惯跟科迪调情，嘲弄她母亲嫁了个那么帅的男人。科迪在镇子里一个被叫作"靓仔镇"的地区长大，因为那里以前住着很多英俊的男人。镇里的那个地区（位于克罗格超市和高中之间的几条街）如今仍然被叫作"靓仔镇"。现在那儿有个公共住房项目和一所新保健所。最近，靓仔镇昔日的骄傲日渐复苏，就好像那里曾经被定义为历史保护区一样，科迪有一件靓仔镇T恤。他穿着牛仔行头，把他的帽子在琼仿古做旧的碗碟柜带半圆齿的镶边上挂成一排。

琼上高中的时候就认识科迪了，但是他们三年前才结婚。经过和乔·墨菲十八年的婚姻之后，琼发现自己成了一个没有丈夫的女人——那些丈夫为了年轻女人而突然离自己远去的女人。去年,菲尔·唐纳修[1]做过一个有关此类事情的节目,琼还记得菲尔嘲讽地说:"貌似你就算穿着睡衣都得继续跳踢踏舞,要不那个狗娘养的就会离你而去。"琼实在太愤怒了,她可不想坐在那儿自己可怜自己。递上离婚申请之后,她就换了新发型,买了新衣服,周末跟几个女人出门玩乐。有天夜里,她去到位于本县边境外一家卖酒的地方。科迪·斯万在那儿,弹着一把花哨的红色吉他,唱着关于易变的女人、卡车和伤心的歌。幕间休息时,他们一起缅怀高中岁月。科迪离了婚,有两个已经成年的孩子。琼还有两个住在家里的十几岁的孩子,帕蒂已经离开了家。现在回头想,琼意识到他们的这段婚姻有多么冲动,但是在科迪被解雇之前,也就是四个月前,她和科迪还是蛮幸福的。那时他在生产电器零件的克罗斯比工厂上班。如今他酒喝得太多,不过他让琼放心,说喝啤酒不会让他变成酒鬼。他们的处境很尴尬,因为琼在邮局上班,工作很不错,而她知道他不愿意依靠她。他沉迷于排练自己的唱片,跟他的朋友威尔·埃德、L.J.以及吉米一起。"我们就缺一间录音室了。"科迪总是不耐烦地这么说。多年来,他们在西肯塔基一带的各种郡级交易会和民间庆典上演出。科迪每年还会去福尔顿的国际香蕉节演出,最近他参加了沃尔玛开张典礼的演出,得了一个烤面包机。

---

[1] 菲尔·唐纳修(Phil Donahue,1935—):美国知名脱口秀主持人。

"不工作会让你失去自尊,"科迪曾经就事论事地对琼说,"不过我不会让这种事在我身上发生。我鬼混的日子太长了,是时候认真对待唱歌这件事了。"

"我可不想你抱太大希望,这样会失望的。"琼说。

"你想象不出我出现在系列电视节目里吗?你可以跟我一起上电视。我们可以装成波特·瓦根内尔和朵利·巴顿[1],你可以戴假发,在衬衣里塞两个气球。"

"我可以想象自己——穿着蕾丝内衣和种地的鞋子!"琼一边附和着科迪的梦想,一边为那个想法而尖声大笑。

"我想先去菜园摘点萝卜缨,再送你回家。你没意见吧?"琼问帕蒂,"顺路的。"

"你是司机。乞丐可没有选择权。"帕蒂在座椅下的地板上搜寻着,找到了罗德尼的奶嘴,已经粘上了烟丝和灰尘。她把奶嘴在自己的牛仔裤上擦了擦,塞进小宝宝的嘴里。

民用波段收音机里突然传出一个女人的声音:"喂,汤姆猫,你刚才落下东西了。答话,汤姆猫。完毕。"一阵静电流过之后,女人又说:"汤姆猫,看着像一大袋子饲料。你最好还是调头吧。"

"她是想跟刚才被我们超过的那辆绿皮卡车里的几个帅哥搭讪

---

[1] 波特·瓦根内尔(Porter Wagoner, 1927—2007)和朵利·巴顿(Dolly Parton, 1946—):两人都是美国著名乡村歌手,曾合作多年。

呢。"帕蒂说。

"人人都在招蜂引蝶。"琼有些不自在地说。她了解那种感觉。

菜园子里，帕蒂穿着高跟鞋别扭地站在那儿，活像一个插在地里的稻草人。

"我来教你怎么摘萝卜缨。"琼说，"这样抓着叶子，把它从离根部一半的地方掰断，攥在手里，直到收够一大把，然后再放进下面那个袋子里。"

"这玩意儿毛茸茸的，还扎手。这个是萝卜缨还是杂草啊？"帕蒂举着一片叶子问。

"那是芥菜。接着摘，芥菜可是好东西。"琼熟练地扒开萝卜缨，"别碰到根了，"她说，"萝卜缨煮熟了会缩水，得多摘点。"

克里斯蒂在找虫子，罗德尼在车上睡觉。琼弯着腰，拽着萝卜缨。有些萝卜已经大得可以收采了，球形的根部展现在泥土外面，就像一个个熏衣球。萝卜旁边种着一行秋葵，已经长得跟玉米一样高了，开着玫瑰形的黄花。黄花凋谢的地方，新生秋葵的尖角刺向天空。晚秋的阳光让琼感到一阵明亮的眩晕，她还记得，过去的很多时候，除了采摘萝卜缨，似乎没有更重要的事情可以做。两年前，父亲去世以后，她和科迪住进了父母留下的农场，但是他俩无心打理农场。科迪不是个农夫。昔日父亲种植萝卜的田地如今已成荒野，满是牛蒡和藓草，而科迪远在纳什维尔，寻求荣耀。

菜园一角的一个小棚子里，琼付了萝卜缨的钱，又从一个穿着工装裤、在一辆皮卡车车厢卖甜薯的黑人那里买了半蒲式耳的甜薯。那人先用一个半蒲式耳大的篮子把甜薯量好,再把甜薯放进购物袋里。把甜薯往篮子里放的时候,他按照甜薯的形状一个一个摆放,不留一点空隙。那种细心的样子活像科迪在一次又一次地录一首歌。但是上周科迪翻耕了花园,由于太过匆忙,花园看着像被牛踩踏过一样。

那人说:"你回家后,把甜薯放进篮子里,别翻动它,这样就会留住甜味。如果你翻动了,甜味就会散掉。要吃的时候从上面拿,别乱翻。"

"我会把它们放进地下室的。"琼说,一边把袋子塞进车子的后备厢。她对正在专心致志地对付手指上一根倒刺的帕蒂说:"甜薯很难保存,容易发霉。"

那天晚上,琼找到一盘以前从未听过的科迪的录音带。里面有首维普·皮耶斯[1]的歌《立着的酒杯》,科迪那种极具说服力的唱法,让琼流下了眼泪。当听到科迪唱《生活狂野的一面》时,她想起凯蒂·威尔斯[2]对这首歌的回应:《乡村酒吧天使并非上帝造

---

1 维普·皮耶斯(Webb Pierce,1921—1991):20世纪50年代美国著名乡村歌手、吉他手。
2 凯蒂·威尔斯(Kitty Wells,1919—2012):20世纪50年代美国著名先锋派乡村女歌手。

就》[1]。凯蒂·威尔斯不停谴责不忠的男人，他们该为每个心碎的女人负责。琼对于凯蒂·威尔斯那种就事论事、超越个人痛苦的演唱风格非常崇拜。科迪曾经告诉她，这首歌是一个男人写的。琼很想知道科迪在纳什维尔是否有过不忠行为。她以超然的心态想着这事儿，就好像在超市里打量一棵卷心菜一样。

这时科迪唱起了一首不大熟悉的歌。琼把磁带倒回去，仔细听着：

我出生在一个他们叫作靓仔镇的地方

"帅哥"是我的第二个名字——

这首歌让她感到震惊。他一直说要自己写歌，也玩过"背景伴唱"以及"合成音"。他伴着自己的录音一起唱歌，以取得多声部的效果。这首歌是一首关于格格不入者的寂寞曲调，听着有种奇怪的不真诚。

科迪从纳什维尔回家后，浑身充满热情，嘴里更是滔滔不绝，那声音就像厕所水箱在注水，直到注满方休。他喝了酒。琼想念过他，但她发现自己并没想念他的帽子，那顶插着野鸡毛的帽子，

---

[1] 1952年，美国一位乡村歌手汉克·汤普森（Hank Thompson）演唱的《生活狂野的一面》连续15周居于榜首，歌词描写的是一个年轻人因为未婚妻在一家乡村酒吧结识了另一个男人而抛弃了他。歌中唱道："我不知道上帝造就了乡村酒吧天使。"责备世风不古，女人不再遵守道德。凯蒂·威尔斯以相同旋律演唱这首名为《乡村酒吧天使并非上帝造就》的歌作为回应："太多已婚男人认为自己仍然单身，这才使得好女人走上弯路。"这首歌也一炮而红。

他又把那顶帽子挂在了碗碟柜上。科迪很开心,他在纳什维尔吃过"海鲜牛排"拼盘,参观了赖曼大礼堂[1],还结识了一个曾经给欧内斯特·塔布[2]伴奏的家伙。

"最棒的是,"科迪说着,又响亮地亲了一下琼的嘴唇,她尝到一股他的薄荷味鼻烟的味道,"我们拿到了一份周末在纳什维尔一家小酒吧演出的活儿。简直是从天而降,吉米没法去,因为他爸情况实在不妙,但是威尔·埃德和L.J.还有我能去。他们的老婆都说了他们可以去。"

"你凭什么觉得我会让你去呢?"她戏弄地问。

"你跟我一块儿去。"

"可我还有好多事情要做呀。"她把他的靴子放在通往门廊的门边铺着的一块样品地毯上。冷空气透过门四周墙面的裂缝钻了进来。装门的时候,科迪曾经用一把断了的尺子来修补墙面,但忘了把这件事做完了。

科迪说:"就是间小酒吧,有个小舞台而已,那个经营酒吧的家伙很棒,他在酒吧旁边还有一家汽车旅馆,我们可以免费住在那儿。嘿,我们可以在纳什维尔乐上一阵!可以收看HBO,还有其他电视频道。"

"我怎么走得开?就要收秋豆了,还有西红柿。"

---

1 纳什维尔一个经常演出乡村音乐的大礼堂。
2 欧内斯特·塔布(Ernest Tubb,1914—1984):美国著名乡村歌手。

"这可是我的一次大机会！你不觉得我唱得好吗？"

"你唱得不比上'大奥普里'[1]的任何人差。"

"瞧，你说到点子上了。"他自信地说。

"帕蒂说那些录音工作室的交易都是敲诈。她在《60分钟》上看到的。"

"我不在乎。我最多损失五百美元，至少我会有一张自己的唱片。我要把封面用相框框起来，放到书房里。"

他们蜷着身子紧挨着躺在床上，就像两个甜薯。琼听科迪描述他们如何做唱片，如何做出单声道，如何混声，每个小步骤都是分开完成的。琼这才了解到，他们并不是走进录音室唱首歌就完事了。他们是把不同层次的声音拼在一起。她没有提及那首自己听过的新歌，她把那盘录音带放回了原处。此刻他们播放着科迪的另一盘磁带——《我宁愿在年轻时死去》，一首似乎含有毫无意义的痛苦的情歌。科迪跟随着自己的录音唱着。这叫背景伴唱，琼提醒自己，她非常认真，想一点点熟悉起来。不过一想到他跟自己一块儿唱歌，仍然会让她想起某些放纵而私密的行为，比如手淫。但是乡村音乐本来如此，十分私人化。

"我真高兴你回家了。"她说着，向他伸出手。

"大概还有一半路就到家了，消声器掉下来了。"科迪说，他

---

[1] 20世纪20年代在纳什维尔兴起的一种舞台演唱形式，后发展为美国著名乡村音乐会，一周举行一次。

突然爆发出一阵大笑,把被子都震得颤抖起来,"我们没被抓,我也不知道怎么搞的。车子的声音有一百台扩音器那么响。"

"别动,"琼说,"你简直就跟热草灰里扭来扭去的虫子似的。"

科迪正在试穿他演出用的新服装,琼把缝纫机拿出来给他改裤子。那条裤子有点像仿鹿皮的,带着流苏。

"我觉得裤裆那儿有点紧,"科迪说,"可他们没有更大号的了。"

"你打算告诉我买它你花了多少钱吗?"

"我没花钱,我在彭尼超市赚来的。"

琼把裤腿边往上卷了一圈,然后用力朝下拉了拉裤腿,让它垂到科迪的靴子上。"是不是太短了?"她问。

"再稍微长一点就可以了。"

琼把裤腿边放下大约四分之一英寸,用别针别好。"转身。"她说。

裤子是棕褐色的,带着深棕色的缝合线。背心上绣着蝴蝶。科迪转了一圈,又转了一圈,审视着长形镜子里的自己。

"你的样子很棒。"她说。

他说:"这事完结之前,我们可能要欠更多债,可我学会了一件事:你不能带着遗憾生活,你得好好活着。我知道我在冒大险,但我不想老是觉得对不起自己,因为我已经浪费了那么多时间。

就算我失败了，起码我尝试过了。"

他坐在床上，脱下靴子，然后又脱下裤子。裤子太紧，但接缝很窄，琼没办法再放宽了。

"你得想办法处理一下你满肚子的啤酒了。"她说。

"蓝鸟休息室"看起来就像某个人家的厨房一样平常，内部崭新，装饰品是乡村风味的：旧灯笼，条格平布窗帘，天花板上挂着一个马车轮子。科迪声称不愿带着遗憾生活，这话对于琼来说似乎有点怪异，因为他唱的歌的主题是乡村记忆。他以《从你楼上走过》开始，然后轻松地转到《你欺骗的心》《生活狂野的一面》，以及《我宁愿在年轻时死去》。他没唱那首她在磁带里听到的新歌，她认为那首歌肯定让他觉得难为情。她喜欢他的马缇·罗宾斯[1]大联唱，是对那位已故歌手的致敬，虽然她一直讨厌那首《埃尔帕索》。在酒吧愉悦的气氛里，科迪的声音听起来那么专业，似乎比在家里更真实。琼感到骄傲。威尔·埃德和L.J.在台上瞎闹，被自己乐器的电线绊倒，重复着在《嘻哈秀》[2]上听来的段子，把琼逗乐了。L.J.曾跟琼开玩笑说："你最好跟我们一起去纳什维尔，以防那些女孩子向科迪投怀送抱。"现在琼注意到了那些女人，三三两两的，坐在离舞台很近的地方，这让她想起自己跨过

---

1 马缇·罗宾斯（Marty Robbins，1925—1982）：美国著名乡村歌手、赛车手。
2 美国的一个电视节目，以搞笑和乡村音乐为主。

郡界去听科迪唱歌的日子。他看上去仍然年轻，连一根白头发都没有。她这时才意识到：她把他额前的头发剪得太短了。

"他们真不赖。"鸡尾酒侍者黛比对琼说，她是一个苗条漂亮的女人，穿着绣花牛仔T恤，"这里弄来的乐队大部分都很差，能把我吓跑。不过这几个家伙倒真不错。"

"科迪刚做了张唱片。"琼骄傲地说。

黛比为人和气，琼觉得跟她在一起很舒服，虽然黛比只比帕蒂大了一点点。第二天晚上，琼和黛比已经彼此信任，开始交换美发心得了。琼的烫发奇怪地长直了，她担心那么快再烫一次会伤头发，但是黛比每三个月就烫一次头发，而她的头发却始终柔软而容易梳理。在洗手间里，黛比用手指揉弄着自己的头发，望着镜子，说："我最好涂点口红，好让那个殡仪馆的家伙离我远点。"

演出中间休息时，黛比给琼拿了一杯免费的"龙舌兰日出"，放在角落里的桌子上。科迪在吧台前跟他以前认识的几个乐手喝啤酒。

"你找了个帅哥。"黛比说。

"他自己也知道。"琼说。

"他要不知道那就是瞎了眼了。跟这么个人过日子一定很不容易吧。"

"他还没丢掉工作、没异想天开想上'大奥普里'那会儿也不是那么难。"

"嗯，不过他很可能就能上。他不错。"黛比告诉她有次酒吧里来了个男人，结果是一家唱片公司的星探。"要是我记得他的名字就好了。"她说。

"要是科迪能唱埃尔维斯的那些歌就好了，"琼说，"他能把嘴唇弯得跟埃尔维斯一模一样，但是他说他太尊重对埃尔维斯的记忆，所以没法像别人那样做埃尔维斯秀，那是剥削。"

"科迪绝对有满肚子悲伤、寂寞的歌，"黛比说，"看得出来他是个经历很多的家伙。我总在研究面相，我对人的本性很感兴趣。"

"他经历了一场糟糕的离婚，"琼说，"不过他现在的行为像个小孩。"

"男人都是些小男孩。"黛比会意地说。

琼看见科迪在跟一帮男人聊着什么，他们举止轻松，不停地大笑着。女人在一起时总是那么紧张。琼隔着房间都能够感觉到科迪的活力。这股活力在他唱那些老乡村歌手凄凄切切的歌曲时也能体现出来。

黛比说："玩音乐肯定会让人觉得自由。如果我能玩音乐的话，准会觉得人生就像一场盛大的即席演奏会。"

周日回到家人感觉晕晕乎乎的。猫似乎对他们很不耐烦，天气在变冷，花儿开始凋零。琼本来想把盆栽植物放到地下室过冬的。他们离开期间曾经有过寒流,不过还没达到致命的霜冻点。园子里的植物仍在生长,但在经历了最后一抹温暖天气中的冲刺后显得疲惫无力。劳作一周之后,琼收获了青豆、西葫芦和十几个新结的绿番茄。她选了几把干了的肯塔基长豆角留作种子。她的牛仔裤裤脚沾上了几个牛蒡刺果。她父亲以前会拔掉牛蒡,因为一棵牛蒡很快就会长成一大片,占去很多地方。

科迪一直待在屋里,听磁带,弹吉他。他会去领失业救济金,但如果有人招工,他却不去应试。琼在园子里劳作,把死去的植物从泥土里拉扯出来,试图以此发泄自己的一腔怒气。她觉得自己必须抓紧时间,秋天的天气总是让她心里充斥着一丝急迫感。

帕蒂开着她的新林克斯车路过,她从车祸保险里赚了一笔钱。科迪围着那辆车转来转去,敲打着挡泥板,一副爱不释手的样子。

"你的唱片什么时候出啊,科迪?"帕蒂问。

"快了。"

"我去商店里问过他们是否能卖,他们说要全国发行的他们才能进货。"

"你想不想要点青豆,帕蒂?"琼问,"不够做罐头用的,所以我可以都给你。"

"不用了,那帮小子除了软糖豆什么豆都不吃。"帕蒂朝科迪转过身去,他打开了帕蒂车子的引擎盖,正在查看内部。"我把你唱片的事儿跟所有女同事都讲了,科迪。我们都等不及想听听,上面都有啥啊?"

"这是个惊喜。"他说,抬起头来,"他们发誓说圣诞节前我一定能拿到。录音室的助理经理说他觉得这张唱片会火,这话他跟'橡树山男孩'[1]也说过,果然没说错。"

"哇!"帕蒂说。

看到科迪把一撮烟丝放到嘴唇下面,她说:"我觉得嚼烟丝还挺性感的。"

琼把小宝宝从车上的婴儿座里抱了出来,举在肩头摇晃着逗他玩。"哪个是宝贝啊?"她问小宝宝。

那个周五,在去纳什维尔的路上,他们在中巴车里唱着福音歌,把歌词改得面目全非。"轻轻摇啊,可爱的战车"变成了"低脂糖啊,咖啡先生牌的咖啡壶,过滤咖啡让我心跳加速"。科迪开车,琼坐在后排,好照管食物。她把啤酒和当天早上准备好的三明治递给大家。她一直期待着周末的到来,希望能跟黛比倾谈。

威尔·埃德挨着琼坐在后排,抱怨着自己的老婆,她正在读一个函授室内装修班。"她本来可以跟我们一块来的,可她就想待在家里重新摆放家具。我害怕天黑了回家,不知道往哪儿走。"他又笑着加了一句,"而且我还不知道会撞上谁。"

---

[1] 美国乡村乐队,活跃于 20 世纪 50 至 70 年代。

"乔伊斯不会对你不忠的。"琼说。

"你以为我们唱的这些歌都在讲啥呢?"他问。

当时,科迪正在哼着《打开酒瓶盖》,一首关于红杏出墙的歌。他朝后伸出手想再要一罐啤酒,琼把易拉罐打开递给了他。科迪把啤酒罐夹在两腿之间,说:"可怜的琼,她是害怕我们会变坏。她认为我应该待在家里施肥挤奶的。"

"别叫我'可怜的琼'。我能照顾好自己。"

科迪笑了。"如果男人不被女人绑住,你指望他们能干些啥?如果他们没孩子,没房子,没有贷款要还的话。"

"男人跟女人一样想要结婚,想有个家,要不然他们干吗要结婚成家。"琼说。

"教训教训他,琼。"L.J. 说。

"讲个我的事儿,"威尔·埃德说,"我有次问乔伊斯晚饭吃什么,她说:'我吃汉堡包。你准备吃啥?'我是说我现在随便说什么都会被顶回来。"

"你们都住嘴。"琼说,"我们唱首别的歌吧,唱那首《又老又破的十字架》。"

"又老又破的十字架"变成了"一辆老雪佛兰",一幅凄凉的画面,对于琼来说,那似乎代表着流失的昔日好时光。她脑子里浮现出一辆漂亮的 1957 年造雪佛兰,尾翅上喷着银色的箭头,华丽地立于一座高山之巅。

"这可比带着午饭饭盒去工厂报到强。"科迪喊道,"对不对,兄弟们?"在空荡荡的高速公路上,他按了两下喇叭,大声唱起欢乐的歌。

在蓝鸟,琼喝着黛比端给她的"龙舌兰日出"。这饮料很漂亮,杯缘上插着一片橙子——一轮升起的太阳。在服务客人的空隙间,黛比跟琼坐在一起谈论人生。黛比对人性知道得很多,虽然琼并不确定黛比关于科迪是个内心痛苦的男人的看法一定正确。"如果他痛苦,那是因为是我在赚钱养家,"她说,"但是他不去找工作,反而在唱歌。"

"他正在经历转变,"黛比说,"男人都要经历这个。他害怕被生活遗忘。我见过好多这样的家伙。"

"我不明白现在的人都怎么了,都没法在一块儿待着了。"琼说,"我女儿离了婚,我觉得我也离过婚这件事现在才让我感到难过。第一次婚姻里我被人耍了——跟一个男人过了十八年,操劳得手指头都露出骨头来了,养大三个孩子——可我也没能落个天长地久。碰到科迪算我运气好。科迪说不能带着遗憾生活,可如果你能依赖的东西那么少,还想有所期待真的太难了。"

黛比跳起身来去给一个朝她打手势的男人拿扎啤。回来后,她突然向琼坦白说:"我做结扎了——可我真够蠢的!现在我刚碰到的这个家伙,他还不知道。我觉得我对他是当真的,可我还没勇气跟他讲这件事。"

"什么时候做的？"琼叫了起来，被吓着了。

"去年春天。"她点燃一支烟，狠狠地吐着烟圈，"你知道我为啥要做结扎吗？因为我讨厌被定义。我前夫认为每天晚上六点钟他回家的时候，我必须准时把晚饭摆到桌子上。可我也上班啊，我五点半才回家。所有买东西打扫卫生煮饭的事还都得我来做。我讨厌人们觉得这种事理所当然——我该做晚饭就因为我长着生育器官。"

"我还从来没从这种角度想过这问题。"

"我还得在那些义务里再添上几个孩子？见鬼去吧！"黛比用她的圆珠笔在一张餐巾纸上戳着。那张餐巾纸上印着些笑话，她把那些笑话都给戳烂了。"一些小事情，"她说，"我并不那么在乎同工同酬，反而更在乎别人根据我理家的方式来评判我。我怎么理家不关任何人的屁事。"

琼还从未听说过与黛比的所作所为相似的事。她不知道为了跟男人对着干，一个女人可以走得这么远。后来，黛比说："除非你做了输卵管结扎[1]，你不会知道问题出在哪儿。"琼感觉到黛比用错词了，不过她不想指出来。

"我不想看到你这么难过，"琼说，"我能做点啥？"

---

[1] "输卵管结扎"的英文为 tubal ligation，但黛比错说为 tubal litigation，litigation 意为诉讼。

"跟他们讲别再唱那些相思病的歌了。这些乡村歌曲都那么傻乎乎的,它们告诉你要忠于丈夫,可接着就说他不过是在利用你而已。"

琼觉得自己能理解黛比要告诉新男友她做过的事情的感受。这件事似乎是个可怕的秘密。黛比宁愿做结扎,也不愿意跟丈夫直说让他对自己好点。乡村歌曲坦率直白,可实际上人们却各自保守着自己的秘密。这些歌曲是对隐私的侵犯,黛比肯定是对她自己的理家以及丈夫的指令有了类似的感觉。琼想,黛比应该唱一首关于此事的歌,而不是去摧残自己的身体,可也许黛比不会唱歌。琼快要喝醉了。

第二天下午,在汽车旅馆里,科迪对琼说:"他们想让我每周在酒吧里唱五个晚上,已经给了我半年的保证。"他笑呵呵的,高兴地东敲西打着东西。他刚买了些可乐和巨无霸汉堡包。"威尔·爱德和L.J.得待在家里上班,不过我可以在这儿找几个伴奏的,容易。我们可以在这儿租套小公寓,把房子卖了。"

"我不想卖掉爸爸的房子。"琼的胃部一阵痉挛。

"可是,我们拿它也没啥用啊。"

"他们说工厂春天又要招人了。"琼说。

"让工厂见鬼去吧!我为它付出了十九年六个月的生命,他们不给我一分养老金就把我裁了。去他妈的!"

琼把巨无霸和可乐放在一个托盘里。两张床,她和科迪坐在其中一张上吃饭。她小口咬着汉堡包。"你是在让我把工作辞了。"她说。

"你能在纳什维尔找份工作。"

"做个跟黛比一样的鸡尾酒吧服务生吗？不，多谢了。这种生活太难了。我喜欢我的工作，很幸运自己有这份工作。"

电视上，一个牧师正喋喋不休地讲着为上天堂要做的善行。科迪起身旋转着选台钮，测试所有的频道。"瞧瞧，如果搬到南方，我们能收看多少频道啊！"他说。

"别这么做，琼。"那天晚上，黛比直截了当地说。

"科迪跟我在一起的时间还没那么久，"琼说，"有时我觉得自己对他根本不了解。我们还处于我要给他勇气的那个阶段，那种你跟一个人刚刚开始的时候要做的事情。"她又加了一句，语带嘲讽，"支持你的丈夫。"

"我们总是陷在这个或那个庸俗的境地，"黛比说，"可你总得为自己着想呀，琼。"

"我应该给他更多机会。他把心全放在了这件事上了，而我一直那么顽固。"

"可你得瞧瞧他让你干吗啊，姑娘！瞧瞧你一直以来的努力。你有你爸爸的房子，还有那么好的工作，你不想把这些都丢了吧。"

"卖了房子付清房贷之后，我们不会剩下多少钱。他想搬到纳什维尔也许是因为那儿有九十九个电视频道可以选择。当然，明年我们那条路上也开始铺设有线电视了，到时候我们能收到十个台，足够看的了。他们现在已经在招标选经销商了。"

"我从来不看电视，"黛比说，"看那些就像我生活片段一样的东西我受不了。"

回到家，科迪坐立不安，充满焦虑的活力。他修好了几片围栏，似乎要把房子弄好准备出售，可琼还什么都没答应他。那天晚上，在书房里，电视节目《朝代》结束后，科迪把电视音量关小，说："我们谈谈吧，琼。"她等着他打开一瓶啤酒。他一直一瓶接一瓶地喝着啤酒，有条不紊。"我这段时间想了很多怎么会走到这一步的，我对我以前对待第一个妻子莎琳的方式感到抱歉。我怕自己在用同样的方式对待你。"

"你对我不坏。"琼说。

"我占了你的便宜，什么都让你付账。我知道我该去找份工作，可是该死，生活应该不仅是整天上下班打卡。我觉得自己对生活的要求一直比大多数人多，我以前是个十足的捣蛋鬼，我觉得自己什么都应付得了，因为别人老是给我东西。我这一生，别人都在给我东西。"

"什么东西？"琼坐在沙发上，科迪坐在安乐椅里。唯一的光线来自电视。

"在中学,我比其他人得到的情人节礼物都多,这些礼物有糖果,写着'成为我的情人'和'小可爱'这类话的心形小卡片。等我高中毕业后,镇子里所有的店主都给我东西,带我去他们商店后面的房间,给我威士忌。我第一次喝酒是在瑞克谢尔药店后面的铺子里。很长一段时间我都没弄明白人们还是想要回报的,他们期待我给他们东西但我从来没有给过。我没有达到他们的期望。不管用什么方式,我想回报点东西。"

"人们一直崇拜你,科迪。你心眼那么好,这不也算是给予了吗?"

科迪打了一个响嗝,大笑起来。"我十二岁左右的时候,有个男人给了我五块钱让我给他打炮,就在以前的 A 和 P 商店后面的胡同里。"

"你做了?"

"做了,而且从来没觉得有啥。我就是做了。真金白银的五块钱啊。"

"好吧,那你欠他什么呢?"琼尖刻地问。

"什么都不欠,我琢磨,不过问题是,我做了很多不对的事情。莎琳老爱鼓吹《圣经》,拉我去教堂。我没法忍受那种日子,像对待垃圾那样对待她,背叛她。那是我以前常干的事。有一次我有个机会,大概十五年前,去纳什维尔的一个小酒吧演唱,可孩子们还小,莎琳也不想让我去。我至今还在为这件事后悔。你没看出这个机会为什么对我这么重要吗?我是在努力想把自己的东西给别人，而不是老是拿别人的东西。跟我一起走吧，琼。跟我一起去冒这次险。"

"你这样说让我说什么好呢？"

"人必须追随自己的梦想。"

"这话听着像埃尔维斯的歌。"她说，语气出乎意料地嘲讽。她在想埃尔维斯生命的最后几年，他变胖了，人也变腐败了。她把沙发上的枕头重新摆放了一下。电视在播天气预报，雷达探测器显示本地区有雨。她盯着雷达地图上闪烁的线条，慢慢地说："你想做的是站在聚光灯下面让人们崇拜你，这跟白拿东西没两样。"

"不对。也许你觉得站在聚光灯下很容易，可实际上不是这样。瞧瞧埃尔维斯的结果吧。"

"你不是埃尔维斯，再说把这房子卖了也太过分了。事情不可能非白即黑，总该各方面都考虑一下吧。所谓好的生活，大概就是这样的吧。"琼觉得精疲力竭，似乎她刚刚不得不找出生活全部的意义，就像在脑子里做了一道复杂的数学题一样。

科迪关掉电视，光线随之消失了。在黑暗中，他说："我背叛了莎琳，但从来没背叛过你。"

"我从来没说过你背叛过我。"

"可你预料会有这一天。"他说。

帕蒂来让琼周末替她看孩子。她找了个新男友，要带她去圣路易斯。

"我带他们去纳什维尔吧,"琼对帕蒂说,"我得跟着科迪,好让女孩们离他远一点。"她意味深长地看着科迪。

这话本来只是个随便说说带点戏弄的玩笑,她想,可说出口味道就变了。科迪盯着她,一副受伤的样子。

"孩子们会碍事的,"他说,"你不能把他们带去'蓝鸟休息室'。"

"我们会待在汽车旅馆的房间里的。"琼说,"我反正想看HBO播的《金色池塘》,纳什维尔有那么多的台,记得吗?"

她明知带着孩子们去纳什维尔不是个好主意,但她得跟科迪一起去。她不知道会发生什么事,她希望和孩子们一起可以让她和科迪觉得有个家需要他们负责任。再说,帕蒂这阵子对孩子们很疏忽,上周她跟新男友外出,琼已经连着三天帮她照看孩子了。

南下的中巴车上,罗德尼由于长新牙而哭喊,L.J. 给了他一块生皮让他嚼。克里斯蒂拿着一桶塑料玩具玩着。威尔·埃德在练习他们刚学的一首歌中间的八段。既然科迪打算扔掉威尔·埃德和L.J. 自己独自行动,琼觉得威尔这么做似乎没什么意义。威尔·埃德用吉他一遍又一遍地弹奏着那段曲子,直到克里斯蒂大吼道:"别弹了!"科迪几乎不说话,L.J. 在开车,因为带着孩子,琼不愿意科迪一边开车一边喝酒。

夏令时终止了,天黑得早了。纳什维尔城边的明亮灯光提醒琼没多久就是圣诞节了。

她喜欢跟孩子们一起独自待在旅馆房间里,这让她想起以前她自己的孩子还小而她的第一任丈夫上夜班的日子。那时在熟睡的孩子身边她总是轻手轻脚的,不过现在的孩子对噪声的抵抗力增强了,电视对他们没什么影响。她坐在床上,背靠着几个枕头。孩子们都睡着了。从床对面的大镜子里,她能看到她自己在看电视,身边是和衣而睡的孩子。琼觉得心里充满期望,似乎简单的答案在等待着她——来自电影,来自孩子们的纯真。

突然间,克里斯蒂坐了起来,大喊道:"妈妈在哪儿啊?"

"嘘,克里斯蒂!妈妈去圣路易斯了。我们星期天会见到她的。"

克里斯蒂猛地跳下床,在房间里到处乱跑。她查看着衣橱和洗手间,然后开始尖叫。琼抓住她,小声说:"嘘,你会把你弟弟吵醒的。"

克里斯蒂从琼手中挣脱开,朝床下看去,但那是一张盒式床——琼想,如果从打扫卫生的角度来看的话,真是极妙的构造。克里斯蒂撞到一张椅子,摔倒了,开始号啕大哭。罗德尼动了几下,也哭了起来。琼把两个孩子一起抱到床正中,开始为他们唱歌。除了凯蒂·威尔斯的关于下等酒馆天使的歌,她想不起其他的歌。唱这首歌给孩子听实在荒谬,可她还是唱了。那是她的生活。她唱着这首歌,好像自己是个无辜的旁观者,为女人的命运而愤慨，有些男人离开家，或者做成大事或者一事无成，授人笑柄，而女人们只能赞同地旁观着。

科迪回到房间的时候她已经和孩子们一起睡着了。她醒了过来，扫了一眼闹钟，凌晨三点，电视还开着。科迪在找他想看的伯特·雷诺兹[1]的电影，他跌跌撞撞地走进浴室，然后穿着衣服倒在另一张床上。

"我在跟那几个新来的家伙排练，"他说，"然后我们出去吃了点东西。"琼听见他的靴子掉在地板上，他说："十点半左右我往家里打了个电话，在演唱空当，想祝妈妈生日快乐，她跟我说爸爸进了孟菲斯的医院里。"

"噢，出什么事了？"琼坐起身来，把枕头推到身后。科迪的父亲快七十五岁了，向来喜欢吹嘘自己从不生病。

"癌症。他做了几个检查。他们从来都是什么都不告诉我。"科迪把他的衬衫扔到床脚，"肺癌，来得很突然。他们下周给他做手术。"

"我以前就很担心这个，"琼说，"像他那样抽烟。"

科迪转过身，隔着两张床之间的过道面对着她。他伸出手去找她的手。"明天晚上演出结束后我得去孟菲斯，妈妈明天去那儿。"

罗德尼在琼旁边哼哼了几声，她拉过被子盖住他的肩膀，然后蹑手蹑脚地溜上科迪的床，贴近他躺下，而他则一直在以难以

---

[1] 伯特·雷诺兹（Burt Reynolds，1936—2018）：美国演员、导演、制片人。代表作包括《最长的一码》《不羁夜》等。

置信的语气谈论着他的父亲。"我把妈妈的生日忘了,这让我抓狂。第一场演出期间我想起这件事,当时我在唱《蓝眼睛在雨中哭泣》。我不知道怎么会在那个时候想起这个来。"

"你希望我跟你一起去孟菲斯吗?"

"不用,没事的。你得把孩子们送回家。我会坐大巴去,然后回这儿来赶周二的演出。"科迪把她拉到自己面前,"你会回来跟我在一起吗?"

"我一直在想这事儿。我不想辞职,不想卖掉爸爸的房子。那么做也太疯狂了。"

"有时候疯狂一点也挺好呀。"

"不,我们得理智点,不要把我俩之间的事情搞砸了。"她不想吵醒孩子,几乎在耳语,她的声音颤抖,好像觉得冷一样。"我觉得你应该先自己来这里,看看事情成不成。"

"如果我的唱片火了,我们赚了一百万会怎样?"他的眼睛盯着电视。伯特·雷诺兹正减速从一条州际公路上开下来。

"那又不一样了。"

"如果我能上'大奥普里',你会搬来纳什维尔吗?"

"会。"

"这是个承诺吗?"

"是。"

星期一,科迪仍然在孟菲斯。手术安排在第二天,琼早早下了班，好去陪科迪和他父母。运货卡车来送唱片的时候她正准备离开家。司机搬来两个箱子，上面标记着"3之1"和"3之2"。

"明天我会把第三个箱子送过来，"司机说，"我们不允许一下子送三箱。"

"为什么？"琼问。她站在通往晒台的敞开的门道里，打着寒战。

"他们想让我们有活干。"

"好吧，这事儿我一点也不明白。"

琼把箱子推过门槛，关上门。用一把切肉刀，她打开了其中一个箱子，抽出一张唱片。唱片封面有一张科迪、威尔·埃德和 L.J. 以及吉米坐在一张长条椅上的照片。他们的上方，专辑的名字是一条红蓝色的霓虹灯标牌：靓仔镇。科迪和他的朋友们全都身穿靓仔镇 T 恤、牛仔靴，头戴牛仔帽。他们的样子很随便，有点无精打采，活像那支叫阿拉巴马乐队[1]。真是张可怕的照片。看着自己的丈夫，琼觉得没人会说他帅。她把封面拿到玻璃门前，让他脸部的光线好一点。他看上去苍老严肃，不宽容，好像期待着世界对他的到来做好准备，好像这是他的报复，而不是他的礼物。这张脸如今印在一千张唱片上。

不过这张照片完全不是科迪本人，她想。那只是他狂野的一面，而不是她所爱的那部分。看着这张照片就好像在辨认一具死

---

[1] 美国的一支乡村摇滚乐队，20 世纪 70 年代红极一时。

尸：它是如此陌生以至于死亡在某种程度上变得可以接受了。她不得不笑了。科迪想让这张唱片成为一个惊喜，但当他看到自己的样子时会感到震惊的。

琼听到外面传来一个声响，她把鼻子凑到玻璃门上，弄得上面一片模糊。晒台上，一个挂篮里的凤仙花已经死于最近的一次霜冻天气。她忘了把这盆植物搬到室内，现在，她看着挂篮在一小股风里扭转摇摆。

玛丽塔

我的名字来自我的两个姨妈,玛丽和丽塔。有时候我觉得玛丽塔这个名字很可笑,不过有时候觉得它还是蛮可爱的。妈妈觉得这个名字听上去有点西班牙风味。有一次我去参加化装舞会,她把我打扮成西班牙扇子舞舞者的样子。后来我的约会对象吐在我腿上了,我不得不用扇子把呕吐物刮掉。为了那把扇子妈妈曾跑遍了小镇。她说:"没有扇子怎么卖弄风骚?"妈妈懂这个——她是个中高手。她甚至跟来和我约会的家伙调情,尽管她在背后管他们叫"笨蛋"和"愣头青"。她使出浑身解数让他们心生胆怯,让他们觉得自己配不上我。我觉得穿着西班牙舞服装很愚蠢,都不是我自己了。她以为她了解我,能帮我纠正我的性格。她个子矮,我个子高,但我俩有相同之处:丰满的嘴唇、深陷的眼睛、粗重的眉毛。人们把我们误认作姐妹,真难为情,因为她是漂亮的那一个。我的脚太大,上身还短。

老一套,就像外婆经常挂在嘴边上的,不过我怀疑她指的是我们特定的故事——我们的老生常谈,母亲借助女儿重温一遍自己的生活。老生常谈!我讨厌它们。妈妈想要我有选择。她担心我年纪轻轻就结婚,还没有机会看一场百老汇秀或背包出门走上一遭,就被困在厨房里了。她经历了两任丈夫,两个都不是我父亲,我无法责怪她。其中的一个是个疯子,另一个很粗暴。她从来没有真正爱过他们,她之所以对我父亲痴情,只不过是因为他死得早。

晚上,我看她对着亮灯的化妆镜涂抹护肤霜,手指慢慢按摩着脸部,画出的小同心圆就像指头上的螺纹。她看上去那么无辜,好像从未经历过不幸一样。

苏·艾伦觉得要迟到了。她在厨房餐桌旁化妆。坐在桌子上的两只猫愉快地分享着一块桌垫,眼睛瞄着牛奶罐。苏·艾伦分拣出来准备放进夹子里的折价券还在桌上堆着。女儿让她怒不可遏。玛丽塔在磨蹭,眼看就要迟到了,她还没有穿好衣服。自从出人意料地从学校回来并开始在一家廉价商场上班,玛丽塔就一直在睡懒觉,她的闹钟每隔一段时间就要响一次,猫跳到她床上。她退学了——大学的第一学期——就在学费不能退还的期限刚过没多久。苏·艾伦既愤怒又失望。玛丽塔的解释是:"我想你了,妈。"

苏·艾伦已经开始享受单人世界。晚上,她习惯在杂志、奶油雪莉酒和脱口秀节目的陪伴下蜷缩在床上。这是她的私人时间,是她不需要微笑的时段。她不可能一天二十四小时都做女招待。她可以看着电视里的人为他们的形象感到绝望("我到底怎样?")并嘲笑他们——这群傻瓜。压力大的工作才需要微笑,她在哪儿读到过。有时候她觉得在养大女儿这件事上她就像一个女招待,总是很委婉,笑脸相迎。她受够了。

"九点十五了,"她对玛丽塔说,玛丽塔还穿着睡衣。"你要穿那件带垫肩的蓝夹克吗?"小心翼翼地,苏·艾伦在用一根棉签涂抹眼线膏。镜子里的那张脸有点沧桑,不像是她的。

玛丽塔懒散地翻着信件。"你听听,妈,"她说,"目录里这些商品的名字就像绕口令。"她认真地说道:"手工编织多尼戈尔粗花呢绒衣。太绕口了!"

"我可以说,如果有时间的话。"苏·艾伦又轻轻擦抹了一下她的眼线膏。她不能这么不耐烦。

"试试这个:羔羊毛驼毛羊毛衫。"

"羔羊毛驼毛羊毛衫。羔羊毛驼毛羊毛衫。"苏·艾伦飞快地说道。"嗨，我说得蛮好。"

"我喜欢这个：搭缝平口皮鞋。"玛丽塔大笑起来，苏·艾伦被她逗乐了。"佐治亚多脂松木。"玛丽塔笑得眼泪都流出来了。"山路伐木工滑雪板，"她说，"矮人钓鱼背心。这个要把我笑死了。"玛丽塔的脸上挂着成串的眼泪。"我喜欢好笑的文字。"她说。

玛丽塔看上去就像个咯咯地笑个不停的十二岁小姑娘。苏·艾伦也希望自己能在这儿待上一整天，和她一起开怀大笑。她想搂着玛丽塔，抱紧她。她想知道她脑子里在想什么，这样就可以对其加以修正，塞进去一些玛丽塔需要思考的东西。

"快点，宝贝。"苏·艾伦说，拧开口红刷。"我开车顺路把你放下来，一点钟和你碰头，我们去温迪快餐店吃中饭，好吗？"

"'派切克减价店'的那份工作我干不下去了。我需要从早站到晚，我敢肯定这么做对我的脚不好。我的脚掌太平。"

"可是没人看你的脚呀。"

"我决定去做一件有意义的工作。"

苏·艾伦的眼影盒飞过桌面，撒出大片的色彩，两只猫吓得同时从桌子上跳下地，像一个连锁反应。"你做什么都要先去挑毛病。"她说话时尽量保持冷静。折价券飘到了地上。苏·艾伦捡起一张五十美分的"莎莉"羊角面包折价券，她本打算今天用它去买的。

"我也没办法，"玛丽塔说，"我厌烦了。"

"厌烦了。"苏·艾伦说，点点头。

八月下旬，她们曾去潘妮百货公司，满心喜悦地为玛丽塔学校的宿舍挑选了带白镶边的粉色床单、印花被和与之搭配的窗帘。不过玛丽塔的室友带来了颜色犯冲的格子床罩，玛丽塔说那个女孩身上有味道。

大学与我的期望不符。上高中的时候我很用功，成绩也不错，但是上了大学后，原来认为重要的事情似乎都不那么真实了。只有那些不重要的事情才突出，不完美似乎才耀眼。高三的时候我想成为艺术家。妈妈鼓励我，因为她曾经喜欢过画画。现在她累得任何需要创造性的事情都不想做。从餐馆下班回家后，除了喝葡萄酒和看电视外她什么都不想干。她晚上睡得很晚，看《深夜新闻》和大卫·莱特曼的脱口秀。我觉得她把这附近的男人都消耗光了。太多牛仔了，有天晚上她这么说。现在她因为害怕艾滋而待在家里。过去我常听见她半夜里蹑手蹑脚地走动。她以前喝烈酒，但现在注意健康了，她说啤酒和葡萄酒有益健康。那也是大学里的问题——年轻人喝得太多，变蠢了。

大学里我选了英语、法语、艺术欣赏、历史和化学这几门课。那门理科的课程是他们让我选的，结果却是最有趣的一门课。我原计划学习法语，将来做翻译，可是那门课的老师是个男同性恋，他咬着舌头说"Parlez-vous français"的样子真让人恶心。我怪他毁了我的事业。如果有个好老师，我也许不会落到今天这样的地步。

而我的室友则是另一个原因。她来自山里的一个小地方，那里的人都很无知，不知道怎样做人。下午五点她会和她那群书呆子去餐厅，摇头晃脑地，像朝水边走去的鸭子一样嘎嘎叫。她的红格子床罩和我被子上的粉色蔷薇犯冲，让我起鸡皮疙瘩。我无法和她交谈。她的名字叫罗安·长，但她只有五英尺高，大家都叫她"矮子"。矮子·长。

妈妈不停地问我在学校出了什么事。

我和大学兄弟会的男孩子出去玩，有时候我们去身份证查得不严的酒吧。大多数时间我们在商场里闲逛到商场关门，然后再开车出去，最后在某个人的公寓里落脚，黑灯瞎火的。到了那个时候我也许已经忘记自己是和谁出来，出来干什么的了。有些夜晚我们不停地开车——经过养马场、环城公路，开到斯考特县，经过那些颠簸的在夜里看上去像是深色海浪的小山头。我感觉我们被扔进了风暴，随着海浪起伏。我们会滑入港湾，靠近铁轨的某个加油站。我们会用一下那里脏兮兮的厕所，还有可乐自动售货机，然后再次上路。

当我第一次在早晨感到不舒服时，我以为是矮子·长的错——她脏兮兮的床单，她的格子床罩。宿舍的空气被污染了。

我一直在逃早晨九点的课,我会去艺术中心后面的植物园做深呼吸。花朵在凋谢。花钟边上有一大片白花,叶子是亮蓝色的。每天我都会看着这些蓝色的叶子,半清醒地注意到它们看起来那么奇怪。过了一周我才恍然大悟,有人用漆把叶子仔细地喷成了蓝色。蓝色和白色是学校的颜色。野猫[1],加油。

我什么都不瞒着我妈妈,但是这件事我无法告诉她,因为我真的不知道。我不知道是谁——两个可以随便置换的家伙中的一个,我不知道也不想知道。无所谓。发生在九月那几个炎热夜晚中的某一个晚上。我没想到这样的事会落在我身上。我知道她会怎么说。她很谨慎,为避免我成为我高中年级百分之四十的女孩(全州最高百分比)中的一个,能教的她都教给我了。所以我只好告诉她大学不适合我。在想清楚怎么办之前我只能这么跟她说。我整天困得要死,除了睡觉什么也不想做。在"派切克"上班时我困得受不了,但不敢喝咖啡。别人说喝咖啡有危险。一个收银员告诉厨房用具部的珍妮特她觉得我在吸毒,因为我从大学退学了。

"早餐来点薄饼?"苏·艾伦星期天问玛丽塔。玛丽塔辞掉了工作,整天赖在家里。尽管她高中班里的几个小伙子打电话约她,可她并不想出去玩。

---

1 蓝白色是肯塔基大学的校色,肯塔基大学男女运动队的昵称都是"野猫"。

玛丽塔耸耸肩。"你知道我不吃薄饼，自打猫把毛球吐在我的薄饼上后。"

"那件事起码过去五年了吧？"

"那不是一件轻易就能忘掉的事情。"

"我们一起过一个轻松的礼拜天早晨吧。"苏·艾伦欢快地敦促道，"我们吃一顿早午餐，别人在高级餐馆吃的那种。"她工作的餐馆有"快乐时光"[1]，但是礼拜天不开门。一次，一个她在"快乐时光"认识的男人邀请她去"河口女王"号轮船上吃早午餐。早午餐包括蟹钳和流入一个贝壳形碗里的香槟喷泉。晕晕乎乎地，她把自己想象成维纳斯，在一群海洋小生物的带领下在海边沐浴。

"法国吐司？"她问女儿。

"好吧，法国吐司。"玛丽塔翻着星期天报纸的前几页。最近她很关注新闻，对股市很失望。她上一周的关注点是科幻小说，在那之前在研究宗教。多接触一点不同的观点是件好事。苏·艾伦告诉自己说。

"我去煮一大罐咖啡，我们坐着啥都不干，轻松一下。"

"我一点咖啡都不喝。"

"哦？"苏·艾伦接了半壶水，把水倒进咖啡机，又把过滤网

---

[1] 一般指有些餐馆在晚餐前（一般下午3点到5点）为吸引顾客、增加收益而销售廉价食物和酒水的时间。

卡进去。她偷看了玛丽塔一眼。她们的肤色都是蜜棕色的，可以换着用对方的粉底。玛丽塔的睫毛天生长得密，她用深色的睫毛膏和银色的眼影霜对其加以强调，再混入一点淡褐色，使得她的眼睛看上去很大。苏·艾伦想知道玛丽塔长大了的样子，在她刚十岁的时候就开始给她化妆。玛丽塔的父亲从来不知道有她。他死于亚拉巴马州马思尔肖尔斯的一场车祸，他在那里的一家生产导弹的工厂工作。苏·艾伦从来没能就在他出事前一个月写给他的那封"亲爱的约翰"信件[1]原谅自己。而他的名字正好是约翰似乎让这件事更加糟糕。有的时候她想象要是自己不给他写那封信的话，那一系列最终导致他在那一刻在那辆车子里的小概率事件也许就不会发生。

"我知道是怎么回事了。"法国吐司做好后她对玛丽塔说。

"你知道摩西[2]和亚里士多德两人说话都结巴吗？"玛丽塔说，从报纸上抬起头来。

"真有意思。你听见我说的了吗？"

"你知道我想干什么吗？"玛丽塔指着报纸上的一则广告。"我想去上美容学校，我可以以此谋生。我会干得很好，你知道我

---

1 妻子或恋人通知男人她已找到新的恋人，他们之间的关系结束了的信件。收信者往往是驻扎海外的军人。据说这个短语是二战期间美国驻扎海外的军人发明的。

2 《圣经》人物，是公元前13世纪时犹太人的民族领袖。史学界认为他是犹太教的创始者。在犹太教、基督教、伊斯兰教和巴哈伊信仰等宗教里都被认为是极为重要的先知。

可以的。"她激动地说，"反正你已经教过我那些基本的了。广告上说黑德沙克那里需要人，拿到执照后他们保证你有份工作。"

苏·艾伦把法国吐司扔进她的一个好盘子里，把盘子放在玛丽塔面前。她说："别去想美容学校的事，宝贝，你给我去做人流，一月份回学校。"

玛丽塔把身下的座椅从桌子边上推开，像是在往墙角里退却。"你怎么知道的？"

"太明显了。"

"才一两个月。"玛丽塔说，往下看着自己。"你看不出来的。"

"但是我了解你，你和我太像了，我看出迹象来了。"

"我会把孩子留下。"

"不行，不可以。"

"我不想别人把真空吸尘器伸到我里面去。"

"我教过你该怎样当心。"

"我就知道你会这么说。"玛丽塔尖叫起来。

"如果你生下来，你知道最终谁会去照顾那个小宝宝？我。因为你会失去兴趣，像你做任何你开了个头的事情那样。你经常变主意，就像用遥控器换台一样。"苏·艾伦当时就后悔自己说的话了。它们像她珠宝盒里缠绕在一起的项链一样涌了出来。她用装糖浆的瓶子戳着桌子，轻声说道："你还吃不吃法国吐司？"

"这看上去像是松鼠吐出来的。"

礼拜五晚上，一个在商场上班的男人约我出去玩。他算是一个销售经理，我看出来我的穿着让他感到难堪。在这里，如果你不穿色泽柔和的涤纶面料，人们会用奇怪的眼光看你。我在"派切克"廉价店上班时不得不穿的衣服给了他错误的印象。我们外出时我穿着一件齐小腿肚的印花裙和靴子，粗布背心和一条宽围巾。妈说我看上去很漂亮，她为我愿意出去走走而感到高兴。这个家伙，汤姆，他去商场买电池的时候建议我在车里等他。我知道他不想让别人看到他和我一起。我坐在那里想着妈妈的判断。妈妈平时把夹在杂志里的香水卡片撕下来，藏在放内裤的抽屉里。为了那份女招待的工作，妈妈把气泡包装片塞进胸罩里。她又能期待什么样的生活？

现在我哪儿都不想去。我待在家里读读报纸杂志，涂指甲，听一个家伙送给我的平克·弗洛伊德[1]和辛迪·劳帕[2]以及他人的唱片。那个家伙一直在约我去纳什维尔和孟菲斯听音乐会。他二十三岁，有一份说自己有"十年音响工程师经验"的简历。想象一下一个人十三岁的时候称自己为音响工程师，他或许躲在他父母的床底下制作秘密磁带。

---

1 英国摇滚乐队，他们最初以迷幻与太空摇滚音乐赢得知名度，而后逐渐发展为前卫摇滚音乐，以哲学的歌词、音速实验、创新的专辑封面艺术与精致的现场表演闻名。

2 辛迪·劳帕（Cyndi Lauper, 1953 —　）：美国创造歌手、制作人、演员、同志权利运动家。辛迪·劳帕是历史上同时拥有格莱美奖、艾美奖、托尼奖三大领域奖项的艺术家之一。

我的身体不停地发出信号，来自此前不知道的地方的小颤动和拉扯。我对自己身上的每一个细胞都很敏感。我可以把注意力集中到某一点上，比如说我的膝盖骨，通过意念让它发热。我注意到《信使杂志》上给出的很多热线电话和帮助小组都和人的身体有关：酒精、哮喘、过敏、怀孕咨询、犯罪受害者帮助、癫痫症、儿童多动症、强奸、中毒、妥瑞氏症、脊柱伤。身体是一座监狱，想象一下你有一个扭伤的脊椎和神经性痉挛，你的脸不受控制地抽搐。然后你被人强奸了！而且你还变成了一个酒鬼，最终你受不了了，抓起毒药把这一切都结束了。但是你仍然可以打热线电话，总有人在那里等着。

妈妈去上班后，猫在家里嬉戏打闹，在地上放着的几块地毯上滑行。"泥坑"躲在一块折叠起来的地毯后面跟踪"幽灵"。直到伏击战打响的那一刻，"幽灵"都假装没有发现，"泥坑"在突击过程中突然停下来，漠不关心地舔起自己的肩膀。"泥坑"是只黑色的猫，而"幽灵"是白色的。我真希望我的生活也那么清晰。我的身体沉甸甸的，行动迟缓，脑子转得也慢。猫蜷缩在床上，我和它们蜷缩在一起，我们躺着听完一整面磁带。有时我会从睡梦中惊醒。今天"泥坑"从沉睡中醒来，倒退着窜过房间。它肯定做了一个和我相同的噩梦。

苏·艾伦坚持要带玛丽塔去见波塞克医生。确保她一切正常，她告诉她说。异常的事情有可能发生，苏·艾伦相信波塞克医生。过去她的胸罩经常摩擦到她背上的一颗痣，他帮她把那颗痣切除了。他还为她做过更私密的手术，那是一件没人知道、说出来让人难为情的事情。和玛丽塔的父亲约翰·克罗斯订婚后，她那儿有点不对劲，无法享受性事。因为想要爱他，她假装和他一起到达高潮，但总是缺了点什么。做爱就像是接受妇科检查。多年后波塞克医生发现了她生理上的缺陷——阴蒂被一块厚厚的没有感觉的死皮遮住了。波塞克医生把它剪掉了，只用了局部麻醉，从此以后苏·艾伦为欲望发狂，像是找到了一块从未开垦过的处女地。她结过两次婚，但性事和爱情之间存在着差异。她选择的结婚对象似乎都是最佳的性伙伴，但人品极差。在她的想象中，她总是把那些冰冷的性爱改编成和约翰在一起的场景。

"他怎么说？"玛丽塔从波塞克医生诊所出来时苏·艾伦问道。

"他在我身上乱捅一气。他的手指头又肥又粗，像一节油腻的香肠。糟糕透了。疼死我了。"

回家途中，她们停车去一家小超市买面包和猫粮。当她们走在罐装食品的走道里时，玛丽塔说："我觉得你说得对，妈，我应该去做人流。"

苏·艾伦大吃一惊，手里的一袋英国松饼掉到了地上。"波塞克医生说了什么？"

玛丽塔耸耸肩:"他说:'来吧,玛丽塔,把这个小宝宝从里面拉出来。它对你没什么好处。'"

"就这些?"

"是呀。不过他说得有道理,听上去很合理。"

"真该死!"苏·艾伦大声喊道,"我拼了老命想让你明白,一个男人只说了一声'跳',你就问'多高'?"

"嘘,妈,"玛丽塔说,"大家都在看你。"

去路易斯维尔诊所途中,大约四小时的车程,玛丽塔的心情似乎很不错,对自己的决定很有把握。她们有说有笑地跟着收音机唱了一会儿歌,就像几个月前苏·艾伦开车送玛丽塔去上大学一样。

苏·艾伦放心了。她想把这件事了结,不再去想它了,越简单越好。前一天晚上,她眼睛盯着电视,不停地想象如果玛丽塔坚持要把孩子生下来会怎样。脱口秀中的客人在谈论他们的电影、他们的狗、他们的孩子和他们的度假房,在奶油雪莉酒的作用下,她想象这些声音、这些抑扬顿挫的言语是在讨论人工流产。大卫·莱特曼羞辱他访客的行为让她生气。现在男女主持人的定义全变了,她心想,或许和航空公司不只录用"空姐"而是录用两种性别的"乘务员"发生在同一时间。现在服务这个词的意思似乎也变样了,混淆不清。大卫·莱特曼与主持人的角色相反,让你觉得不受欢迎的同时又为能参加他的节目而感激不尽。她做了个噩梦,梦里大卫·莱特曼让她给玛丽塔背诵一份长长的菜单,逼着她女儿当场做出选择。苏·艾伦想和大卫·莱特曼对着干,可是这是在电视上,她不得不那么做,否则会丢面子。这真是个奇怪又复杂的矛盾,她醒来的时候心里想。

山丘被公路切开,裸露出层层板岩。水沿着岩石墙往下流淌,形成一些小瀑布。玛丽塔有一个装零钱的小钱包,交过路费很方便。她们在比弗丹广场停车上厕所买可乐。玛丽塔说她觉得肚子胀鼓鼓的。苏·艾伦带着健康食品做的点心,她带了"妈咪食品",一种根据肯塔基霍普金斯维尔神秘人物埃德加·凯斯的配方制作的点心,但是两个人都紧张得吃不下。

玛丽塔说:"我从书上看到如果胃灼疼的话,小宝宝会有很多头发。昨天晚上我的胃灼疼了。"

"现在还不是小宝宝。"苏·艾伦说。

诊所后面的停车场里,她想要对玛丽塔说:"我知道我在这件事上逼你急了一点,你可以重新考虑。这是你的选择,宝贝。"

她想象玛丽塔会说:"没什么,妈妈。不过谢谢你给我选择权。"

不过那样的交谈会像肥皂剧里的一段场景,现实中是不会发生的。苏·艾伦不敢给玛丽塔提供出路。假如玛丽塔的回答是:"这就是你十八年前想要做的事情。"那又该怎么办?

诊所是一栋小型砖头建筑,夹在一个加油站和一个室内装潢公司之间。候诊室的墙上挂着加了镜框的海景画,有一扇可以环视停车场的窗户。出乎意料,候诊室里没有播放背景音乐,她们坐在角落里放着的硬尼龙椅子上,挨着一个穿牛仔靴神情紧张的女孩子。她们的对面,一对不到二十岁的年轻男女,穿着同样的牛仔裤和牛仔夹克,正小声地互相埋怨着。玛丽塔随手翻着一本《时代与人物》杂志。她嚼着口香糖。为了不去想即将发生的事情,苏·艾伦带了一本色情小说,书的名字叫《红色的零》,玛丽塔说书名用在这里很恰当。

玛丽塔从杂志上抬起头,说:"妈,这里说埃尔维斯优雅庄园卧室里东西的摆放还是他离开时的样子,就连他的护身三角绷带也在原地放着。"

"男人都这样,"苏·艾伦说,"老天爷,他们全都一样。谢天谢地,我不再有一个需要为他收拾的男人了。"

"你就嘴上说说。"玛丽塔说,嚼着口香糖,翻着杂志。

苏·艾伦研究起周围的人:一对农村来的夫妇,双手粗糙,面孔饱经风霜,年轻的女儿坐在他俩中间;一位中年妇女穿着食品小贩穿的淡绿色的工作服;全身上下穿着牛仔服的小年轻似乎在憎恨对方。

一个胖女人从诊所里面走出来宣布道:"只不过是发炎,感谢上帝!我以为是疱疹或是艾滋呢。"

那个女人在等着别人的响应。"我去厕所都特别小心,我要垫三层纸。"

"我害怕。"玛丽塔轻声对苏·艾伦说。她双手压在大腿下坐着，杂志掉到了地上。

就在这时玛丽塔的名字被叫到了，她狐疑地看着苏·艾伦，

"我和你一起进去。"苏·艾伦说，合上了书。

人还是有点模糊，躺在蔷薇被下面既暖和又舒适。回家路上我在后座上睡了一路。没什么大不了的。天主教反对人工流产，不过就像他们惯常的做法——先犯罪然后去忏悔，这就像收回一句忍不住说出口的脏话。手术很容易。妈妈说等到时机成熟了我应该生个小宝宝，意思是说等找到一个有钱的英俊男人之后。她说不然的话她将不得不照顾这个小宝宝，她老了，没法从头再来一遍了。但这不是真话。我看见"泥坑"和"幽灵"在地毯上玩耍，天真无辜得让我想哭。妈妈在上班，她不在的时候这个秘密世界在运转。我们像我过去读给堂弟妹们听的童话书里的"借贷者"[1]。我们都是小不点，安安静静，住在蔷薇花里面。现在我不需要去上美容学校了。那只不过是一个想法而已，养活孩子的一种方法，但是现在我没有去那里帮别人改善外观的理由了，而且我还想起来我对烫发液过敏。我告诉妈妈我打算回学校。下午离家

---

[1] 英国作家玛丽·诺顿的同名童话小说中的人物，他们非常小，住在一个英国人家的地板和墙壁里，通过与人"借贷"生存。

前，她骄傲地微笑着，准备好我要吃的药。

　　昨天晚上，她给我开了一个小派对，像一个生日派对。她从餐馆带回来带皮的大虾和薄荷冰激凌。她进门时我睡着了，不过她叫醒我，开了个即兴派对。她送给我一件礼物——一件领口宽松带花边的新睡袍和一件配套的睡衣。为了逗我开心她说这是"分币大战"[1]。礼物由画着粉色火烈鸟的包装纸包着，正中间捆着一个带真羽毛的粉色小火烈鸟。这件贴心的礼物让我的心情好了起来。我被粉色淹没了：睡在粉色的蔷薇花被子里；壁橱里挂着粉色的"分币大战"睡衣；"幽灵"粉色的爪子抚摸着我的胸脯。我半醒半睡地躺着，电视开着，我在想人名：香农、米歇尔、克丽丝特尔、特拉奇、桑尼、博伊、隆佐、伍迪、伯特、阿尔吉、加拉、德雷克、维奥莱特、温克、沃尔夫。电视上，科学家在一具木乃伊的大脑里发现了一条寄生虫。科学家在重塑木乃伊的脸，这让我想起了在美容学校学习面部护理。

　　高三家政课上，我们被要求用面粉做个小娃娃，而且上学时随时随地都要带着。它们有点像布娃娃，用弹力布缝制，里面塞满了面粉，约十磅重，所以让人感觉像是抱着一个小娃娃。在学校里我们一整天走到哪儿都要带着它，去吃中饭时我们不能把它们放在储物柜里。上课时，这些面粉娃娃要不坐在

---

[1] 一种筹款游戏，两组人竞争，谁得到的分币多谁的得分就高。

课桌上，要不坐在我们腿上。这么要求是为了提醒我们小娃娃是一个无时无刻的存在。这个愚蠢的州没有性教育课，这么做是为了教育我们生育孩子的责任，孩子不是一个你可以随便乱扔的东西。我觉得这个想法适得其反。有些女孩子很想怀孕，这样的话面粉娃娃就有生命了。她们喜欢她们的布娃娃，嗲声嗲气地和它们说话。我做的第一个娃娃有一对长了瘤的耳朵和一个大鼻子，脸庞上有一个蓝色的胎记。我把我的耳环往它上面挂，面粉漏了出来，史蒂文森太太要求我重做一个。我做了一个更好看的，红毛线的头发，纽扣做的眼睛，有人在上面签名，像在绑在断腿上的石膏上签名一样。有些孩子非常爱他们的面粉娃娃，带着尿片包上学，在课上到一半时给面粉娃娃换尿片。

　　有些学生的母亲给报纸写信，其中一封给我留下了深刻的印象："我反对学校用面粉娃娃教学的做法，依据是这么做是在嘲笑家庭这个概念。这些中学生不是小孩子，他们不应该玩布娃娃。我见到过有些学生对这些娃娃所做的难以启齿的事情。"我和妈妈都被这封信逗乐了。她把这封信贴在冰箱门上，直到纸张变黄卷曲了。大多数人认为让男孩子也拖着面粉娃娃到处走完全没有必要，可是为了那门课他们不得不那么做，这之后对男孩子的这项要求被取消了。这门课结束时，我们中的一些人对着体育馆的外墙搞了个"摔打娃娃"的活动。当时有几个姑娘哭了，但我没有。

我跑着离开体育馆,把面粉倒在人行道上,跑进足球场,这样我就可以无拘无束地奔跑——像一只追赶飞盘的小狗,像一个恋爱中的人。

金字塔的秘密

芭芭拉慢吞吞地开着车，从公寓经环城公路往镇子西边开。早晨拥挤的车流像云石蛋糕上的巧克力一样缠着她。气温已达28度，屁股下面的棉布裙子起了褶子。她昨晚几乎一夜没睡，眼睛红红的。

商场挂着的横幅上写着：

热气球表演，下午5点。
格林商店内裤狂欢，5块钱3条。

店里，格伦达已经烧好了咖啡。店员休息室设在仓库的一个角落。格伦达在家用品柜台上班，芭芭拉在童装部。"哦，芭芭拉，我真是蠢到家了！"格伦达和她打招呼，亲热得有点过了头，"我借给吉姆50块钱，我知道我再也见不到这笔钱了。我为什么总这么做呢？"

芭芭拉把咖啡倒进一只一次性杯子里。格伦达煮的咖啡总是浓得难以入口，芭芭拉用格伦达用过的调羹搅拌奶精。"你家的空调修好了吗？"芭芭拉问道，把调羹放回铺在黄色塑料托盘上的纸巾上。

"见鬼，还没呢！半夜里我还以为自己中暑了呢。房东上礼拜四派了两个半吊子过来，东西拆得到处都是，打那以后我就没再见到过人。"格伦达从包里掏出一把指甲锉修起手指甲来，芭芭拉则盯着倒扣在桌上的晨报发愣。小心翼翼地，她把报纸翻过来。报纸首页下方折痕处的头条新闻标题占据了三行：

本市商界领袖车祸丧生

她眼睛有点模糊，看不清报纸上的小字。这时格伦达说道："哦，鲍勃·摩根菲尔德是不是太惨了点？"

"是呀，我昨晚在新闻里听到的。"

"这是怎么回事，昨天我还在他商店门口见到他呢！简直让人

- 114 -

无法相信。"

芭芭拉折起报纸夹在胳膊下。她小口抿着咖啡。"我要去一趟卫生间。"她说。

卫生间隔间里，其他店员走进来时芭芭拉正用一叠卫生纸捂住嘴无声地哭着。过了一会儿，她意识到她们在谈论那场事故。她听到一个在家用电器部上班的尖嗓子说："真可惜，不过我并不感到意外。大家都知道他喝起酒来像条鱼。"

"可他那么随和，大家都喜欢他。"

"我脚上这双鞋就是春天在他店里买的。"

"我太喜欢了。我希望我也能穿超高跟的。"

芭芭拉听见女人们在水池里熄灭香烟，然后洗手。她们离开后，她走出隔间，重画了一下眼线。她在想鲍勃的妻子是否会把他火化了，还有此刻是不是有个殡仪师正往他脸上拍化妆品。

昨天晚上十点钟新闻里播报了这起车祸，她已经准备上床了，过夜的脸霜已经抹上，言情小说也翻开了。事故刚刚发生，播音员似乎很震惊，嘴里磕磕绊绊的。事故发生在弗罗斯特路快要与环城公路相交的那个弯道上，播音员说。芭芭拉坐在床上，惊呆了，体育节目和天气预报播完很久后她都没有回过神来。

尽管有时会在商场里碰到鲍勃，不过自从四月十二日晚上告诉鲍勃自己不能再和他约会了，她就没和他一起待过。他当时的反应让她很惊讶，他说他也一直这么觉得。"我从各个角度考虑过这件事，我觉得我承受不起一起丑闻。"他一副公事公办的腔调。她觉得他在解雇鞋店雇员时用的也是这种腔调。芭芭拉火了，告诉他没有他她活得更自在。她说她厌烦了像个外星人一样躲躲闪闪地过日子。后来，简直让人难以置信，他居然造起她的谣来，说她从他店里偷了一双鞋。当她店里的老板听到这个谣言后，她差点丢掉工作。她知道是鲍勃造的谣，因为他不能容忍被别人拒绝，她在电话里冲他狂吼了一通。他们吵架时说过的话她都刻在了心里，她觉得自己恨透了他，可是听到他的死讯后她困惑了。死亡把债务一笔勾销，争吵得以化解，等你死后所有人都会爱你。

她穿着短裤和T恤，萎靡不振，任由电视开着。她上了车，不知道自己要去哪儿。从黑暗中射出的街灯弧形的灯光像长颈鹅一样。环城公路上鬼影重重。帕迪尤卡第一商城（现在改叫"廉价商城"了）看上去孤苦伶仃，像一个被遗弃的电影拍摄场景。一辆轮胎吱吱响的皮卡从亮着霓虹灯的酒吧停车场里飞驰而出。她拐上弗罗斯特路，在弯道处减速，没看到近期发生过车祸的痕迹。芭芭拉一直在想那个惊慌失措的播音员，念着别人递给他的稿子。电视里的报道也许并不是真的，她对自己说，托马斯·杜威[1]当选总统

---

1 托马斯·杜威（Thomas Dewey, 1902—1971）：美国政治家，做过纽约州州长，曾两次竞选美国总统失利。

了,但其实没那回事。姬蒂·卡伦[1],一个芭芭拉母亲喜欢的五十年代歌手,也曾被报道已去世,也不是真的。

她把车子停在弯道过去一点的路边,坐在车里,偶尔会有一辆亮着大灯的车子从她身边开过。她意识到上车后收音机就一直开着。断断续续的歌声像被丢弃的残缺不全的家具。她下车穿过弗罗斯特路。公路对面有一些散落的玻璃。在一辆迎面驶来的汽车的大灯下,这些碎玻璃像芭芭拉那天下午粘在帆布夹克上的莱茵石一样闪闪发光。

芭芭拉在收银机上结算一包六双的儿童袜,2.99美元,六种不同的颜色。店里正在举行红色标签促销,她忙了一个上午。一对老年夫妻就尺寸大小争执了一番后,给曾孙女买了一件半价的复活节长裙。"她再长高一点就可以穿了。"老太太向老头保证说。"嗯,好吧。"他不情愿地说,伸手去后面的裤兜里掏钱包。老妇人对芭芭拉说:"我就该让他在车里等着。"

下午一点,芭芭拉出去给老板苏·安买了一份塔可沙拉,不过她自己什么都没买。回到休息室,她又喝了一点苦咖啡。一个正在学空手道的仓库工开玩笑地用双截棍击打她。

"嘿,谁给你弄了一副黑眼圈?"他问道。

"这是一种新时尚。"她说,从包里取出小粉盒。又该补

---

[1] 姬蒂·卡伦(Kitty Kallen,1921—2016):美国通俗歌手。

妆了。

一点半，她的朋友凯把头伸进休息室。"你没事吧？芭布。"

芭芭拉点点头。凯是唯一知道芭芭拉和鲍勃私通的人。昨天晚上凯陪芭芭拉一直聊到凌晨三点。芭芭拉离开事故现场后给凯打了电话。

"你今晚想去殡仪馆吗？"凯问她道。

"哦，我还是别去了吧。"

"我们就去签个到，表示一下哀悼。"

"我要是现身的话，丹妮丝就会知道是我在和他偷情了。"芭芭拉警惕地四下看了看，怕有人听见。

凯碰了碰芭芭拉的手臂。"可是你总得释放一下自己的悲伤吧，芭芭拉。"

"悲伤？"芭芭拉说，"难道是那玩意儿？昨天我还在恨他，今天却感到——我也不知道为什么。我觉得糟糕透了。要是我们分手分得不那么难看就好了。"

苏·安冲了进来，抱着一大摞徒步装。凯快速动情地拍了一下芭芭拉的手。"我下班后给你打电话。"她说。

芭芭拉在店里偶尔会碰到鲍勃的老婆丹妮丝。五月上旬的一天，和鲍勃分手以后，芭芭拉在为丹妮丝提供服务，后者正在架子上翻找女孩子的牛仔裤。丹妮丝因为打高尔夫球皮肤晒成了棕色，像乌龟皮一样粗糙。她穿着白色的球鞋和带绒球的短袜，一件棉质圆领套头衫,上面别着一个圆形金别针。她的折叠裙上印着公鸡图案,像是从童装部买来的。这套服装让她看上去不受时间的影响,人一点也不复杂。

丹妮丝说:"这年头牛仔裤一穿就烂,是不是太不像话了?因为它们不再是美国制造的了。"

芭芭拉不止一次开车经过摩根菲尔德的家。"想象一下打扫这样的家。"一天晚上她们开车出去吃饭经过时凯说道。这栋房子有两个车库和一个斜坡车道,空空的草坪上青草像餐具盒底铺着的绒布一样柔软。丹妮丝·鲍勃有两个孩子和一条爱尔兰长毛犬。"想象一下他们壁橱里有多少双鞋子吧。"

差不多一年前的一个炎热的夜晚,芭芭拉和鲍勃开车去伊利诺伊州的开罗市吃饭。餐馆由一栋维多利亚式住房改建而成,漆成了豆绿色,加了黑色边框。他们坐在阳台角落里的一张桌子旁,眺望着密西西比河棕色的水流。一条深色的驳船在落日的衬托下,像一只茶婆虫一样滑过。餐馆老板娘认识鲍勃,但是她很谨慎,男招待是个不到二十岁的小伙子。"血腥玛丽"酒杯里插着几根芹菜茎。沙拉吧提供不限量的清水煮大虾,鲍勃不停地去取虾。芭芭拉要了额外的柠檬片。她很开心,仿佛在做一件不寻常的事情。她深爱着他,并对此深怀恐惧。

"你知道这地方原来是一家妓院吗?"他问她道。

"你怎么知道的?"

他揶揄地笑了笑。"我就是知道,西肯塔基的每个男孩子迟早会来开罗的。"

"我总是听人们说起开罗,"她微笑着说,"小时候我以为是做卡罗糖浆的地方。"

鲍勃把他的酒杯在一个贝壳形的纸杯垫上快速滑动着。"当年埃及探险家划着独木舟沿密西西比河溯流而上时发现了这个地方,让他们想到了尼罗河边上的家乡,所以他们在这里安顿下来并叫这里开罗,而且他们开始建造金字塔。"

"从来就没有埃及探险家来过密西西比河!"芭芭拉说,咯咯笑个不停。

"不过这是真事。你没听说过这些金字塔?"

"没有。不过我倒是见到过印第安人的土堆。"地下古城[1]就在高速公路过去不远的地方。

"不一样。它们是真正的金字塔,不过已经倒塌了。废墟上长满了野草,成了蛇的领地。你知道克娄巴特拉[2]是怎么被蛇咬的吗?她可是埃及人。"

---

[1] 公元1000—1300年生活在肯塔基州巴拉德县的印第安人的聚集地。
[2] 克娄巴特拉七世(Cleopatra VII,前69—前30):埃及托勒密王朝最后一位女王。她才貌出众,聪颖机智,擅长手段,心怀叵测,一生富有戏剧性,使她成为文学和艺术作品中的著名人物。

"我看过那部电影。伊丽莎白·泰勒[1]演的,画着大黑眼圈。"

"这些金字塔的质量不怎样,选用的石材不对,所以它们倒塌了。"鲍勃举起酒杯。杯子里的冰块掉了出来,落在桌布上,溅出的红色酒滴和虾皮混在了一起。"但是男孩子来这里是为了了解金字塔的秘密。"

藏在无人知晓处的秘密地图和宝藏的画面进到芭芭拉的大脑里。他们待着的房子里就会有这样的宝藏。"什么样的秘密?"她问道。

他咧嘴笑了笑。"我要是告诉了你那就不是秘密了。"

"可是我想知道呀。"

"秘密就是怎样对付女人。"

"这又不是什么惊天大秘密。"芭芭拉往后靠着,研究起鲍勃。他的皮肤晒成了浅棕色,穿着一件蓝色的短袖棉衬衫,口袋接缝处被水笔漏出的墨水稍微染上了一点颜色。

"你觉得我很傻,是吧?"他问道。

"没有,我没有。你喜欢找乐子,这很对我的胃口。"她嚼着最后一根芹菜茎。接着说道,"不过你把真实的自己隐藏起来,这一直让我着迷。"

"这就对了,"他说,"也许这就是秘密所在。"

---

[1] 伊丽莎白·泰勒(Elizabeth Taylor,1932—2011):美国演员,在电影《埃及艳后》里出演克娄巴特拉七世。

太阳落得很快,就像小圆片游戏中的小圆片一样被扔到了河对面。男招待点着了网格玻璃罩里的蜡烛。主菜上来时鲍勃已经在喝他的第四杯"血腥玛丽"了。他像刻独木舟一样挖着烤土豆。埃及人没有独木舟,她心想。

"我一定是疯了,"他说,变得严肃了,"有时候我真不知道这辈子想要干什么。"

"什么意思?"

"今天早晨我很早就去了商场,那里一个人也没有。你都可以在走廊上溜旱冰。我有一种幸福的感觉。当时我在商场的中央,就在喷水池边上,所有一切看上去都那么新鲜,整个地方像是要盛开了,像一朵鲜花。这时我看见了在药店做收银的女孩来上班了。她穿着一条黄色的裙子。那一刻我突然意识到了什么,是那种你一生都不会忘记的时刻。"他想打个响指,但是手指由于剥虾皮太滑了。他说:"我突然看清了我的前世今生和未来。这种感觉非常奇怪。我恨透了我自己。"

"可是你应该为自己感到骄傲才对呀,"芭芭拉说,脸上流露出困惑,"你在镇上很受人尊敬。你能取得现在的成就多么不易。"

"但是突然我觉得我什么都抓不住了。"他停顿了一会儿,像是在等待一个来自芭芭拉的启示,但是她不知道该说什么,"我就想在商场里面溜旱冰,不过我知道囿于我的身份我无法这么做,这让我沮丧到家了。"

"那一定会很好玩。"芭芭拉有点渴望,旱冰场的音乐涌进她的大脑里,"不过你说得对。没人能够理解。"

他的声调升高了。他说:"就在那一刻,我恨透了我的商店,我恨整个小镇。你明白我的意思吗?"

"嘿,你已经很不错了。"芭芭拉安慰他,伸手握住他的手。

"小时候我想做牛仔、警察,或是海员,"他说,"我从来没想到过会开一家鞋店。"

男招待收走了盘子。蜡烛扑闪着熄灭了,鲍勃的脸暗了下来。他说:"今天早晨我站在那儿寻思,我这是开什么玩笑啊?鞋店生意这么好,我真的是很幸运了。"

"这都是你的功劳呀。"芭芭拉说。服务生把甜点单扔在桌上,可是光线太暗看不清楚。

"是这样,"鲍勃若有所思地说,"我知道什么时候该冒点险,什么时候引进一个新品牌,知道怎样采购。你必须学会相信自己的直觉。"他笑了起来,"我告诉过你我很疯狂,我有没有和你说过?"

她笑了,他们在阳台昏暗的角落里偎依了一会儿。他原计划春天带她去纽约采购,但就在最后一刻丹妮丝决定和他一起去,因为她想看音乐剧《猫》。想到纽约有那么多好玩的地方,芭芭拉至今仍愤愤不平,他们本可以像年轻人一样无拘无束地约会的。

　　回家途中，在通向帕迪尤卡黑暗荒凉的公路上，他车子开得很糟糕，弯转得太急。他沉默了。在一个四向停车路口，她一把拉起手刹。"我来开。"她说，抓住他方向盘上的手。

　　他顺从地下了车，摇摇晃晃地走到乘客一侧，随后转身朝着路边长着野葛的沟里吐了起来。她为他打开车门，他爬上车。这一刻，她终于做了一回主。

　　芭芭拉在手脚不停地销售袜子、短裤、T恤和汗衫。她害怕中断自己的注意力：键入商品代码，把标签一撕两半，钉好包装袋，开小票。在机器上刷信用卡给人带来快感。苏·安忙得都没有时间享用芭芭拉给她买的塔可沙拉，搁在员工休息室的篮子状的墨西哥面饼像一盆怪诞的正在凋谢的花。下午四点芭芭拉偷吃了一口冷冰冰的豆子和一片西红柿。五点三十，她收拾好自己的东西。

　　商场里挤满了周末出来购物和闲逛的人。这是方圆百里仅有的一家上档次的商场，住在乡下和小镇上的人周末聚集在这里。农家男孩有点害羞地四处溜达，年轻小夫妻穿着一样的牛仔布服装，一路上拉拉扯扯。所有人看上去都有点茫然。带着进超市购物的眼珠子逛商场——这是鲍勃说过的一句俏皮话。上次他带她出去吃饭，他们需要等位，鲍勃给出的名字是"比奇"，接待生透

- 124 -

过麦克风喊出的是"比奇两位"。

芭芭拉喜欢商场里的灯光，看它们怎样被喷水池周围形形色色的植物打碎，还有商店橱窗里五颜六色的商品。日光灯明亮的灯光衬托下的深色人流让她想到了去年密西西比河上的落日。总有某件事情在发生，像奔腾的河流，从来都不一样。两家商店最近刚刚开业——男装和电子产品。芭芭拉和凯希望能有一天在这里开一家手工精品店。凯擅长陶艺，而一直喜欢手工的芭芭拉在学编织。在这里开一家店并非是不可企及的野心，芭芭拉心里想。鲍勃的鞋店里卖童鞋的地方放满了图片和毛绒动物玩具。他曾在店里做了个"住在鞋子里的老妇人"。用硬纸板做了只球鞋，鞋子大到小孩子可以爬进去。他因为那个陈列得了奖。

她在他的店门口驻足。鞋店关门了，门上挂着一条黑丝带。两年前当他从城中心搬来这里，开业时门上挂的是粉色丝带。他和员工在一个奢华的酒店共进晚餐，有乐队在一旁伴奏。她从报纸上读到过那则新闻。那是在他俩认识之前。今天，读着他的死讯就像是在读那则开业新闻，报纸上，他是个遥远的人物，像一个名人。站在他店门口，她看见一个头戴牛仔帽的胖女人走过，然后是两个身穿经典可口可乐T恤的小年轻，一对凶巴巴的夫妻，黑夹克上装饰着数十个装饰品——徽章、挂链、写着"杀人惯犯"和"废物"的别章。女人的头发焦枯发红，皮肤粗糙。男人长着一张瘦脸，但鼓着个大肚皮。他们手腕上缠着链子，看上去很老了,但怀着希望。

芭芭拉朝太阳下停着的车子走去,她注意到色彩鲜艳的热气球正朝商场飞来,一共六个,有点像高中返校活动中男孩子送给女孩子的大花朵。有一次,鲍勃给了她一只上面印有他商店标志的气球。那天他在给小孩子分发气球。他当着其他店员的面和她开玩笑,说她在童装部上班,也算是个儿童。那只气球是个暗号,一种在公共场合传递感情的方式。那一天,她觉得他在说他爱她。

回到家里,她挥拳砸开空调机,再打开冰箱,冰箱里有酸奶、大香肠和格兰达最近带到店里吃剩下的巧克力奶酪蛋糕。格兰达做的奶酪蛋糕比她的咖啡还要难吃。芭芭拉打开一听姜汁汽水,直接喝了起来。她的床没有整理,床单被子揉成了一团,像她做比萨面饼时食品加工器里的面团。

六点三十凯来电话。"我会过来接上你,我们一起去殡仪馆,"她说,"我刚下班,正准备冲个澡。"

"不行,我忘了我今天和埃德·布恩有个约会,我不知道除了赴约还能干吗。我已经爽约两次了。"

"太好啦!埃德很温存,他会为你做任何事情。就像我昨晚和你说的,你不需要鲍勃·摩根菲尔德。有时候我们不得不相信上帝最知道我们需要什么。"

"我知道。"芭芭拉其实不知道。凯没头脑。芭芭拉说,"要是鲍勃知道他会死,我相信他已经向我道过歉了。"

"你不能这样想,芭芭拉,这么做对你没一点好处。"

"想到他看不到今天的那些气球,我心都碎了。他会喜欢的。"

凯没有回应。她说:"你和埃德出去玩开心了,我们明天去殡仪馆。哦,嘿,芭芭拉?"

"什么事?"

"别太晚了。我知道你已经迈不动腿了。"

那天晚上芭芭拉疲劳到了极点,埃德怎么做也无法让她开心说话。她人前人后都得装着和鲍勃没一点关系,担心如果她去殡仪馆,会闹出动静来,羞辱了丹妮丝。这样会很糟糕,但芭芭拉可以想象疯狂起来会怎样——把一个花圈撕碎了扔得到处都是。沿着大街一路狂奔,一边尖叫一边脱掉衣服会有多么痛快。她想起了那个在公共场合裸跑的旧风尚。

"我今天忙坏了。"当埃德问她红色标签促销活动时,她说。

他们开车去电影院。热风从汽车仪表板边上的通风孔吹进来。巨大的热气球漂亮地悬浮在空中。

"我知道你的意思,"埃德说,"感谢上帝今天礼拜五了。"

埃德是她见到过的最谨慎的司机,看见黄灯他会减速而不是试图冲过去。他离婚了,有两个孩子。车后座上有一个儿童安全座椅。他三十四岁,开一辆超大的汽车,属于一个名叫"鱼竿和猎枪"的俱乐部。

电影院里，埃德给她买了一大桶爆米花。她心不在焉地吃着。灯光暗下来时他说："希望是部好电影。我听说不错。"

"我也听说了。"

他握住她的手。他的身躯庞大，像鲍勃店里的绒毛玩具，柔软得让人想去搂抱。她想到如果一个小孩子死了，会给母亲留下可笑的泰迪熊让她拥抱。空调开得很低，埃德帮她穿上粗布夹克。电影的名字叫《佩姬·苏要出嫁》，讲的是一个中年妇女参加高中同学聚会，然后发现自己带着现有的知识穿越时空回到了中学时光。她试图发明长筒丝袜，警告别人不要用红色的染发剂，但是她似乎忘记了她来自80年代，而且她再次卷入小年轻的烦扰之中。如果芭芭拉处于那样的境况，她会努力改变事情的结果，可是佩姬·苏似乎落入了时间的陷阱，被迫犯下同样的错误。电影里好的一幕是佩姬·苏有机会看到她年迈的祖母重回人世。芭芭拉的祖母在她上高中的时候去世了。

"你喜欢这部电影吗？"过后埃德在车里问道。

"不喜欢，她不应该再次嫁给那个家伙。她本可以改变自己的人生重新开始的。"

"可是如果那样的话她就不会有那些漂亮的孩子了。"

"可是你不知道她可能会有什么呀，"芭芭拉说，"你喜欢这部电影吗？"

"喜欢。我觉得很棒。"他缓慢地开出停车场。芭芭拉感觉他正驾驶着一艘游艇。他说,"如果让我再来一遍的话,有些事情我会重新考虑——但假如涉及刚才说的,我不会去做任何改变的。"

第二天早晨芭芭拉接上凯,她们开车去市里。殡仪馆是一栋不规则的白色灰泥建筑,停满了像粪金龟一样的黑色大轿车。一间色彩柔和的接待室里挤满了着装严肃的陌生人,芭芭拉和凯随着人群,朝着像商店里的陈列品一样躺在棺材里的鲍勃遗体缓缓移动。芭芭拉没有见到丹妮丝,但她认出了他们的孩子,一个女孩,一个男孩,八到十岁的样子。他们的头发像生蚝壳的里面一样,亮闪闪的。芭芭拉想起鲍勃有多喜欢生蚝。鲜花保护性地围绕他的遗体摆放,形成一个小隔间,人群溢向隔壁的房间。芭芭拉紧盯着遗体,但没感觉到有眼泪。她认不出他来了——蜡果一样的肤色、弓起的眉毛、油腻的头发、粗糙的下巴。

"他们处理得真不错。"一个男人对一个女人说话。芭芭拉认出是鲍勃的母亲。她涂了紫红色的口红,戴了一串珍珠项链,帽子上插着一根尖尖的羽毛。

"刚开始丹妮丝不想打开棺盖的,"那个女人说,"但他们告诉她可以把他理得像新的一样。我们很庆幸他们这么做了,我们知道大家都想再见他一面。"

"他看起来真的很好,"那个男人的妻子抓着鲍勃母亲的手说,"一点都看不出来,他看上去像是在睡午觉。"

"或者喝醉酒昏死过去了。"芭芭拉对凯耳语道。

芭芭拉用手指拈起一只花圈上的长白丝带。挽联上亮闪闪地写着"西肯塔基商会敬挽"。走廊上一个男人在大声地笑着。外面传来一阵警笛声。她不该穿这件黄色的连衣裤,但那是鲍勃喜欢的。

她们在签到簿上签了名。一周左右,她们将收到一张由殡仪馆提供的致谢小卡片,落款会是"罗伯特·摩根菲尔德太太(丹妮丝)"。

芭芭拉在公寓里四下走动,寻找他留下的蛛丝马迹。他鞋店的气球;伊利诺伊州卡本代尔一家餐馆里游客帮他们拍的一张快照;密苏里州开普吉拉多一家假日旅馆的火柴盒;纳什维尔万豪大酒店的一块肥皂;一顶浴帽,还封装在原来的塑料袋里,那是从田纳西某个贝斯特韦斯特酒店带回来的;他留在一张餐巾纸上的笔迹;几双她不喜欢的高跟鞋,是他从店里拿了送给她的。有条不紊地,她把这些东西装进一个店里带回来的塑料袋里。她带着这些东西出门上了车,系好安全带,把车钥匙插进点火器。

就在这时她想起了那个挂钟。她下了车,再次上楼打开房门。

去年她过生日，作为恶作剧，他送给她一个形状像把吉他的猫王埃尔维斯·普莱斯利粉色挂钟。组成埃尔维斯名字的 12 个字母分别代表钟上的 12 个钟点。她把钟从墙上取下来查看。鲍勃送她这个钟的时候，她拆开包装后忍不住大笑起来。他俩抱成了一团，笑声变成了激情。这才是她想要记住他的方式。那是一个荒唐的挂钟，但是一个上好的挂钟，电子钟，非常的准。她把钟放回挂钩上，在把钟放正的过程中，挂钟中间的埃尔维斯像似乎在暗示性地旋转着。钟的两根指针指着 L 和 V[1]，三点十分。

1　LV 是爱（LOVE）的缩写。

钢琴手指

　　电视剧《申冤人》结束后是气象新闻，屏幕上出现雷达图像后，迪安关掉了电视。他很累，但并不困。他烦透了电视上的垃圾节目。他最近一直在想着弄一部电视连续剧，关于业余侦探的节目：一个普普通通的家伙，开一辆送货的面包车，每周他去不同的人家，发现自己被卷入令人着迷的罪案侦破之中，可能是贩毒团伙，也可能是绑架继承人。迪安给他的侦探起了个很棒的名字：巴林杰。这是个很有魅力的名字，不过这位侦探是个实实在在的家伙，并不是那种高不可攀的类型。他的面包车很招摇——鲜红的底色上面印着紫色的字体。迪安想象所有的故事都发生在加利福尼亚州。

床上,他观察他老婆读书,南希几乎每晚都要翻完一本图书馆借来的小说。小说封面上的强健黑发男子紧紧拥抱着一个懒散性感的女人。女人穿着低开口的长裙,乳房从领口上方拱了出来。南希称这些书为"紧身胸衣破坏者",很长一段时间里迪安一直以为那是一个品牌。南希比他想象的要风趣得多。

带着窥探的满足,她读完最后一页,合上书,总是同一个动作。她读书和熨衣服一样——敏捷有效。她把熨斗在袖子上来回熨一次,袖口处熨一下,再沿着领口转一圈,行云流水一般。

"有个幸福的结局吗?"在她把书放到床头柜并随手关掉台灯时他问道,这是她的另一个连贯动作。

"如果没有的话我会把书摔到墙上去的。"她说。

黑暗中,为了测验自己的观察力,他试图描绘出她关灯那一刻的样子。她穿的是什么?他觉得是带白边的蓝长袍,那件她在里面还要穿一件T恤的睡袍。她可能没穿腿套,那种粉色的毛茸茸的腿套。他把腿伸过来,脚指头在她的腿套上上下移动。他们为了省油钱烧木头,让她总觉得房间里太冷。

"我从报纸上看到读这种书的女人性生活比别人要好。"她转身朝向他说道。

"真的吗?"他抱紧她,感受着她内衣的温暖。

"你最好相信这个。"

迪安高中毕业时,他和南希已经有了个将要出生的孩子。他父亲要他去参军,去学一门手艺,但是南希不愿意带着一个新生儿住在某个陌生的军营里。这种时候她需要母亲在她身旁,她坚持说。靠着迪安高中起就一直在那里工作的加油站的那点工资,他们起步得很艰辛。后来,他去一个修车铺工作,再后来在轮胎厂工作了一段时间,那里工资付得高(一小时九块钱)。南希开始上班后,他们买得起一套两居室的砖墙平房了。两年前轮胎厂解雇了一半的工人,迪安开始在市政广场的一家药店做副经理。钱挣得少了,但南希说她反而高兴,轮胎厂的机器太危险了。"我整天提心吊胆的。"她告诉他说。"可是我不会受伤的,"迪安坚持说,"我知道我在干什么。"不过轮胎厂刺鼻的橡胶烟雾灼烧他的眼睛,在药店里待着要舒服得多。药店老板帕尔梅先生对迪安一直不错,给他的折扣很可观,而且饮料机里的冰激凌对孩子是免费的。药剂师医学方面的建议为他们省下了无数的医院账单。可是要不了多久,药店就会关闭,一旦帕尔梅先生卖掉它,迪安将不得不再去找一份新工作。

被轮胎厂解雇后,迪安领到的失业金够他付房子的月供,可是现在的情况可能不同了。尽管这样,迪安相信一切都会 OK 的,因为之前就这样过,但他能感到南希的担心,知道她期待的比他能够提供的要多。"我并不想要天上的月亮。"她老爱这么说。他把这句话当成希望他是个更好的供养者的暗示。迪安有很多想法——包括接受培训当一名电工,或一名房地产代理商,甚至一名旅行社代理,可是她却嘲笑他的奇思异想。他似乎从来达不到别人的期待,就好像有一个内置的机制,把他导向另一个方向。上学时他的成绩不怎样。人还算聪明,但是很容易分心。如果生物课要求他写一份关于寄生虫的报告,他会在百科全书上查找寄生虫,但会被某个邻近的更有趣的词条,比如小袋熊吸引住。即便到了现在,他母亲还在数落他将来该怎么办,而老爸则说迪安应该去参军。迪安才二十六岁,别人还把他当孩子看。不过他感觉自己被悬挂在童年和老年之间的某个地方,不知道自己面朝哪里。

"我觉得我的头肿得像个篮球。"帕尔梅先生说着话冲到药店的后面,迪安正在那里根据婴儿用品订单配货,"我要躲开这个鬼天气。"他一把抓住迪安的写字夹板,"婴儿奶粉。妈的,他们可以在'超级×'成箱地买,比我这里便宜百分之二十。"

帕尔梅先生像是很随机地从一个药架上拿了一个药瓶,往嘴里扔了一片药片。他说:"我的头半夜里开始发胀,我不得不坐起来喘气。我要去佛罗里达,在我破产之前把这个该死的烂摊子处理掉。"他冲出大门。这是他每天早上出门时的样子。没人敢问他出售药店的事进展得怎样了。

"他尾巴上扎了根刺。"迪安对出纳莱克茜·托马斯说。莱克茜正在画眼睛。她经常用化妆品柜台上的试用品,她的脸像水塘里打转的油迹一样变着颜色。

"我肯定帕尔梅太太是个瘾君子。"莱克茜说,用带海绵头的铅笔把眼线抹得模糊一点,"我可以肯定地说他经常把店里的镇静剂大把大把地带给她。"

"如果他把店卖了,我在想她去哪儿弄这些药。"

"嗯,我才不会为这件事操心呢,"莱克茜说,"我敢肯定佛罗里达这种东西有的是。"

迪安看着一盒眼影调色板出神。莱克茜化妆后的样子总让他感到遗憾,她要是不化妆会更漂亮。她长着精致的雀斑,在深色头发的人的脸上显得极不寻常。上高中的时候,两年前,她被学校的女子垒球队除名了,原因是她扔出的球经常打在击球手的身上。

出于礼节,药店给一些老顾客和社区的新成员送货上门。迪安开着药店的车出去送货——住在林肯街的奥伯里太太的肾药;帕尔梅先生叔叔的特别订单:苦薄荷滴液和化妆品;一箱无糖百事可乐和一包迪安怀疑是避孕药的处方药,收件人是白桦山丘小区里一个不熟悉的名字。送货上门是迪安最喜欢的工作。他喜欢开着车在镇上转悠,留意所有的变化——新油漆的店面、新增加的建筑、某人车道上停着的外地牌照的车子、在搬迁的公司等等。今天,手握方向盘的他在猜测他工作的这家店将会变成什么——妇女用品店,或许吧,甚至可能是一栋办公楼,里面放着成排的计算机。如果迪安接手这家店,他会开一家冰激凌店,有一台音乐播放机和一小块供大家跟着 60 年代的音乐跳舞的地方。他会叫这个店"美好怀旧"，用唱片外套来装饰墙壁。星期天晚上将会是"摩城音乐"之夜，圣代冰激凌买一送一。他会弄一台松饼机，做一些孩子们在集市上才能买得到的大圆锥松饼。他甚至可以提供路边服务，让杰森和珍妮佛端着盘子送到路边。等红灯的时候，迪安想象帕尔梅太太出现在一集《迈阿密风云》里。她手指的摆动和坡跟鞋会让人捧腹大笑，就像教堂门前的一只狗一样格格不入。

　　迪安上门送药时，女佣在门口说奥伯里太太刚从医院回来。迪安想象那个老女人死在了自家的床上，怀疑对象是巴林杰，他能接触到这些药物。这将是一场"泰诺谋杀"案。

　　迪安开车去清单上的下一个送货点。白桦山丘小区（没有白桦，没有山丘）是一个新开发的中等价位的住宅区，在镇子东边的边界上。几年前，迪安和南希曾来这里看过建房的空地，那时这里还是一片玉米地，不过那片地皮太贵了。迪安回想起那一天的情形，他们星期天下午去了小区里唯一一栋建好的房子参观样板房。那天晚上南希无法入眠，她在不停地想象自己梦想中的家的结构。不过迪安只看到了收割过的玉米地，那么赤裸那么干净，去破坏它真的很可耻。

　　"你肯定是药店的。"站在门口的女人说。她穿着一件前面贴着个布鹦鹉的毛衣和紧身裤，紧身裤是弹力的，用一根套在脚底的带子把裤腿拉紧。迪安知道这种裤子有根放在脚底的带子，是新流行的款式。南希给她自己和珍妮佛各买了一条这样的裤子。他有一天用珍妮佛的那条做了个皮弹弓，把她惹火了。

"我得找到我的支票本。"女人说完急匆匆地走开了，她有点像迪安弟弟的白鼬，既婀娜多姿又很迅速。迪安站在厨房里。厨房里面亮晶晶的，很现代，这是南希垂涎已久的厨房。厨房用具是杏仁色的，地上铺的是橘黄和棕黄色的带花纹的瓷砖。

"你在外面有没有看见一只猫？"女人回来后问道。

"没有，我没有注意到，太太。"

她笑了起来。"这里所有人张口就是'太太''先生'。我觉得这样蛮好。"她看了一眼账单后开始写支票，"我去年夏天刚搬来这里，我在小学教二年级。"

"我家的小丫头在上三年级。"

"她叫什么名字？"

"珍妮佛。珍妮佛·哈里斯。"

"她班上有几个珍妮佛？"

"三个。"

"我班上有四个。"

他扫了一眼她递给他的支票。斯蒂芬妮·R.摩根。她长着大颗的牙齿，宽脸，淡色的眉毛和瘦长的鼻子。她算得上漂亮，但身材很怪——细腰和一个大得不成比例的臀部，就好像她穿着一个裙撑。他在想她会不会在睡衣里面再穿一件T恤，估计不会。

她家里的暖气均匀舒适。是电热的,他确定。

他说:"你从哪儿搬过来的?你有外地口音。"

"密歇根。我以为我告诉过你,密歇根。"她的笑容很迷人,露出一对酒窝来。

"喜欢这里吗?"

"哦,喜欢。这里的人很友好,就是有些东西有点不一样。不过估计我会习惯的。"

"什么东西?"

她放松地靠在门上,支票本抵着她扬起的下巴。"嗯,我搬来的那天,气温有华氏九十度吧。大约六点钟的时候,我想喝啤酒想得要死,也没有其他食物,就去了超市。我找不到啤酒,就问码货的男孩:'啤酒在哪儿?'他对我说:'这个县很干燥[1]。'我不明白他为什么不告诉我啤酒在哪儿却和我谈起了气候!"斯蒂芬妮大笑起来。她说起话来绘声绘色,手臂不停地挥舞,胸前的鹦鹉在跳动。"我都惊呆了。"她说。

"估计需要一点时间来习惯我们这里的生活。"他不自在地交换着身体的重心。"这里的人不赞成喝酒。"

"但是所有的人照样在喝啊,我注意到了。"她露出讥讽的笑容。

---

[1] 英文 dry 在美国除了"干燥"的意思外,也有"没有酒""禁酒"的意思。说某个地区是 dry 的,是指该地区禁止出售酒和掺了酒精的饮料。

"嗯,是的,是这样,我估计是。"迪安有点窘迫。

"见到你很高兴,"他打开门离开时她说,"不过我没有记住你的名字。"

"迪安。迪安·哈里斯。"

"很高兴认识你,迪安。"她的头发落下来盖住了眉毛,她把头发往后撩了撩。"哦,我的猫。过来,小孤单。"她跑出去把猫抱了起来。目光冷漠的长毛白猫比斯蒂芬妮更符合迪安对北方佬的想象。

下班后迪安去珍妮佛学钢琴的地方接她。她跟住在斯普林街的爱迪生太太学钢琴。他坐在车里(不是药店的车)等珍妮佛下课。车里的暖气温暖舒适,收音机里播放着一个十六首歌的音乐马拉松。天色暗了下来,树叶被风吹落。爱迪生太太院子里一棵大枫树上潮湿的树叶在不断飘落下来。这是深秋的一天,湿树叶落在车上的声音引发了他的怀念,但他想不起来到底是什么。他意识到会有这样的时刻,这样的情感,它们也许不是记忆,而是就发生在当下的事情,突然引起了你的注意,可能是愉快的,也可能是伤心的。他觉得湿树叶在渐渐聚拢的黑暗中飞舞是个值得注意的时刻,就像收音机里的声音,还有爱迪生太太楼上刚打开的灯发出的光亮。或许珍妮佛在离开前去了趟卫生间。

"嘿,宝贝。"珍妮佛打开车门时他说。

"她送了我新曲子。"珍妮佛说，递给他一份乐谱——《狐狸和蜜蜂》。

"她没有送你。"迪安说，看了眼封面上的标价——两块二毛五。

"我们能在小店停一下吗？"车子开起来后珍妮佛问道。

"干什么？"

"我要买个笔记本，上学用。"

"我们刚给你买了一本新的。"

"我还要一本，我不喜欢那本。"

"为什么不喜欢？"

"格子太宽了。那是小孩子用的格子。"她拉开书包拉链给他看那本笔记本。笔记本很厚，至少有一百页。

"你必须先用完这一本。我小的时候是不允许那样浪费纸张的。"

珍妮佛愁眉苦脸地把笔记本塞进书包，她把东西摔来摔去的样子和南希很像。迪安对他女儿说："你认识学校里一个叫摩根小姐的老师吗？"

"哦，认识，她是新来的。你想知道她什么？"

"哦，没什么。今天我送货去她家了。"迪安没想到自己会去琢磨那个女人为什么大白天待在家里。翘班？他为这个小学老师感到难过。一个没结婚的人生活在这样的小镇肯定很沮丧，除了去卫理公会教堂参加单身交友活动外她还能干什么?他在想那些避孕药意味着什么,也许她在密歇根有个男朋友。迪安确信她在引诱自己,要不然就是北方佬都那么友好真诚。不过他经常听说他们很粗鲁。

珍妮佛在玩收音机的旋钮,调到一个 AM 前四十名的电台。迪安说:"她有只你喜欢的大猫咪。"

"它叫什么?"

"孤单。"迪安说。

"孤单,"珍妮佛重复道,"我正是这样感觉的。孤单。"

"哦,别开玩笑了,珍妮佛。你才不会呢。"

后来,当他们转进他们家那条街道后,迪安说:"妈妈已经回家了。"他们家的烟囱在冒烟。烟飘过邻里消失不见,这正是迪安早晨离家走进外部世界时的感受。

厨房里,南希说:"我今天上班时脚疼得站都站不住。我的鞋子在要我的命。最终,我不得不溜出门,跑到'鞋村'买了一双平跟鞋,才把这一天应付过去了。你们喜欢吗?"鞋子在鞋盒里放着,她已经换上了家里穿的鞋子。

"很不错。"他说。鞋子是棕黄色的,带蝴蝶结。

"当你需要站上一整天的时候,穿高跟鞋简直是在发疯。"她把鞋子从鞋盒里拿出来,"不过我更喜欢高跟的。它们让我感觉良好。"

迪安一把夺过鞋子，像拿着对讲机一样——一只对着耳朵，另一只对着嘴巴。"喂？"他说道，"测试。"

"鞋子在降价。"她有点防备地说。

吃完晚饭后，南希穿着驼绒背心坐在沙发上读书。"做作业，珍妮佛，别看电视。"她说。

"爸爸在看。"

"你不是非看不可吧。我觉得我在树立一个好榜样，读书。"南希翻过一页书，一边读书一边说道。

杰森一头闯进房间，在一块小地毯上滑行，又躺在碎木片上一直滑到柴火堆前。他手上拿着一架F-18战斗机。客厅兼做了航空母舰。

"我说没说过让你到浴缸里去，杰森？"南希说，眼睛并没有离开书。

"等一会儿，"杰森说，"我必须完成降落。我还有三十九架需要降落。"

"你都数不到三十九。"珍妮佛说。

"迪安，你就那么坐着让孩子无法无天地胡闹？"

迪安说："杰森，到浴缸里去，别等我起来找棍子。"他颤抖的声音里带着权威。

通常他不看广告片，但特意看了这一个，里面在讲有人因为买了某种牌子的口香糖而获得了快乐。或许吃了口香糖拘束感一扫而光，他们就能一起到热水浴缸里欢蹦乱跳，当然是在加州。现在为了赚钱什么都往电视里放。迪安可以想出十个比今晚的节目更好看的电视节目。他一直在给"巴林杰"设计一个新的情节。他觉得小学老师的家，她家温暖的橘黄和棕黄色的地砖，她身上带鹦鹉的毛衣和她的白猫是一个引人入胜的迷案的完美设定。在老家，有人怀疑她谋杀了她的恋人。为了逃避调查她来到这个小镇，换了身份。她是无辜的，但她知道真正的凶手是谁，而凶手也在四处寻找她。依靠那辆加大了马力的面包车，巴林杰把她从追杀者手中救出，面包车在市政广场上上演各种惊险的特技。

早些时候，南希在厨房里对迪安说："别人告诉我重要的事情，可是我记不住，我肯定是老了。"她似乎很困惑，都有点绝望了。迪安不确定她想说什么。

"珍妮佛说她很孤单。"他说。

南希和他结婚时身材苗条且爱卖弄风情，留着长长的刘海。他们发誓要一直幸福地生活在一起。迪安意识到，不是说他们不再相爱了，而是一些东西夹在了两人中间。她总是那么忙，还制定了做事的规则——常规和方法。尽管她有奇特的条理性，却经常对孩子失去耐心，有时候会莫名其妙地抓狂。最近的一次万圣节，迪安领着两个无法辨认的太空电影里的小魔鬼去外面玩"不给糖就捣蛋"，南希自己躺在浴缸里读书，不理睬来敲门的邻居家的孩子。

珍妮佛和杰森上床后,迪安往火堆里扔了几块小木头,这样炉子里的大木块会烧得快一点,他就可以把炉子熄灭了。现在客厅里已经非常暖和了,南希已脱掉了背心。

她说:"这本书里的家伙让我想起了你。"

"啥样的?"

"我刚认识你的时候的样子。"

"比现在好还是差?"

"不一样。"她笑了起来,把打开的书合拢到胸口,像是要接住爆发出来的大笑声,"我第一次见到你的时候,你是天底下最帅的。不过你连最基本的东西都不懂!"

"我觉得现在我已经把它们弄懂了。"他说,露出缓缓的笑容。

星期六迪安在准备取暖的柴火。阳光明媚,透过枫树剩下的树叶看到的湛蓝天空像是迪安应该注意到的某个重要的东西。他喜欢劈柴。和准备柴火有关的事他都喜欢做——用电锯把长原木分段,把锯短的原木放在一个树墩上,用斧头劈开,再把劈开的柴火堆放整齐。他每挥动四次斧头,就能轻松完美地劈开三块木头。这就像练空手道——把能量集中在一个精确的点上。还在轮胎厂上班的时候,操作机器需要高度的注意力和精准度,每天下班后他都精疲力竭。领班会说:"只要一秒钟不留神,你就会变成一盘'杂烩'。"迪安不确定假如错误估算了轮胎机上旋转着的橡胶的位置他会怎样，不过他不让自己胡思乱想。他觉得自己像正驾驶着一艘船行进在风暴中的船长。机器的轰鸣声具有催眠作用，操作机器像是在做一个手忙脚乱的梦，梦中的自己总是迟到。

最近电锯的声音有点响。也许该清洁一下消音器了。他拉了一下电锯的启动绳，电锯发出的响声划破空气。星期六他尽量早点使用电锯，这样噪音就不会干扰邻居家电视里的球赛。这样一来，他毁掉了孩子们的卡通节目。

每个周末南希都会列出一个迪安要做的事情的清单——去镇上跑腿、需要修理的东西、清扫檐槽等等。她从来不让他帮她做家务，尽管有时候他主动帮着叠衣服或吸尘。她说自己不做这些的话会让她有种虚弱感，不过他觉得她在他俩之间画了一条线，她似乎不想让他介入她的生活。这个周末的清单还塞在他裤兜里，包括了一个备注——应急节约措施，听上去像是来自联邦政府。不买新衣服，不买加工好的食物，不外出吃饭，退订报纸。

他哥把一大堆橡树树干倒在院子里，他在向这些原木发起进攻。他哥哥，一个成功的木匠，有个大到可以让树在里面死掉而不用去管的院子。迪安应该去找比尔谈谈去他的作坊帮工的事，不过他俩从来合不到一块。比迪安大五岁的比尔喜欢指挥人。要是比尔不告诉他该怎么做，迪安连一个 2×4 寸的木方也锯不好。迪安把还在转动的电锯放到地上，从木头堆里抽出一根原木，把原木抬到锯木架上，拿起电锯。电锯的锯条松了，他关掉电锯，把锯条收紧。他又拉了一下启动绳,把锯子对准切口,一切都有条不紊。他沉浸在噪声中,噪声变成了球场上观众的欢呼声。迪安不停地锯着原木,一根接一根,南希和孩子带着买来的货物和从图书馆借的书回来时,车子拐上他身后的车道他都没听见。

星期二那天,电台预报有小雪,晚上气温将降到华氏三十五度以下。迪安去爱迪生太太家接珍妮佛并进到她家里付学费。钢琴课也在南希的节约措施清单上,可是当爱迪生太太表扬了珍妮佛的进步,说她拥有长长的钢琴手指后,迪安无法说服自己把钢琴课取消掉。钢琴手指说明了一种上天给予的才能,就像能够画画或唱歌一样。车里,他拿起珍妮佛的手。"我要看看这些钢琴手指。"他羡慕地说。

她脱下手套,把手伸给他看。"爱迪生太太的样子好好笑。"珍妮佛说。

她的手越长越修长,指甲盖光滑坚硬。"爱迪生太太干什么了?"他低声问道。

"弹这首歌时,她的手像奶奶家的小狗一样上下跳动。"

"跳动的小不点。"

"不知道。她的手就那样弹起落下,好像它们是歌的一部分。笑死人了。"珍妮佛边说边大笑起来。

"可惜我没看到。"迪安说。

"要是你保证不哧哧地笑的话我让她给你弹一次。"

"我当然不会了，估计你笑了。"

"没有，我没有！"珍妮佛控制不住了，咯咯笑得脸都涨红了，迪安跟着她大笑起来。

等他们笑完了，他开车去了他哥哥家，让珍妮佛在他和比尔伯伯谈生意的时候坐在车里等着。

"我总是坐在车里等。"她抗议道。

"哎，在爱迪生太太家是我坐在车里等你。我不会待很久的。"

部分原因是他不想让珍妮佛去玩比尔家的白鼬。他担心白鼬会咬坏她漂亮的手指。

比尔在一间与他的住宅侧面相连的作坊里打造一个订制的卫生间梳妆台。他老婆还没下班。作坊里冷飕飕的，迪安没把手套脱下来，他谢绝了比尔递给他的啤酒。比尔很清楚迪安从来不喝酒。迪安开门见山地说要向他借三百块钱，去参加一个房地产投资讲座——整整一个周末，在一家大旅馆里。他给比尔看介绍讲座的小册子。

"他们不收信用卡，我的定期存款要到二月份才到期，"迪安说，"估计我会取出一半的定期投资这个房地产项目，七年之内投资可以翻三倍。"

比尔只扫了一眼小册子。他像魔术师一样抽出一块布，把锯下的一大块刨花板擦干净。他怀疑地摇摇头。"我觉得很可疑。"

他说。

"我认识一个常来药店的家伙,他去过一个这样的讲座,说这种讲座很有用。"

比尔解开他身上装工具的围裙,先把所有口袋检查了一遍,然后把围裙挂在钉子上。迪安瞥见那只白鼬掠过,消失在油漆桶后面。比尔说:"这些人为什么要办讲座?他们为什么不自己去投资房地产发财?他们为什么要让你入伙?"

白鼬的鼻子从一个油漆桶的上方露出来,它像一条长着毛的蛇。白鼬的名字叫"胡扯"。

"这里的房地产不怎么景气。"比尔说。

"算了。"迪安说。

"我说这些是为你好,迪安。"比尔说,"我刚巧知道那是一个骗局。我在《20/20》[1]上看到的。这么做不犯法,但是如果这是发家致富的方法,你知道他们为什么不去忙房地产?因为他们通过办这些周末讲座来发财。"

"我说算了。"迪安朝门口退去。

"别轻易放弃呀,迪安。"比尔说,"你总是放弃。你真需要的时候我会帮你的。我只是不想看见你把三百块钱花在你会后悔的事情上。"

---

[1] 美国 ABC 电视频道黄金时段(每周五晚)的新闻节目,一般就某个专题做多角度的深度报道。

"就算是敲诈又怎样？"迪安脱口而出，"为什么我不能自己做判断？没人相信我能靠自己做成一件事情。"

"我看不得别人糟蹋钱。"比尔说。

迪安摆弄着夹克上的拉链，把它拉上拉下。"你不只是对我没信心。"他说，"你和这里所有人一样——害怕做任何有危险的事情。要是下雨他们就不会出门，害怕湿了脚。我对这种心态厌烦透了。愚蠢。"

"不对，你说得不对。"比尔说，"有些人缺心眼缺到不知道要躲雨。"

"你胡扯！"迪安大叫着冲出门，他一把扯下帽子的耳罩。

脾气发完了后，迪安的感觉与案件侦破后巴林杰的感觉相似。巴林杰离开受害者的家，很满意自己能够破解这个迷案。他谦虚地称之为"帮忙"。他总能发现警方疏忽的关键证据，通常是某个细微的东西：地上的一个与受害人衬衫上相同的脚印；冰箱上的一个线索；或仅仅是一个人解开他的工具围裙检查围裙口袋的样子——好像他害怕留下犯罪证据一样。镜头快速切换到巴林杰上班的公司，同事们在开玩笑，庆祝巴林杰的胜利。前台秘书带来一个蛋糕，上面写着"干得漂亮！"他们取笑巴林杰离开犯罪现场时扯下帽子耳罩的习惯。他们看到他富有弹力的脚步，他的自信。南希会因迪安终于斥责了他哥哥而开心。她经常说："为什么最讨厌的人反而最有钱？"

"你去了没多久,"珍妮佛说,"我没有冻着。我都没有觉得无聊。"

迪安发动车子前在座位上坐了一会儿。天气在变冷。气温比一小时前低了有十度。一辆棕黄色的奥兹莫比尔小轿车开上了比尔邻居家的车道。那家的院子里插了个塑料仙鹤——因为新添了小宝宝。这里是个比较老的住宅区。街对面住着一个邮局公务员和一个轮胎厂经理。其他的邻居要么自己做生意要么在镇中心的店里上班。迪安认识过去几年里这条街上的一个男人,是学校董事会成员,因在操场猥亵一位儿童而被捕;一位少妇试图自杀;一位儿童死于白血病。

迪安没有直接回家,他在熟悉得闭着眼睛都能开车的街上随性开着车。在镇中心,街上的灯光把人行道漂成了一条金色的沙滩。药店关门了,灯光照亮了橱窗里的陈列:一把轮椅、病人用的便盆、金属助行架和拐棍。一个好笑的场景闪过迪安的大脑——帕梅尔太太,刚从一辆来自佛罗里达的大巴上下来,疯狂而绝望,打碎玻璃门,冲进药店找药。他很高兴药店要被卖掉了。他为什么要在那里干一辈子?

"我要给你买一台钢琴。"他们转上百老汇街时他说。

"上周你连一本笔记本都不肯给我买。"她噘着嘴。

他笑了。"无论怎么看你都和你妈一模一样!"他伸手拍了拍她的手——紫色羊毛手套上毛茸茸、柔软的毛毛虫。"我真为你感到骄傲。"他说。她耸耸肩,他接着说:"总有一天你会去一个乐队。嗨,我打赌你出的第一张唱片就会是白金唱片。"

"我已经学会了《狐狸和蜜蜂》。"

"你真棒!我怎么跟你说的?"

镇中心路口银行深色的玻璃窗反射着灯光。反射的灯光有些是从别处反射过来的,就像他生活中千变万化的可能性。他意识到,他的麻烦是自己有太多的选择。太多方向可供考虑,很难选定一个。他担心自己像别人一样限制自己的选择。那将意味着失去几乎所有的东西。

迪安告诉他女儿:"我们买不起真的钢琴,但是我们可以买一台小的轻便电子琴,放在腿上弹正好。"

"哦,妈呀,那种琴太棒了!"她大声喊道,"学校的一个女孩有一台。她带到学校来做'展示和讲述',弹了一首《加利福尼亚女孩》。不过她不让别人碰她的琴。"

"要是你有一台的话,就不用为了练琴而在学校待到很晚了。"迪安拐上通向购物中心的高速公路时说。

沃尔玛商场里,迪安领着珍妮佛来到电子产品部。他看到过电子琴的广告,这些琴简单小巧得让他着迷。他喜欢现在很多东西都做得这么小——浓缩的力量,像维他命药片。

珍妮佛怀着敬畏试了几种电子琴。她更喜欢那台有四十八个琴键的,还带一些额外的音响效果——颤音、回音和叫作宇宙音的玩意儿。她弹了《小步舞曲》，她说她曾因这首曲子挣了一颗五角星。电子琴的声音与真钢琴令人惊讶地相像，不过它有音量控制。

"它向上向下都只有三个八度。"她说。

"有什么差别吗？"

"就是短一点。"

这个玩意儿看上去像一个恶作剧的假牙展开的咧嘴大笑。珍妮佛被自己弄出的声音逗得尖叫大笑。有的时候迪安对自己的孩子充满了爱，会让他感到眩晕。为了稳定情绪，他盯着销售台上放着的一摞录像磁带。

"我希望能在家里听你弹琴，"他说，"我从来没听你弹过。"

珍妮佛皱起了眉头。"这算是圣诞礼物吗？因为要是算的话，我想等着，因为我不想在圣诞节收不到礼物。"

"别担心，小南瓜，"他说，抹了一下她的头发，"圣诞老人知道我们住在哪里。"

电子琴只要八十四块钱，迪安用信用卡付了款。他会放弃那个投资讲座，那只不过是一个想法而已。

"这个小姑娘弹琴的技艺很棒，简直就是专业水平了。"迪安对收银员吹嘘道。

"我敢肯定你真的会弹这个玩意儿，是不是呀，宝贝？"那个女人对着珍妮佛溺爱地一笑，"我的小外甥有一台，他喜欢得不得了。"

商场外面,迪安帮着珍妮佛拉好夹克的拉链,又把她的手套找给她。一辆跑车从停车场飞驰而过,像被追赶似的。他们来到自己车子跟前,迪安打开车子后面的掀盖,把箱子放了进去。珍妮佛想要现在就把箱子打开,把琴放在腿上回家,可是迪安提醒她要系好安全带。

进到车里后他说:"妈妈因这件事发火时你一边待着,宝贝。我会做出解释的。我会告诉她我们有计划。一个拥有像你这样手指的人必须要有配得上的东西来练习。"

"特蕾茜·马隆弹得比我好一倍,而且她学琴的时间没我长。你为什么觉得我那么好呢?"

迪安想起最近在他的一个顾客家墙上看到的招贴画。上面有个母亲和三个孩子。母亲在对孩子们说:"因为我是妈咪。这就是原因。"所以他回答珍妮佛说:"因为我是爸爸,这就是原因。"

他注视着他的女儿。这个坐在他身边充满期待的小姑娘似乎真实得像是突然从他的梦里走出来一样。他简直不敢相信自己的眼睛。

"嗨,看呀。"她说,指着挡风玻璃。

开始下雪了,漂亮的大斑点——没有两个是重样的。

大黄蜂

　　露台上,芭芭拉看着女儿艾莉森给果园里的露丝·琼斯拍照。在上大学的艾莉森放暑假回家了。芭芭拉听不见她们在说什么。露丝激动地挥舞双手,先指着杏子树,然后指着二十英尺外的那棵桃树。毫无疑问,露丝正在向艾莉森解释她的关于杏树和桃树异花授粉的想法。芭芭拉不知道露丝的这个想法是从哪儿来的。杏树上结满了绿色的果实,纤细的红色根茎上心形树叶卷曲成一簇。今年早些时候,开满花的杏树看上去像一件粉色的透孔针织品。

　　艾莉森正对着露丝调整焦距。露丝的一只手插在围裙里,另一只手害羞似的拂了拂面孔。她扶正眼镜,然后抬起头微笑。站在矮树丛里的她看上去很年轻。

芭芭拉在想露丝是否还在为桃树的事不开心，芭芭拉挑选的"乔治亚美女"桃树结出的是离核桃。"粘核桃才是最好吃的桃子。"种桃树的时候露丝就说过。露丝对这种传统的粘核桃如此情有独钟有点让人摸不着头脑。芭芭拉同意粘核桃是要好吃一点，而她选择"乔治亚美女"只不过是一个疏忽。

芭芭拉和露丝都想早点把树种上。两年前，戈贝尔·派迪老汉把小农场卖给她俩的时候，允许她们在合同生效前就来种树。那时已经是晚春了。芭芭拉选了两种桃树，外加一棵杏树、两棵麦金托什苹果树和一棵李子树，露丝选了一棵"美妙旋律"油桃树、两棵"红心"李子树和一棵普莉西亚苹果树。露丝说她喜欢这些树的名字。

种树的那天在刮风，有点像是要下雨，是春天里一个比较阴冷的日子。派迪先生在露台上看着她们往挖好的树洞里放泥炭。她们把用麻袋包成球状的树根埋进黏土地里后，他朝她们大声叫喊道："你们选错地方了。我在那块地的正中间种了羊茅草。"后来他对她俩说："山坡上刮过来的风会把那些树吹到天上去的。"

芭芭拉或许该为此事痛哭一场。她上次种东西已经是好多年前的事了。她忘了"乔治亚美女"是一种离核桃，也没有注意到那些羊茅草。种树的时候对风向也没有概念。她们搬过来以后，她能听见山顶上像运货火车发出的呼呼风声。肯塔基的这个地区没有几座小山,但是这栋房子就建在一座小山的半山腰,在一条私家小路的尽头。风鞭打着山脊上的山核桃树。芭芭拉后来在华兹华斯[1]的一首诗里发现了对这种特别的风声的描述:"隐匿的音乐,远处苏格兰高地上的风笛声。"

现在,露丝和艾莉森朝露台走来,露丝开心地笑着,艾莉森在说话:"可是学校从来不教你这个。他们把它当作秘密保守,期望你自己去发现。"艾莉森往后甩了甩头发,芭芭拉看见她嘴唇上为防裂而涂的凡士林上粘着几缕头发。艾莉森挥手拂开了那几缕头发。

"露丝,还记得种树那天你说过的话吗?"芭芭拉问。

"不记得了,我说什么了?"露丝像一个永远好脾气的人,露出懒散开朗的笑容,极像照片里站在自己飞机前微笑的阿梅莉亚·埃尔哈特[2]。

芭芭拉说:"你当时说你怀疑我们是否能等到这些果树开花结果。"

"我那时就断定我们一定会成功。"露丝说,笑容消失了。

"你们都疯了,"艾莉森说,从裸露的膝盖上捡起一片草叶

---

1 威廉·华兹华斯(William Wordsworth,1770—1850):英国浪漫主义诗人。其诗歌理论动摇了英国古典主义诗学的统治,有力地推动了英国诗歌的革新和浪漫主义运动的发展。

2 阿梅莉亚·埃尔哈特(Amelia Earhart,1897—1937):美国著名女飞行员和女权运动者。埃尔哈特是第一位获得十字飞行荣誉勋章的女飞行员、第一位独自飞越大西洋的女飞行员。1937年,她尝试全球首次环球飞行,在飞越太平洋时神秘失踪。

子,"你们蛮好出去找男人约个会,却偏要待在一个没人烟的旧农场里。"

芭芭拉和露丝都在嘲笑这个荒唐的想法。芭芭拉还在为自己离婚的事愤愤不平,而露丝还没从三年前那场夺去丈夫和女儿生命的车祸中恢复过来。在县里新高中教书的芭芭拉和露丝正在重建自己的生活。这是芭芭拉的主意,说露丝需要修复一座旧农庄这样的挑战。她俩合力才能买下这个地方。

"我们还没有准备好。"露丝对艾莉森说。

"到秋天再说吧。"芭芭拉懒懒地说。

"也许某一天大路上翩然走来一个男人,你俩会为了他打得不可开交。"艾莉森说。

"我觉得演《夏威夷神探》的汤姆·赛立克[1]比较合我的口味。"露丝说。

"说不定哪天他真会出现在大路上。"芭芭拉大笑起来。这个夏天她心情不错,就连艾莉森现在也开心起来了。学期结束时艾莉森和男朋友吵了一架,情绪一直不好。芭芭拉担心艾莉森待在她身边会让露丝痛苦,她女儿金伯莉和艾莉森年龄差不多。芭芭拉知道露丝每天晚上要等艾莉森平安到家后才能入睡。艾莉森在麦当劳上夜班,零点过后才回家。这之后露丝门缝里

---

[1] 汤姆·赛立克(Tom Selleck, 1945—):美国电影演员和制片人,20世纪80年代美国好莱坞知名一线动作片演员。

的灯光才会熄灭。

"我还从来没听说过两个女人合买一座农场。"派迪先生在她们买下农场后说。她们没理他。她们的商业冒险是有点鲁莽，但这正是她们当时想要的。芭芭拉爱上了田野和长满野苹果树的小山坡，她迫不及待地想要拥有一块菜地。婚后她一直住在城里，地方太小容不下一个菜园子。农场一到手，她就开始展望四季常青的植物，一小片浆果林以及一排高高的沉甸甸地点着头的向日葵。她一点也不在意老房子年久失修的状况。露丝则为有机会翻修旧房子而兴奋不已，她们第一次进到房子里面时，露丝根本不在乎铺着开裂油地毡的地板上扔着的废报纸和派迪先生的脏衣服。她的注意力被屋里的拉金柜和立式钢琴吸引了。谷仓里堆满了大萧条时期风格的家具，露丝后来对这些家具的表面进行了处理，精心打磨椅背，去掉上面的污垢。整栋房子看上去脏兮兮的，楼上一间房间的地板上铺着一层死黄蜂。后来，她们在未装修的阁楼上发现了一些坏掉的家用电器和无法辨认的汽车零件。脏兮兮的泥蜂巢像一个个小碉堡似的吊在屋椽上。

种果树那天她们对房子进行了第二次勘查，重新评估了为让房子适合居住所需的工作量。老人歉意地说："我最好在你们搬进来之前把这里打扫一下。"她们看着他打开楼上那间有大黄蜂尸体的房间的一个壁橱，从里面扯出一打挂着40年代样式衣服的衣架——他母亲的衣服,把衣服从开着的窗户扔出去。两周后,当芭芭拉和露丝成为这里的主人后,她们发现他在一个垃圾桶里把这些衣服烧掉了,不过其他的东西则原封未动——就连地板上的大黄蜂尸体也还在那里,它们又脆又干的外壳像给地板铺了一块秋叶做的地毯。

  木匠给二楼装了石膏灰泥挡板后露丝才搬进来住,这样蜜蜂就不能从墙上的裂缝钻进来了。到了秋天,芭芭拉和露丝装上了挡风窗,芭芭拉又把墙上的裂缝糊了起来。第二年春天的某一天,露丝突然尖叫起来,手里盛了油的煎锅也掉到了地上。芭芭拉冲进厨房。厨房窗户玻璃上有一只黑黄相间的生物,腿像蜘蛛一样叉开。一只从冬天苏醒过来的大黄蜂,正沿着窗户玻璃慢悠悠地往上爬。大黄蜂夹在了玻璃窗和挡风窗之间。当黄蜂开始发出嗡嗡声的时候,芭芭拉决定打开窗户,她借助一把扫帚把黄蜂引出了大门,在此过程中露丝一直躲在楼上。从那时起多扇窗户上出现过蜜蜂,都是芭芭拉去拯救它们,露丝听说被蜜蜂刺中太阳穴会死人,所以绝不肯不戴帽子出门。后来,木匠来给房子外墙安装纤维墙板的时候被蜜蜂蜇了。"这帮家伙骂的脏话简直不堪入耳。"露丝告诉她的朋友。傍晚时分芭芭拉和露丝能听见墙里传出的嗡嗡声,不过这个声音渐渐消失了。木匠离开后的一天,芭芭拉听见卡在客厅北墙里的一只鸟拍打翅膀的声音,她没有告诉露丝。这个夏天,芭芭拉注意到蜜蜂在紧靠阁楼的屋檐下找到了一个藏身之处。有时它们像高速公路上的卡车,嗡嗡飞过花园,去寻找比她为驱赶蚊虫而种的万寿菊更有吸引力的花卉。

芭芭拉的女儿上大学后变化很大,夏天来这儿待着的她给人一种怪异的感觉——夹在手上的香烟、厚厚的小说、训练狗的饼干。那条春天出现在农场的瘦野狗跟着她在地里转悠。尽管是条长着棕色斑点的白狗,艾莉森却叫它小红。它不停地挠着身上的跳蚤,用舌头舔前腿一处发炎的地方。艾莉森用胶带把消毒纱布绑在那里。艾莉森过去对什么都没有耐心,但是现在她经常中午带着狗外出,她坐在太阳下面,盯着一片野草发上几个小时的呆。芭芭拉有一次问她在看什么。"我只是想集中一下自己的注意力。"艾莉森耸耸肩说。

"你不觉得露丝看起来很不错?"一天早晨,在给花园锄草的时候芭芭拉问艾莉森。艾莉森已经错把两株利马豆当成野草锄掉了。"我希望她多在外面待待。"

"我觉得她还是神神道道的。"

"不过她的气色不错,眼睛也有点光泽了。"

"我看见她翻我的东西。"

"真的吗?我简直不敢相信。"芭芭拉直起身子,舒展了一下后背。长久弯腰让她有点僵硬。"她到底想干吗?"

"真卑鄙。"艾莉森说。

"不过她起码从自己的世界里走出来了。我希望你尽量对她好一点,设想一下要是你出车祸死了我的感受。"

"如果你逮到我窥探别人,会敲破我的脑袋的。"

"哦,艾莉森——"

待在漆树树荫下的艾莉森点燃一根烟,她就站在给下方小溪提供水源的山泉边上,抚摸着一株奶蓟草的花朵。

"妈,你摸摸这朵花有多柔软,"她说,"真是想不到。"

芭芭拉来到树荫下,粗糙的手抚摸着奶蓟草的花。花像一个紫色的绒球,摸上去像鸭绒。蜜蜂在花的根茎上缓慢爬行。

艾莉森捡起一根粘着一个脆脆的淡棕色小团的干草秆。"又一个古怪的卵鞘,"她说,"已经孵化了。我觉得是螳螂的,我在生物书里见到过。"她笑了起来,"看上去就像穿在棍子上的热狗。"

艾莉森每天都要带回来一些宝贝:裂开的麻雀蛋、漂亮的粘着黄色花粉的蝴蝶翅膀、粘在小树枝上的茧。她把捡回来的东西放在一个雪茄盒里,盒盖上用胶水粘着一些稀奇古怪的东西:螺丝钉、顶针、垫圈、铅笔、绕线架。用喷漆漆成金色的盒子是艾莉森在阁楼上找到的。芭芭拉有种感觉,在城里长大,被剥夺了与大自然亲近机会的女儿正在经历一个延迟了的探索阶段,当然她同时也在学习抽烟和性。

艾莉森把烟在地上踩灭,又锄起草来,她把干土里的嫩草铲掉。芭芭拉拔掉夹杂在胡萝卜里的野草。已经有两周没下雨了,菜地里很干燥，生菜长出长长的细根，小萝卜提前结籽了。

芭芭拉放下锄头，把一长串从架子上垂落下来的西红柿捆好。"我教教你怎样掐掉西红柿藤上的吸根。"她对艾莉森说。

"妈，你是怎么知道的？你学过生物？"

"没学过，我是在乡下长大的，你忘记了？看这里。把分叉处冒出来的这两片小叶子掐掉，掐掉它们就能长出更多的西红柿。别问我为什么。"

"为什么？"艾莉森问。

芭芭拉在种菜日记里写道："奶蓟草开花了。艾莉森找到了螳螂卵鞘。"上午十点左右，三个人坐在露台上喝可乐。露丝在做被罩，把菱形布片拼接成星形的图案。她手上的皱纹是永久性的。"我长着老年人的手和脚。"她曾欢快地告诉芭芭拉。露丝的面孔和她的手脚不匹配。尽管已年过四十，她有一张年轻的脸。

艾莉森刚才就露丝女儿和丈夫的事与她说了些什么，露丝停下来，给缝纫线打了个结，咬断线头，说："我之所以不把他们的照片摆在家里，是因为刚开始我有点太过分了。那时我不用一张金伯莉上学时的旧照片做书签就没法读书。我把她的照片摆得到处都是。他的照片我没有几张，但是她的有很多。有一天我意识到，我对照片上的她的了解已超过我记忆里的她了，就好像这些照片取代了他们。而且，照片并不真实。所以我把照片收了起来，希望能够重拾自己的记忆。"

"有用吗？"

"有一点，是的。有时候我早晨醒来，她的面孔会在我眼前出现一小会儿，鲜活真实。这样的一刻胜过盯着照片看上一整天。我觉得只要我愿意让记忆回来，它就会变得越来越清晰的。"露丝果断地把线穿过针眼，再把线头拉齐，打了个结。"那天晚上我去纳什维尔的姐姐家，我们在外面玩了很久，他们无法和我们取得联系。就此我不能原谅自己。"

"你也帮不上什么忙，露丝。"芭芭拉有点不耐烦。这个故事露丝已经讲了上千遍，芭芭拉已经把它背下来了，艾莉森也已听过很多遍。

露丝讲故事的时候，艾莉森并没有合上书，她的手放在狗的身上。她在读《禅与摩托车维护艺术》。这本书不仅仅与摩托车有关，她曾告诉过她们。

露丝在飞针走线，她说："当时天还亮着，他们在一个停车指示牌前停车，然后穿过路口，一辆装满萝卜的皮卡撞上了他们。那个人没有停车，直接撞上了他们。萝卜滚得满地都是。当时理查德开车送金伯莉去上指挥训练课——她是去年州际女子乐队指挥赛的第三名。"露丝抚平她缝好的五角星，用拇指指甲小心地挑开缝隙，"他当场就被撞死了，但是她挣扎了一个星期，深度昏迷。我和那个孩子说话说到嗓子眼冒烟。我给她念故事。别人一直说她什么都听不见,但是我必须这么做。她也许已经死了,别人说没希望了。"露丝提高了嗓门,"格蕾丝王妃[1]死的时候呼吸机被人关掉了?他们不该那么做,因为有可能发生奇迹。你们不能忽略发生奇迹的可能性。医学不是无所不知的。我一连好几个月做梦梦见萝卜,我根本没见过它们!我当时并不在现场,但是在我脑子里这些萝卜比我自己孩子的面孔还要清晰。"

邮递员开着吉普车吱吱呀呀地爬上小山坡。艾莉森待在露台角上从地里冒出来的一棵桃树(或许是从某个人吐出的一颗桃核生长出来的)的树荫下,吉普车开走后她才朝信箱飞奔过去。

"男朋友来信了,宝贝?"艾莉森回来后露丝问她。

"没有。"她拿着广告和一本封面上画着猎枪和狗的体育用品目录。她把邮件丢在桌子上,一屁股坐在露台的吊椅里。

"你为什么不给他写封信呢?"露丝问。

"我给他写过,他没有回。他说要给我写信的。"

"也许他工作忙,"露丝善意地说,"如果他在建筑工地上班,整天都在日头下工作,也许就懒得写信了。夏天很快就会过去的。"露丝把广告当扇子扇风。"不过大海里也不只有他这一条鱼,艾莉森。觉得你漂亮的男孩子多的是。最最甜美的姑娘!"她拍了拍艾莉森的膝盖。

---

[1] 格蕾丝王妃(Grace Kelly, 1929—1982):美国电影电视明星,后嫁给摩纳哥亲王雷尼尔三世,1982年9月13日遭遇车祸,次日去世。

芭芭拉像观赏一幅画一样看着山坡露台上包括她自己在内的三个人：艾莉森穿着短裤，小腿上是地里庄稼茬子刮出的划痕，她反叛地抽着烟，两眼空洞无神，一只手放在狗的头上（狗在龇牙咧嘴地喘息着，身上斑点和腐肉的颜色一样）；露丝在画面的正中间，头发从发卡里滑落出来，她说着某个自己觉得漂亮的东西，好像是杂志里的一张全家福照片，兴高采烈得有点近乎荒唐；芭芭拉本人偏向画面的一侧，粗糙的双手的指甲缝里夹着泥巴，干燥的头发从帽子的四边露了出来（因为在太阳下面出汗太多，她的发卷留不住）。芭芭拉觉得菜园里的她像一个手扶锄头站立的稻草人，任凭越过山脊的风摆布。

下午，芭芭拉和露丝给果树四周的土壤追肥。地面非常坚硬，芭芭拉不得不用锄头刨地。杏树是园子里唯一结果的果树，一些杏子已经泛黄。不过苹果树的叶子正在变黄，最外面的叶子上毛毛虫已经结茧并孵出飞蛾。

露丝说："想象一下满满一车的萝卜，一想到车上装的是萝卜我就想笑，你会想到苹果或者西瓜。你经常看到装满西瓜的卡车，也听说过出车祸后西瓜满地滚。但是萝卜！"她拿起铲子，把它插进地里。"上帝太有创造性了。"她说。

"油桃树看上去太瘦弱了，"芭芭拉突然说道，"我怀疑还能不能结出油桃来。"

"那个开着装满萝卜皮卡撞他们的人？他们说他根本就没有看路，就这么一头撞上来了。警察发誓说他没有喝酒，不过我怀疑他吸毒了。我随便和你打什么赌——"

突然，家那边传来一阵叫喊声，是艾莉森在尖叫。芭芭拉沿着小路往家跑，只见她女儿在屋前发疯似地摇晃着脑袋。随后艾莉森围着房子奔跑起来，一边揪头发，一边追着自己的声音绕着房子奔跑。她梳的是马尾辫，可是当她再次出现时，头发已经散落开来，她正在把橡皮筋往下扯。她再次从墙角消失时，芭芭拉朝她大喊："捻死它，艾莉森！把头上的蜜蜂捻死！"

芭芭拉一把拉住艾莉森，迫使她在露台前猛然停住。芭芭拉飞快地把蜜蜂在她女儿的头上捻死。

"它对我发火了，"艾莉森抽泣着说道，"它追着我不放。"

"是你香水的味道。"芭芭拉说，翻看着艾莉森的头发。

"只不过是沐浴油。哦，我头上被叮得到处都是！"

"别动。"

芭芭拉从艾莉森放在衬衫口袋里的烟盒里取出一根香烟。她把艾莉森推到露台上，艾莉森一屁股坐了下来，在发抖。芭芭拉撕掉香烟外面的纸，用吐沫把烟丝在手心里和成一团。她小心地把这团烟丝抹在艾莉森头皮上有红点的地方。

"这样可以把蜜蜂的刺弄出来，"她说，"放松一点。"

"噢，疼死了。"艾莉森说，把头埋在手掌里。

"一会儿就好,"芭芭拉安慰她说,把女儿拉近自己,抚摸着她的头发,"好了,没事了。"

"艾莉森怎么了?"露丝从紫丁香花丛后面走了出来,刚才她好像一直躲在那里,观察着事态的发展。芭芭拉抱着艾莉森,亲吻她的头发,观察着露丝脸上痛苦的表情。

从那以后露丝外出时不再戴眼镜,原因是她眼镜左边镜片角上装饰着一个金色的"R"字,让她觉得有一只蜜蜂正朝她的眼睛飞来。不过现在蜜蜂都去躲雨了。不刮风不打雷,雨却不停地下了两天。这样的雨很少见,芭芭拉的菜地被淹没了。芭芭拉冒着毛毛细雨整理"肯塔基奇观"[1]的藤蔓,把它们缠回到边上插着的棍子上。辣椒和青豆都黄掉了,利马豆的叶子被虫子蛀了。野草在疯长,地泥泞得无法锄草。向日葵弯下了腰,折断了。

三人被困住了,她们尽量不去挡别人的道。芭芭拉觉得维系她们的绳子绷得紧紧的,也很脆弱,像英国豆藤蔓上细细的卷须,总是缠住最容易缠住的东西。她有点蠢蠢欲动,很久以来第一次渴望男人的陪伴,一个眼睛性感、身上剃须水味道好闻的陌生男子。雨把老房子里的怪味道翻了出来。尽管她们做了很多维修工作,多年积累的污迹已渗透到了房子里面,到处落满了灰尘,露

---

[1] 一种绿豆角的别名。

丝发现百科全书的封面上长了一大块白霉斑。"太空人入侵,"艾莉森开心地说,"它会把我们统统吃掉。"露丝为她烘烤饼干,艾莉森礼拜五晚上要上班,露丝帮她把《迈阿密风云》录下来。阴天也让艾莉森被太阳晒黑的肤色褪去了一点,她的雀斑让芭芭拉想到了画眉鸟的胸脯。

小溪的水位在升高,狗在前院露台下面哼哼唧唧,艾莉森把它带到后院有围栏的露台上。狗腿上泥乎乎的绷带已撕成了碎布条。她拿着邮件,包括她住在活动房屋的父亲的一封来信。"爸爸让我秋天去他那儿住。"

"你去吗?"

"不去,我已经决定了。"艾莉森用发布公告的声调说道。

"你说啥,宝贝?"露丝问道。她正在做苹果酱蛋糕,她承诺要用她祖母的配方给艾莉森做一个。

"我准备休学一年,去列克星敦找份工作和一套公寓住。"

"列克星敦?"芭芭拉和露丝同时说道。列克星敦离这里有两百多英里。

艾莉森解释说她将和朋友辛迪合租一套公寓。"走进真实世界对我们来说是件好事情,"她说,"现在的学校枯燥乏味。"

"如果不完成学业,将来你会后悔的,宝贝。"露丝说。

"目前上学与我的需求不符。"艾莉森拿起乐谱朝钢琴走去。"要我说,就把这当作去海外读大二,这总可以吧?只不过我不用说法语。"

穿着雨衣雨鞋的芭芭拉身体抖动了一下。蒙蒙细雨里她开始在菜园的上边挖一条沟,好把水引开。青椒在死去,卷心菜里全是胖乎乎的鼻涕虫。她飞快地干着活,和流进菜地的一股股水流做斗争。尽管她所做的看似徒劳无功,但她还是尽其所能地与水流抗争。

露丝脚穿雨鞋,在泥泞的小路上吃力地走着,她没戴眼镜,眨着眼瞅着天上的雨。"你会让她去列克星敦吗?"露丝问。

"她是个成年人了。"芭芭拉说。

"你怎么能让她去呢?"

"我又能怎样?"

露丝抹去脸上的雨滴。"你不觉得她在做错事吗?"

"当然了,真该死!但是孩子是什么?孩子就是负有伤害父母使命的人。"

"别跟我提伤害这两个字。你以为你知道伤害是什么?"

芭芭拉用锄头气冲冲地拍打着泥巴。明年她会把菜地移到房子的上方,那里排水会好很多。

第二天,雨水减弱了,不过还是潮湿阴暗,一股风在山脊上搅动,像在预示一场暴风雨的来临。艾莉森不上班,她一直在弹钢琴,即兴弹奏一些自己胡乱编排的曲子。芭芭拉在读书。突然,芭芭拉透过大窗户看见露丝在果园里给一棵桃树喷药。芭芭拉冲出门,大声喊道:"露丝,你疯了吗!"

露丝被喷出的药雾笼罩着。芭芭拉大叫道:"住手,露丝!不能在刮风的晚上喷药!不能迎着风喷!"

"钻蛀虫会把桃树啃光的!"露丝大叫道,松开手里的喷雾器。她从树皮上揪下一团桃树胶给芭芭拉看。"你看!"

"风把杀虫剂都吹到你身上了,根本没喷到树上。"芭芭拉嘲讽地说。

"我的做法不对?"

"我们进屋吧。要下大雨了。"

"我想帮忙,"露丝含着眼泪说,"我想救这棵树。"

过后,芭芭拉和艾莉森着手准备晚餐,露丝在浴室冲洗身上的杀虫剂。艾莉森说:"妈,你什么时候开始意识到自己不再爱爸爸了?"

"一个确切的时刻?"

"是的,有吗?"

"估计有吧,也许是我让他和我们一起去湖边野餐的那次。就是你在那里做救生员的那个夏天,我想我们可以去那里,大家待在一起,去走走那些小径,他找借口不去。我意识到这些年来我算是嫁错人了。"

"我明白你的意思。我觉得我不再爱杰拉德了。"艾莉森用削皮刀仔细地切着青椒。

芭芭拉笑了："你不必这么匆忙决定，我的问题就出在这里，我太着急了。我婚结得太早。"她匆忙加了一句，"不过没什么，作为回报我得到了你。"

艾莉森若有所思地点点头："假如你想再婚呢？你要怎样安置露丝？"

"我也不知道。"

"这次你得和她'离一次婚了'。"艾莉森揶揄地说。

"把这个地方卖掉分了有点困难。"芭芭拉不确定她放得了手。

"露丝到底是怎么回事？"艾莉森问道，"她太诡异了。"

"她原来比这还要糟糕，"芭芭拉安慰她说，"你还记得她刚开始的时候吧——她连那个学期都没法教完。"

"我本来不想告诉你，我觉得露丝有点小偷小摸，"艾莉森说，"我找不到我的紫发夹和外婆给我的围巾了，肯定是被露丝拿走了。"艾莉森直直地看着窗外急速往下流淌的山泉，嘴角露着一丝满意的微笑。芭芭拉看着手里端着的一盘腌酸黄瓜，有那么一阵她都有点认不出它们来了。各种各样的图案在她脑子里闪过——巧克力片、吃剩的西葫芦、柿子。

那天晚上艾莉森外出看电影，芭芭拉睡不着觉。外面还在下小雨，偶尔夹杂一阵短促的急雨。艾莉森开车回来时已过了零点。狗叫了几声，露丝房间的灯关掉了，所有这一切进行得如同一首音乐里的序列。晚上早些时候，芭芭拉瞟到卧室床上的露丝，她像玩单人纸牌游戏一样把照片摆来摆去。照片存放在一个盒子里，里面还有一些金伯莉和理查德的其他纪念品。芭芭拉想进去安慰她，但还是忍住了，就像不让自己过分关心艾莉森一样。她有种感觉，自己照料的花园果园太多了；她身边的事物在以某种病态和不良的方式生长，而这让她有种被束缚的感觉。听见艾莉森蹑手蹑脚地从过道走过，芭芭拉闭上眼睛，似乎看到了在雨中闪亮的变了形的黑色摩托车。

第二天一大早，艾莉森在外面喊她们："快来看，溪水涨得好高了。"她的叫喊声很刺耳。

溪水漫过了堤岸，桥面被水淹没了，铁栏杆还露在外面。

"哇，"艾莉森说，"这么多水。我真希望自己是只鸭子。"

"发大水了。"芭芭拉就事论事地说。她的菜园子已经毁掉了，她决定不再为接下来的事操心了。

吃早饭的时候，一声巨响和一阵轰隆隆的响声把她们引到了露台上。横跨小溪的桥在她们的眼皮底下垮掉了，黑色的桥栏杆掉进了浑浊的溪水里。场面如此猛烈，简直就像电影里看到的一样。

"哦，天啦。"露丝轻声说道，在胸前画着十字。

"我们被困住了！"艾莉森说，"哇。"

"哦，主啊，我们该怎么办？"露丝哭了起来。

"我们只能等水退下去了。"芭芭拉说，不过她们没听见她说的。

"这下不用上班了,"艾莉森说,"我会告诉麦当劳的人我过不去,除非他们派一架救生飞机来接我。派一辆麦当劳的玩具飞船来也行,那才带劲呢。"

"难道这是惊悚片?"芭芭拉说,"我已经起鸡皮疙瘩了。"她转过身来,可是露丝已回到屋里,艾莉森也带着狗走开了。

芭芭拉朝地里走去,她站在树林边上看着山谷里升起的水雾。与露丝在这里住了两年后,芭芭拉对这里熟悉得即使闭上眼睛也能看见农场的一切——小路、伫立在注入小溪的山泉边上的柳树。但是有的时候它们会突然变得那么陌生,像是她从来没见过一样。今天她就有这样的感觉,当她看着艾莉森在屋前和狗玩耍,教它捡树枝时。艾莉森总爱这样,她总爱琢磨,东瞅西瞧,什么都要尝试一下。不过在这样的光线下面,那只腿上裹着磨损绷带的很特别的狗,那根特别的木棍,还有那些有待收割的湿草,这些都是芭芭拉此生没有见过的景象。

她继续爬坡,穿过了小树林。小路上,蘑菇像商店里陈列的帽子一样奇异地排列着——鲜红的中国阳伞、人脑一样沉甸甸的球状体、平整光洁的白色毒菌。这些蘑菇有些出人意料,仿佛是对毁掉的菜地的一种既神奇又没什么用处的弥补。芭芭拉绕开一块看上去很危险的圆形黑蘑菇。小路前方,卷曲成花朵状的真菌组成一块鲜橙色的地毯。她伸手去掏外套口袋里的种菜日记本。

星期二出太阳了。地里到处是被山泉冲下来的石块，长草也倒伏了。被阳光激活的大黄蜂在果园里四处飞。

芭芭拉和露丝站在果园里眺望山下。浑浊的山泉还在往下流淌，芭芭拉在菜地上方挖的那条沟变宽了。

"杏子全掉下来了。"露丝捡起一颗被水浸透布满虫孔的杏子。

"没关系。"芭芭拉用脚趾头碾着鼹鼠地道拱出地面的部分。

"我觉得我可以帮艾莉森整一间小房间出来，这样她就不用睡在客厅里了，"露丝说，"我可以把阁楼清理一下，再做一个舒适一点的小窗座。"

"真的不需要，露丝，你难道没有自己要做的事情？"

"我觉得这是件好事。"

"艾莉森不会在这儿待太久。她又去哪儿了呢？我以为她要蹚水穿过小溪，去搭别人的车上班。"

"她在勘察阁楼。"露丝突然警觉起来。"也许她在动她不该动的东西。"

"你这是什么意思，露丝？你担心她翻你的箱子？"

露丝没有回答。她喊着艾莉森，大步朝家走去。

艾莉森出现在露台上，拎着一个灰蓬蓬的布包，她说是在阁楼一块松动的地板下面发现的。

"烧了它！"露丝大喊道，"谁知道里面有什么样的细菌。"

"我想打开看看，"艾莉森说，"里面也许藏着宝贝。"

"你小说看多了吧,艾莉森。"芭芭拉说。

"孩子,把它拿到车道那里烧掉,"露丝焦虑地说,"看上去脏兮兮的。"

艾莉森在解布包的结,露丝往后站,好像在看别人点爆竹。

"就是一些碎布片,"芭芭拉疑惑地说,"我们过去称它'老奶奶的布包包'。"

"我打赌里面有个死娃娃。"艾莉森说。

"艾莉森!"露丝大喊一声,用手捂住脸,"别解开!"

"别这样,露丝,随她去弄,"芭芭拉说,"你看着。"

捆在一起的布解开了,是一些缠在一起的长袜子——脱丝的旧长袜。它们已经腐朽了。

"我的老奶奶习惯把长袜穿得都一丝一丝的了才肯扔掉。"芭芭拉看着露丝,轻松活泼地说道。露丝看她的眼神仍然充满恐惧。"她会把它们卷成一团,就像这样的。没别的了。"

"哦,操,"艾莉森说,有点失望,"什么都没有。"

她把长袜团丢到潮湿的石子路上,伸手去口袋里找烟。她划着一根火柴,把它移近香烟,吸气,然后用火柴去点那个布包。空气潮湿,火苗不旺,突然,布包烧着了。灰尘燃烧的味道很容易辨别。布包像是老房子的本质,积满了污秽,艾莉森在帮她们烧掉它。

胖贝尔莎的故事

唐纳德又回来了,又是唱又是笑。只在心情好的时候,他才像个检查房产的缺席房东,从靠近露天矿的中部城[1]赶回家。回来时他的心情总是很愉快,珍妮特原谅了他,给他做饭——用的是食品券[2]换来的既难看又不健康的食品。有时候他带回来牛排和冰激凌,偶尔还会带回来一点钱。他走进家门时,他们的孩子罗德尼会躲进壁橱里,唐纳德四处走动,大声谈论曾经住在这里的名

---

[1] 肯塔基州的一个小城,附近有很多露天煤矿。
[2] 政府救济穷人发的可以换取食品的代金券。

叫罗德尼的男孩——那个掉进化粪池或者被吉普赛人拐走的小男孩。故事总在变。罗德尼通常躲在壁橱里，直到实在憋不住尿了，随后他抱抱父亲的膝盖，像珍妮特那样原谅了他。看到唐纳德手里提着六罐啤酒，咧着嘴笑嘻嘻地晃进家门，珍妮特会感到呼吸急促。他倚在门框上，棒球帽、蓬松的红胡须和墨镜让他看上去非常性感。他戴墨镜是为了模仿《蓝调兄弟》[1]，不过他与《蓝调兄弟》中的兄弟俩谁都不像。我应该去把脑子检查一下，珍妮特心想。

上次唐纳德回家，他们去购物中心替罗德尼买正在打折的鞋子。他们四处闲逛，把半个下午花在了购物中心。唐纳德和罗德尼玩了电子游戏。珍妮特觉得他们又是个正常的家庭了。后来在停车场，他们驻足观看一位站在台上的男子耍蛇。孩子们轻轻拍打盘在男子肩膀上长达十二尺的蟒蛇。珍妮特觉得自己马上就要晕倒了。

"蛇不会伤人，除非你先伤害它。"唐纳德对正在抚摸蛇的罗德尼说。

"摸起来像巧克力。"罗德尼说。

耍蛇人从塑料盒子里取出一只狼蛛，把它小心地放在手掌里。他说："狼蛛要是掉到地上，会像圣诞树上的装饰品一样摔

---

[1] 美国喜剧电影，由约翰·贝鲁什和丹·艾克罗伊德这对谐星出演，是美国无厘头式电影的典范。

得粉碎。"

"真恶心。"珍妮特说。

"我们走吧。"唐纳特说。

唐纳德催促他们离开购物中心,珍妮特觉得她的家像摔碎的狼蛛一样四分五裂。罗德尼号啕大哭,唐纳德拉着他往前走。珍妮特想停下来买点冰激凌。她想让大家在一个卡座里安安静静地坐上一会儿,但是唐纳德领着他们急匆匆地来到停车的地方,他阴沉着脸,一声不吭地往回开。

"有没有做和蛇有关的噩梦?"第二天吃早饭的时候珍妮特问罗德尼。他们在吃用店里买来的煎饼粉做的煎饼。罗德尼用叉子拍打着煎饼上的一汪糖浆。"黑游蛇是农人的朋友。"他严肃地说,重复他从耍蛇人那里学来的事实。

"'胖贝尔莎'[1]也养黑游蛇,"唐纳德说,"她训练它们参加500赛车。"唐纳德不给罗德尼讲通常意义的儿童故事,而是给他讲一系列编造出来的与"胖贝尔莎"有关的奇奇怪怪的故事。"胖贝尔莎"是他给默兰伯格县露天采矿机起的名字,不过他让罗德尼相信"胖贝尔莎"就是女版的保罗·班扬[2]。

"蛇才不参加500赛车呢。"罗德尼说。

---

[1] 指德国军火制造商克虏伯在第一次世界大战期间制造的榴弹炮。
[2] 保罗·班扬(Paul Bunyan):美国传说中的英雄,他是个伐木工,住在美国西北的伐木营地里。他以力大无穷、伐木快如割草而威震四方。

"不是印第 500，也不是代顿 500[1]——不是那些有名的 500 赛车，"唐纳德说，"这是伯松特罗 500，很久以前就有了。这个比赛最初是由'胖贝尔莎'创办的，参加比赛的都是蛇。主要是黑游蛇和蓝游蛇，还有一些红白条纹的游蛇，不过很少。"

"我们以前要是看见黑游蛇，一般会跑去拿锄头。"珍妮特说，想起了自己在乡村度过的童年。

从某种意义上说，唐纳德缺席家庭生活是一种上佳的安排，甚至算得上是一种体谅。当唐纳德应付不了自己的越战记忆时，这种缺席使得他们免受他坏情绪的影响。直到一两年前，越南发生过的那些事情才开始影响到他，他得了抑郁症，人变得情绪化了，后来他离家去了中部城。珍妮特担心他的行为，她想安慰他，但是总说错话。如果发放福利的人发现他偶尔会回来过周末，甚至还带点钱回来的话，他们会停掉她的救济金。正因为依靠不上他的钱她才申请救济的，不过她心里明白，他怪罪她对他失去了信心。他并没有在露天矿找到一份正经的工作，他只不过是去那里待着，看着地面被扒开，树木被放倒，灌木枝满天飞。有时他操作一台蒸汽铲车，回到家里时衣服上到处都是泥巴，鞋子上的泥巴结成了饼，和黄油布丁一个颜色。

---

[1] 印第 500 和代顿 500 是美国两个著名的汽车赛事。

刚开始,他还想向珍妮特做些解释。他说:"如果我们有像'胖贝尔莎'一样庞大的坦克,就不会输掉那场战争了。露天采矿和我们在那里干的事一模一样。我们扒开大地的表层。表层泥土与人文一样,是大地和一个国家最好的部分。美国佬就那么把表层泥土扒开了,那是最好的部分。我们把它变成了废墟。在这里,采煤公司至少还要种一些野豌豆和火炬松以及各种各样的树和灌木。如果在越南的时候我们也这么做了,离开那个国家时我们也许会体面得多。"

"越战不是早就结束了吗?"珍妮特问。

她不想听与越南有关的事。她觉得过多唠叨这件事不健康。他应该活在当下。她母亲担心唐纳德有暴力倾向,她从报纸上读到路易斯维尔的一个老兵把自己的小女儿扣押在公寓里当人质,直到他在与警察的交火中丧生。珍妮特倒不觉得唐纳特会做出如此极端的事情。第一次遇见他时,那是几年前了,她还在她父母卖BBQ的小餐馆里打工,当时他穿着得体。他带她去一家上档次的餐馆用餐。他俩都喝醉了,醒来发现自己身处密西西比州图珀洛市的一家汽车旅馆里,就在埃尔维斯·普莱斯利大道上。那时候他总用怀旧的口吻谈起自己在越南的经历,说那里有多美,那里的人又是多么的不一样。他向来都有点言不达意。"就是不一样。"他说。

他们开着他那辆1957年的黄色雪佛兰敞篷车兜风。现在他车子开得飞快,但那时候不是这样,也许是他太爱惜那辆车子了。

那是一辆经典老车。三年前他把它卖掉了，赚了一大笔钱。就在他卖掉车子的那段时间里，他的情绪变得糟糕了，脾气不再平和，就像从平坦的州际公路突然拐上了一条乡间小道。他头疼做噩梦，不过这些梦似乎都很琐碎。他梦见坐火车穿过落基山脉，梦见劫持了一架飞机去古巴，梦见用铁丝网把家围起来。他梦见自己丢了个洋娃娃。他喝醉酒后开车（那辆雪佛兰的继任者），一头撞上了政府大楼前面的内战纪念碑。当他因为工作太无聊感到沮丧时，珍妮特为花钱把家布置得漂漂亮亮而感到内疚，她试图让他觉得他的工作是有意义的，提醒他不管怎么样，他们有一个孩子需要抚养。"我不喜欢他的名字，"唐纳德有一次说，"多蠢的名字。罗德尼。我从来就没喜欢过。"

罗德尼做与"胖贝尔莎"有关的梦，与他父亲的噩梦共鸣，像是他父亲战争记忆的电视卡通版。尽管混乱，有很多地方对不上，罗德尼还是很喜欢这些故事。"胖贝尔莎"系列中的新成员是"胖贝尔莎与中子弹"。上周则是"胖贝尔莎与 MX 导弹"。新故事里的"胖贝尔莎"去了加州，和她的男性对手"大墨"一起冲浪。海边上，玉米热狗和雪玉米蛇自由行走，冲浪板则变成了海豚。大家玩得都很开心，直到有人投下了中子弹。罗德尼喜欢故事中大家昏死过去的部分。唐纳德一边讲一边表演，他瘫倒在地毯上。海豚和冲浪的人都晕倒了，除了"胖贝尔莎"。"胖贝尔莎"太大了,中子弹对她没有一点作用。

"这些故事都是假的。"珍妮特告诉罗德尼。

罗德尼摇晃着栽倒在地毯上,四肢扭曲。他咯咯咯地笑个不停。等到这阵发作过去后他说:"我给斯科蒂·比德韦尔讲'胖贝尔莎'的故事,他不相信。"

唐纳德把手伸进罗德尼的腋窝下面,把他抱进来坐直了。"你告诉斯科蒂·比德韦尔,如果他看到'胖贝尔莎',他会当场尿裤子的,他这辈子都不会忘记。"

"你害怕'胖贝尔莎'吗?"

"不怕。'胖贝尔莎'就像一位神奇的女人,一位会唱蓝调的巨大的胖女人。你有没有听说过桑顿大妈[1]?"

"没有。"

"这么说吧,'胖贝尔莎'就像桑顿大妈,只不过她像一栋大楼一样庞大,走起路来慢得像乌龟。她过马路的时候,路上所有的车辆必须绕道。她能一屁股跨坐在四车道的高速公路上。她个头那么高,抬头就能看到田纳西州,打个喷嚏就会引发一场龙卷风。她真的很不一般,她还会飞呢。"

"她那么大,飞不起来吧。"罗德尼怀疑地说。他做了个鬼脸,把脸皱成了一块抹布,唐纳德又把他扑倒在地毯上。

---

[1] 美国著名蓝调女歌手,原名 Willie Mae Thornton,因为她身材粗壮加上嗓音粗野,她得到了"Big Mama"的称号,这是来自某个观看完她纽约第一场演出的粉丝的赞叹。

唐纳德整晚都在喝酒，不过他还没醉。冰块融化了，他倒掉杯子里的残酒，给自己重新倒了一杯。他一直说个不停，珍妮特不记得他就战争的事说过这么多的话。他在给她描述弹药堆放点。珍妮特对此有个笼统的概念，那就是一堆子弹、弹药筒、炮弹之类的东西，战争遗留物的垃圾堆，但是唐纳德说她错了。为了让她听明白，他花了一个小时来仔细描述它。

他往杯子里倒上冰和七喜，然后加了一口杯的占边波本威士忌。他翻箱倒柜到处找圆规。珍妮特跟不上他们的对话。对他来说她梳不梳头，需不需要补点口红并不重要。他没在看她。

"我给你把据点画出来。"他说，拿着罗德尼本子里的一张纸在桌旁坐下。

唐纳德用红色和蓝色的圆珠笔画地图，那些星号和技术标记对她来说毫无意义。他用圆规画了一些圆，测量角度。他在一条斜线上标了个红点，那是通向弹药堆放点的小路。

"我就待在这里，就在这儿，"他说，"一头水牛触发了一颗地雷，牛角一下子飞了出去，扎在兵营的墙上，就像反手扔出去的一把弯刀。"他在埋地雷的地方画了一个点，用红色圆珠笔乱画了一通，在地图的边上涂上了像是羽毛的东西。"堆放点在这里，我在那边，那是我们堆放沙袋的地方。这里是坦克。"他画了坦克，一排带手柄的方块，手柄是伸出来的枪炮。

"你为什么费那么大的劲给我讲一只扎进墙里的水牛角？"她

想知道。

唐纳德看了她一眼,像是在说你怎么会问这么显而易见的问题。

"如果你想要让我明白,我也许就会明白。"她小心翼翼地说。

"你永远也明白不了。"他又画了一辆坦克。

上床后,他沿袭他去中心城后开始的套路——占据他那一侧的床,背对着她。今晚,她主动接近他,他没有拒绝。她哭了一阵,他躺在那里,等着她哭完,就好像在等她化完妆一样。

"想听一个胖贝尔莎的故事吗?"他开玩笑地说。

他大笑起来,呼出的气息喷到了她脸上,不过他不想靠得更近。

"你现在根本不在乎我的样子,"她说,"这让我怎么想?"

"没有别人。除了你没别人。"

对珍妮特来说,爱上一个庞大的机器简直是不可思议。肯定有另外一个女人,一个在他脑子里有重要地位的女人。珍妮特见过露天采矿机。从公路上经过时她只能看见起重机的顶端。为了维护肯塔基的形象,露天采矿通常在游人看不见的地方进行。

一连三个礼拜,珍妮特去一家免费精神病诊所见一位心理医生,一个外州来的小个子男子。他叫鲁滨孙大夫,不过她叫他"强奸犯",因为"心理医生"这个词拆开来念就成了"强奸犯"[1]。他并不觉得她的玩笑有多高明,摆出一副他已经听过无数遍的样子。他有个口头禅——"跟着感觉走",和鲍伯·纽哈特[2]在他过去的电视节目里的做法一样。也许这是教科书的第一章,珍妮特心想。

她告诉他,唐纳德在锯木厂上班的最后那段日子——他怎样故意让一堆木头倒下来,而且不知道自己为什么要这么做,此后不久他就离家出走了,还有"胖贝尔莎"系列故事是怎样开始的。鲁滨孙大夫似乎等着她从这些事件中得出某个结论,但是令人抓狂的是他不说她该做些什么。去了那里三次以后,她开始讨厌他。现在她不肯把事情全盘托出。她不告诉他唐纳德上次回来有没有和她睡觉。让他去猜吧,她心想。

"说说你自己。"他说。

"说什么?"

"你对唐纳德的描述太模糊了,我有种感觉,你把他想得太夸张了。我有点吃不准他,这不禁让我思考你的问题出在哪里。"他用领带的端部碰了碰鼻子,嗅了一下。

当珍妮特建议带唐纳德一起来时,心理专家似乎没什么兴趣,他没说什么。

---

[1] 英文"理疗专家"(therapist)拆成两个字就成了"强奸犯"(the rapist)。

[2] 鲍伯·纽哈特(Bob Newhart, 1929 —   ):美国老牌电视喜剧演员。主要影视作品有31部。

"他上次回家时又做了个噩梦,"珍妮特说,"他梦见自己在高高的草丛里爬行,有人在追他。"

"你怎么看这个梦?"心理专家急切地问道。

"我没做那个梦,"她冷冰冰地说,"梦是唐纳德做的。我来找你咨询与唐纳德有关的建议,你却表现得好像我是个疯子。我没疯,不过我很孤独。"

珍妮特的母亲站在小饭馆柜台后面,慈爱地看着正在房间角落放着的点唱机上按按钮的罗德尼。"小家伙真不幸,"她伤心地说,"这个小男孩需要一个爸爸。"

"你想和我说什么?我该去离婚,给罗德尼找个新爸爸?"

她母亲看上去很受伤。"不是这样的,亲爱的,"她说,"你需要让唐纳德去寻求主的帮助。你自己需要多祷告,你近来一直没有去教堂。"

"再来点BBQ。"珍妮特父亲的声音低沉有力,他从后面的厨房走出来,"你给我带一磅回去,你要把正在长身体的男孩喂饱了。"

"我想带罗德尼去教堂,"珍妮特的妈妈说,"我要让大家多瞅瞅他,这么做也许有好处。"

"别人会觉得他是个孤儿。"爸爸说。

"我不在乎,"妈妈说,"我爱他爱得要死,我想带他去教堂。

你介意我带他去教堂吗，珍妮特？"

"我不介意你带他去教堂。"她从父亲手里接过一磅烤肉，油脂从包肉的纸里渗透出来。爸爸给他们那么多的烤肉，罗德尼已经吃腻了，哪怕一点点都不肯吃了。

珍妮特在想假如自己有份工作，她会不会申请离婚。只是想想而已——为了孩子，她心想。不过外面也没什么工作，算上请人看孩子的费用，出去工作并不划算。唐纳德刚离开时，她母亲帮着照看罗德尼，她有份不错的工作，在一家牛排馆做女招待，但是有一天牛排馆着火烧掉了——厨房里的油起了火。从那以后她再也没能找到一份稳定的工作，而且，她母亲臀部有伤，珍妮特不想麻烦她看管罗德尼。在牛排馆，男人给她小费，付钱时把电话号码留在账单上。他们把纸币和纸条塞进她围裙的口袋里。一张纸条上写着："我想托住你的玛芬[1]。"他们是些房地产商，或者是与田纳西河流域管理局[2]打交道的商人。他们吵吵闹闹，喝太多的酒。他们说要带她乘"三角洲女皇"号邮轮去游玩，不过她不相信他们。她知道这么做得花很多钱。他们谈起自己的快艇，邀请她一起去巴克利湖游玩，或者乘坐他们的私人飞机出去兜风，

---

1 一种糕点，其形状与女性的乳房相似。
2 成立于1933年5月，是大萧条时代罗斯福总统规划专责解决田纳西河谷一切问题的机构，位于美国田纳西州诺克斯维尔。

他们爱用兜风这个词。一想到兜风她就头晕目眩。有一次，一个电子产品销售商开着凯迪拉克带珍妮特出去兜风，他们飞驰在穿过湖间地[1]的野路上。车子配有自动升降窗和立体声音响，仪表盘计算机屏幕上亮着的数字会告诉他一加仑汽油开了多少英里。他说这些数字让他分心，好几次差点撞上别人。牛排馆里的他夸夸其谈，深受同伴的欣赏。和珍妮特单独开着凯迪拉克上路后，他却很害羞、让人尴尬，非常无趣。与他有关的最有趣的东西，珍妮特心想，是仪表盘上那些发光的数字。凯迪拉克上除了电子游戏什么都有，但是她还是情愿和唐纳德出去兜风，不管是去哪儿。

社会工作者上门给她填表的时候，珍妮特一直担心唐纳德会开车回来。社会工作者开到门前时，车子的颤动和呼哧声听上去就像唐纳德的那辆旧雪佛兰，有那么一阵珍妮特的脑子里时光倒流了。现在她竖着耳朵听着，希望他别开车回来。这位名叫贝莉小姐的社会工作者比珍妮特年轻，上过大学。她开心得有点过度，好像在她的工作中，她见到的艰难困苦如此的多，让珍妮特的麻烦看起来就像一趟夏威夷之旅一样轻松。

"你家的小男孩还在做那些糟糕的梦吗？"贝莉小姐问，她从

---

[1] 肯塔基湖和巴克利湖之间的一块陆地，面积约为688平方公里。

夹着纸张的记事板上抬起头来。

珍妮特点点头，看了一眼罗德尼，他嘴里含着手指头，不说话。

"猫儿把你的舌头咬掉了？"贝莉小姐问。

"给她看你画的画，罗德尼，"珍妮特解释说，"他不愿意谈那些梦，不过他把它们画出来了。"

罗德尼拿来他的绘画本，无声地翻着。贝莉小姐说："嗯。"这些是干巴巴的素描，对他这个年纪来说，线条惊人的平稳。"这个是什么？"她问道，"我来猜猜看。是两个冰激凌球？"

这张画上有两个大圆圈，占满了整个页面，角落里画了三个小火柴棒人。

"这是胖贝尔莎的奶子。"罗德尼说。

贝莉小姐咯咯地笑了起来，朝珍妮特眨了眨眼。"你喜欢看什么样的书，宝贝？"她问罗德尼。

"没有。"

"他识字，"珍妮特说，"他很聪明。"

"你喜欢读书吗？"贝莉小姐问珍妮特。她瞟了一眼茶几上堆着的一沓小说。她或许接下来会问珍妮特买书的钱是从哪儿来的。

"我不读书，"珍妮特说，"一读书我就会发疯。"

当她告诉"强奸犯"自己无法集中精力做正经事的时候，他说她借助言情小说来逃避现实。"现实，见鬼去吧！"她曾说过，

"我的问题就出在现实上。"

"罗德尼不在这儿真是太遗憾了。"唐纳德在说话。罗德尼又钻进壁橱了,"圣诞老人不得不把这些玩具拿回去。罗德尼肯定会喜欢这辆脚踏车!还有这个'吃豆人'游戏。圣诞老人一下子要拿回去这么多东西,他得开一辆皮卡来才行。"

"你什么都不带给他,你从来不给他带东西。"珍妮特说。

他带回来过甜甜圈和脏衣服,他的衣服上结着泥巴。由于在野外工作,他胡须的颜色变浅了,看上去还是那副乐呵呵的样子,情绪变差前的样子,那些情绪就像被人形容成暴风雨的偏头疼。

唐纳德用甜甜圈把罗德尼从壁橱里哄了出来。

"这个礼拜你乖不乖?"

"我不知道。"

"我听说你去购物中心大闹了一场。"说罗德尼大闹了一场有点夸张。珍妮特已经解释过了,罗德尼不开心是因为她没有给他买雅达利游戏机。不过她不怪他,什么都不能给他买她心里也不好受。

罗德尼吃了两个甜甜圈,唐纳德给他讲了一个既长又让人摸不着头脑的胖贝尔莎与摇滚乐队的故事。罗德尼用一打问题打断他的故事。故事里的摇滚乐队在一个后来被发现埋藏了有毒废料的地方举办音乐会,从而导致污染物在全国扩散。胖贝尔莎解决这个问题的方法一点也不清楚，珍妮特待在厨房里，琢磨怎样用马铃薯和剩下的烤肉做出点新玩意儿。

"我们不能再这样生活下去了，"那天晚上她在床上说，"我们在互相伤害，得改变一下了。"

他像孩子一样咧嘴笑着。"从默兰伯格县回到家里就像'R 和 R'——休息和娱乐。我之所以解释是怕你认为'R 和 R'是指摇滚，或者是臀部和屁股，也可能是生锈和腐烂[1]。"他大笑起来，用香烟在空中画了一个圆圈。

"我还没那么笨。"

"离开这里，我就得回矿区。"他叹了口气，好像矿区是某个永恒的负担。

她的思绪滑向了将来：唐纳德被关在某个地方，在涂色本上涂涂画画，做泥罐子。她和罗德尼与另一个男人生活在另一个镇子上——某个迟钝、一点也不性感的男人。她鼓起勇气说："我没有经历过你经历过的那些事情，也许我没有资格说这个，不过有时候我觉得你因为去过越南就摆出高人一等的样子，好像没人能懂得你似的。好吧，也许我不懂你。但是你还是有两条腿吧，尽管你已经不知道怎么用它们中间的那个东西了。"歉意让她流出了眼泪，但她还是忍不住加了一句，"你不能再给罗德尼讲那些可怕

---

1 以上提到的东西，英文都以"R"开头。

的故事了，你走了以后他会做噩梦。"

唐纳德从床上抬起身子，一把拿起衣柜上放着的罗德尼的照片，像抓着一个手雷一样抓着照片。"孩子会背叛你。"他转动着手里的照片。

"如果你在乎他，你就会待在这里。"他放下照片时她问道，"我能怎样？我怎么知道你脑子里在想什么？你为什么要去那里？露天采矿对生态有害，你和露天采矿没半点关系。"

"我的工作很重要，珍妮特。我开蒸汽铲车，用泥土把地面覆盖起来。我在开垦和改造土地。"他用温柔的声音不停地说着与露天采矿有关的事情，那些她听过无数遍的老一套，把"胖贝尔莎"和超级坦克做比较，要是他们在越南时有"胖贝尔莎"就好了。他说："他们翻开地面时，我一直在找越共藏身的地道。他们挖了那么多的地道，简直难以置信。想象一下猛犸洞[1]穿过整个肯塔基州的样子。"

"猛犸洞是世界自然奇观之一。"珍妮特欢快地说，她又说错话了。

凌晨两点，他在厨房餐桌旁谈起了C-5A运输机。C-5A巨大无比，可以运送部队、坦克和直升机，但它还是装不下"胖贝尔莎"。没有东西能够装下"胖贝尔莎"，他不停地唠叨着。珍妮特

---

[1] 世界上最长的洞穴，位于美国肯塔基州中部的猛犸洞国家公园，是世界自然遗产之一。

- 195 -

给他看罗德尼画的圆圈时，唐纳德笑了。梦呓般地，他谈起了女人的乳房和大腿——美国女人又粗又圆的大腿和又大又圆的乳房，与纤弱的东方美女的截然相反。这就像对比大烤鸡和小仔鸡，他说。珍妮特松了口气。一个有关很久以前的女朋友的坦白不难接受。他似乎卡在了美国女人的乳房和大腿这个话题上——非要让她明白东方女性是多么瘦小纤弱，但是突然他又把话题转到坦克和直升机上。

"贝尔休伊眼镜蛇[1]——我的天啦，多帅的机器。太有效率了！"唐纳德从珍妮特放食品加工机叶片的抽屉里把叶片取出来，"直升机的叶片可以把任何东西切成碎片。"

"别这么做。"珍妮特说。

他试图像旋陀螺一样在柜台上转动叶片。"直升机的叶片碰到高压线时会这样——那边就没有什么高压线！——或者一棵树。现在想想，自从喷洒了橙剂后，树也没剩几棵。"他松开手里的叶片，叶片碰了一下抽屉落到地上，划破了塑胶地板。

刚开始，珍妮特以为尖叫声是自己发出的，其实是他的声音。她看着他号啕大哭。她还从来没见过谁哭得这么凶，就像夏天里突然下起的雷暴雨。她只知道把面巾纸推到他面前。最终，他能够说话了："你以为我会伤害你，我是因为这个才哭的。"

---

[1] 一种美国军用直升机的别名。

"接着哭。"珍妮特说，抱紧了他。

"别离开。"

"我就在这儿，我哪儿都不去。"

到了夜里，她还在做听众，知道他的独白会像刺青一样烙在她的脑海里，永远也忘不掉。他的声音轻了下来，他在摆弄一支圆珠笔，在一卷厨用纸巾上扎孔。子弹孔，她心想。他的胡须像鸟巢，缠着几缕深色的玉米穗。

"只不过是个故事，"他说，"没什么大不了的。别紧张。"她坐在厨房椅子的硬边上，接触地板的脚趾头冰凉，等着。他的眼泪已经干了，但声音还是有点哽咽。

"我们驻扎在一个靠近村子的大营地里。常规的换防，在那里修整了好一阵，时不时去岘港狂欢一番。此前我们在丛林里待了好几个月，所以这两个月驻扎在村子里算是一种休息——几乎算是'R 和 R'了。别发抖。这只是个小花絮。没什么了不起的！与我能告诉你的相比，这个连屁都算不上。好好听着。我们对恐惧麻木了。晚上会传来一些枪炮声，可以看见天空中像流星一样划过的弹痕，不过和我们经历过的相比，这实在是小巫见大巫，我们一点也不紧张。我认识了村子里这个越南家庭——一个妇女和她的两个女儿。她们卖可乐和啤酒给美国大兵。大女儿叫范，她能说一点英语。她真的很聪明。我通常下午去她家的小茅屋看望她们——正是午睡时间。天气热得要死。范很美丽,就像那里的乡野一样美丽。村子破破烂烂,但乡野很漂亮。她非常美丽,像是在丛林中长大的,像一种开在树顶的花,那种花有时会吓着我们,以为那里藏着一个狙击手。她非常温柔,眼睛的形状像桃核,个头不比一个十三四岁的孩子大。刚开始我觉得她的身材很好笑,不过后来就无所谓了,就像头发和乳房,都是她美妙的特征。"

他停下来倾听,就像罗德尼还是小宝宝时他们倾听他的哭声那样。他说:"我躺在热浪里,她用香蕉叶子当扇子给我扇风。"

"我不知道那边也有香蕉。"

"你不知道的事情多着呢!别打岔!范二十三岁,她弟弟出去打仗了。我都没问他在为哪一边打仗。"他笑了起来,"'扇子'这个字让她兴奋不已。我告诉她在英语里'扇子'和她的名字发音一样。她以为我在说她的名字是香蕉。在越南话里同一个字可以有一打不同的意思,完全取决于声调。我相信你不知道这个,你知道吗?"

"不知道。她后来怎样了?"

"我不知道。"

"故事结束了?"

"我不知道。"唐纳德停顿了一下,然后接着讲村庄、女孩、香蕉叶,声调单调得让珍妮特起了一身鸡皮疙瘩。他说话像是隔壁房间传来的新闻播音员的声音。

"你肯定很喜欢那个地方，想不想回去看看那个女孩现在怎样了？"

"那个地方不存在了，"他说，"炸飞了。"

唐纳德突然去了卫生间。她听见流水声，地下室的水管在抖动。

"那里真的很漂亮。"他从卫生间走了出来时，心不在焉地揉着胳膊肘，"那里的丛林是世界上最美丽的地方，你会以为你进入了天堂。但是我们把它炸飞到天上去了。"

他在她怀中颤抖，就像地下室仍在抖动的水管。一阵震颤之后水管不再抖动了，但他还在颤抖。

他们开车去老兵医院。这是唐纳德的主意，不需要她去说服他。那天早晨她整理好床铺后（那种终结感吓了她一跳，好像她已经知道他们不会再一起上这张床了），他对她说这跟"R 和 R"差不多。他需要的是休息一段时间。那一夜俩人都彻夜未眠。珍妮特觉得自己必须醒着，得多听听。

"说到露天采矿，"她现在说，"那是他们将要对你脑袋做的事情。我希望他们会把那些肮脏的记忆全部挖出来，我们不需要它们。"她拍了拍他的膝盖。

晴空万里的天气与这趟黯淡之旅极不相称。她在开车，唐纳德像被送往养老院的老人，顺从地坐在一旁。他们穿过伊利诺伊州南部，出于某个珍妮特至今也无法理解的原因，那个地方被称作"小埃及"。唐纳德还在说个不停，但声音很小，也没有了紧迫感。当他指点外面的风景时，珍妮特在想他们刚结婚不久时，会像这样开着车出游，尽情地欢笑。现在珍妮特指点着他们见到的好笑的东西：小埃及热狗世界、法老洗衣店、金字塔汽车修理店。她几乎没意识到自己在开车，当看见那块写着"小埃及蓝锆石俱乐部"的牌子时，她感到一阵困惑，在想自己被送到了哪里。

分手时他问道："如果我回不来你怎么对罗德尼说呢？要是他们把我无限期地留下怎么办？"

"你会回来的。我告诉他你会回来的。"

"告诉他我和'胖贝尔莎'出门了。告诉他她带我乘游轮出海了，去南海。"

"不。你自己跟他说。"

他唱起了《坐游轮出海》。他冲她咧嘴笑着，用手捅她的肋骨。

"你会回来的。"她说。

唐纳德从老兵医院来信，说自己的状况在改善，他们在给他做检查，他加入了心理治疗小组，小组里所有的老兵会相互讲述自己的记忆。珍妮特不再领救济金了，现在她在弗雷德家庭餐馆做女招待，招待前来用餐的家庭，等待唐纳德回家，这样他们就可以一家人一起来这里吃饭了。来这里用餐的父亲们用无精打采的眼光打量着她，孩子们则到处乱扔食物。唐纳德走后她把家具重新摆放了一遍。她从图书馆借书回来读。她想了很多问题，突然领悟到尽管她很爱他，但她没把唐纳德看作一个个体，而是把他看作丈夫、提供者、某个她随他姓的人、她孩子的父亲，周三晚上来这儿吃炸鱼自助餐的某个父亲。她从小到大都没受过深究别人灵魂的教育。当涉及藏得很深的东西时，没人会把它拿出来，像检查商店衣服上的瑕疵一样审视一番。她试图把这些想法解释给"强奸犯"听，但他说她看上去好多了，眼睛也有光泽了。"有啥大不了的，"珍妮特说，"除了这你还能说些啥？"

她带罗德尼去购物中心玩，尽管他总是求她买这买那，但这仍然是他们最喜欢一起做的事情。他们去"潘尼"的香水柜台。她通常会在那里给自己喷一下样品香水——尚蒂伊、查理或者某种气味重的。今天，她一口气喷了两三下，从"潘尼"出来时她闻上去就像一座花园。

"难闻死了！"罗德尼大叫道，像兔子一样皱着鼻子。"'胖贝尔莎'闻上去就是这样的，比这还要难闻一千倍，她那么大，"珍妮特冲动地说，"难道爸爸没跟你说过？"

"爸爸是魔鬼的信使。"

这个想法肯定是他从教堂听来的。她父母每个礼拜天都带他去教堂。当珍妮特试图替他父亲打包票时，罗德尼并不相信。"他脸上有种奇怪的表情,好像能把我看穿似的。"孩子说。

"缺了什么东西,"珍妮特说,心中涌起一阵乐观和认同感,"某件事情落到他头上,把他身上向我们示爱的那部分取走了。"

"就像我们把猫阉了一样?"

"估计是。"罗德尼中肯的评论让她大吃一惊,就好像,从某个方面来说,她孩子对唐纳德一直都很了解。罗德尼的画近来变得平和了,画了些瘦弱的小树和飞得低低的飞机。今天早晨他画了长得很高的草,草里藏着动物。草偏向一边,好像有一阵微风吹过它们。

领了工资后,珍妮特给罗德尼买了一件礼物,一个小型蹦床,这种名叫"弹跳先生"的蹦床是他们从电视广告里看到的。罗德尼兴奋极了,他一直蹦到满脸通红才停下来。珍妮特发现自己也很喜欢玩蹦床。她把蹦床放在草地上,两人轮流蹦。她眼前出现了唐纳德走进家门,看见她腾在空中,水手领翻飞的样子。一天,开车经过的邻居放慢车速,朝正在蹦床上跳跃的珍妮特大喊:"你会把内脏跳松动的!"珍妮特开始考虑邻居说的话,这个想法如此可怕,她不敢再跳那么多了。那天晚上她做了个与蹦床有关的噩梦。梦里她在松软的苔藓上蹦跳,苔藓随后变成了一堆富有弹性的尸体。

州冠军

1952年那年我还在上七年级，我校高中篮球队"古巴幼兽"夺得了州冠军。"幼兽"们从列克星敦赛场返回时，一大群人去肯塔基湖的爱格勒大桥迎接他们，延绵十四英里的车队把他们护送到郡政府所在地。那是三月里寒冷的一天，但还是有一万两千人前去围观市政大厅前广场上乘着敞篷车游行的"幼兽"。市长和其他政要讲了话。功德成衣厂老板威利·福斯特奖给队员和教练杰克·斯托里每人一套他厂里生产的西服。教练是个矮胖子，像四十年代电影里的人物一样穿着风衣，他对人群说："我们把这个大奖杯带回来了，我太开心了。"入选州明星队、运起球来让人眼花缭乱的豪伊·克里滕登接着说:"今天我有两件特别值得骄傲的事情。第一,我们赢得了冠军;第二,斯托里先生说我们让他觉得自己像头年轻的骡子。"

随后,啦啦队爬上邦联纪念碑的水泥座位,带领观众再最后喊一遍啦啦队口号:

懒虫小鸡,懒虫小鸡,啾啾啾
横扫懒虫,横扫懒虫,吼吼吼
懒虫小鸡,横扫懒虫,我们是谁?
古巴高中,你们瞧见没?

第二天"幼兽"们又乘着敞篷车出发了,车队开始巡游西肯塔基州,访问锡代利亚、帕迪尤卡、克维尔、拉森特、巴洛、威克利夫、巴德韦尔、阿林顿、克林顿、富尔顿和派勒特奥克等地的中学。

我还记得那天广场上的喧闹,不过当时我有种疏离的感觉,知道明年会有另一个社区的球队夺冠。那时我十二岁,正经历着一场危机,所以觉得自己对胜利的易失性有着清醒的认识。

多年后,70年代,我在纽约上城遇见一个还记得"古巴幼兽"当年夺冠的人,这太出乎我的意料了。他是肯塔基人,尽管来自肯塔基州的另一侧,他至今还对豪伊·克里滕登和道迪·弗洛伊德记忆犹新。"豪伊运球特别棒，"他说，"而道迪的大风车勾手投篮你只有亲眼看见了才会相信。""幼兽队"深受"哈林篮球队"[1]的影响——马克思·海恩的运球影响了豪伊，而"野鹅"泰特姆则是道迪的榜样。据说"古巴幼兽"队是肯塔基高中篮球史上最难以置信的成功故事，原因是他们一点也不具备冠军相。

"为什么那么说，因为他们是一群几乎连球鞋都买不起的小乡巴佬。"来自纽约上城的家伙跟我说。

"是吗？"这对我来说倒是个新闻。

"没错，别人叫他们'灰姑娘幼兽'。比赛期间的一个下午，他们去'纪念体育馆'看'肯塔基野猫'[2]训练。当时'幼兽'的队员没穿球衣，不过其中一个队员还是要了球，他运了几下球，从中场双手把球抛射入网。阿道夫·鲁伯当时正好在场边，他是肯塔基篮球的另一个传奇人物——你到底对肯塔基篮球了解多少？他跑到站在中场的球员跟前，用命令的口气问道：'你是怎么投进去的？'那个男孩笑着说：'很容易，鲁伯先生，这里一点风都没有。'"

---

[1] 被称为"世界上最受欢迎的篮球队"，成立于1926年。哈林篮球队成立初期主要在国内进行比赛和表演，曾取得胜333场、负8场的好成绩。1945年后该队真正开始了环球旅行生活。迄今为止，据不完全统计，他们已访问过115个国家和地区，观众已超过一亿人。

[2] 肯塔基大学篮球队的昵称，阿道夫·鲁伯（Adolph Rupp，1901—1977）是著名的大学篮球教练，曾执教肯塔基野猫队长达42年（1930—1972）。

当然,"古巴幼兽"留给我的印象和他说的完全不一样。以前我没有意识到他们只是一帮放学后在谷仓后面的泥地上练投篮的农家子弟,而附近的农民则抱怨这些孩子不务正业。才上七年级的我无法知道教练杰克·斯托里是怎样把这帮孩子组织起来,没日没夜地训练他们,直到他们相信自己可以成为冠军。对于他们夺冠那年刚上初中的我来说,"古巴幼兽"本身就是一种魅力。在体育馆里,看见他们(穿着绿油油的缎质球衣高高站立,或在场上飞奔,像鹿一样腾跃)会让我喘不过气来。他们头发剃得短短的,脚上穿着真正的篮球鞋。啦啦队员的穿着也很漂亮,蜡笔绿灯芯绒圆裙、牛津鞋、翻下来的袜子。她们上身穿着绿灯芯绒夹克衫和毛衣,上面一个"C"字穿过一个麦克风符号。队员们有节奏地拍手,把胳膊肘协调成与"幼兽"带球进攻相仿的舞蹈小动作。"加油,幼兽,加油!""战斗,幼兽,战斗!"她们表演"火车,火车,火车,蒸汽,蒸汽,蒸汽"和"草莓蛋糕,越橘馅饼"。我们赛前动员会的气氛和专注度与教堂的复兴仪式不相上下。啦啦队员做出皮鲁埃特旋转,一起往上腾跃,她们的跳跃像投篮一样干净利落。她们穿着圆裙子旋转,露出穿在里面的绿色紧身裤。

就像没有质疑过啦啦队口号的每一个字,我从来没有对"古巴幼兽"这个名字有过疑问。我不知道他们是哪一种幼兽(幼熊、幼虎还是小狐狸),我没有仔细想过。我怀疑有人认真想过。重要的是这几个字的发声,而不是它们的意思。他们是"幼兽",这就足够了。古巴是个只有几家杂货店的小地方,它名字的来源很模糊,但当地史学家称19世纪50年代后期古巴的邮局开张时,正赶上新闻里在说《奥斯坦德宣言》[1]的事。这是美国试图通过控制古巴岛来扩大贩奴渠道的计划。美国要求西班牙要不以一个公道的价格把古巴卖给美国,要不就拱手让出。也许肯塔基州的古巴(以前的发音是"古别")的创立者们受到了美西之争的影响。或许他们的想象力有点浪漫。在安德鲁·杰克逊根据《杰克逊购置》[2]条款从契卡索印第安人手中购买的肯塔基州西部地区和田纳西州,一些城镇也有来自遥远地方的名字,比如:莫斯科、都柏林、堪萨斯、加的斯、比尤拉、巴黎和德累斯顿。

"古巴幼兽"训练用的体育馆是学校的中心。他们的奖杯在靠近入口处的玻璃展柜里闪闪发光,展柜就在校长办公室和球场之间,给球馆供暖的大煤炉缩在一个角落里,紧挨着看台。好几个教室的门朝向球馆,自习大厅在球馆的一端。低年级的教室在一个分开的楼里,这些学生使用一个户外的厕所。不过初中后我们

---

[1] 1854年美国驻英、法、西大使制定的试图夺取古巴的秘密文件。主要内容是:夺取古巴对美国的和平与安全至关重要;建议以1.2亿美元购买,若西班牙拒绝出售,"那么,根据一切人间或上天的法律,我们以武力夺取古巴就是正义的"。

[2] 美国第七任总统安德鲁·杰克逊与契卡索印第安人签署的购买两千万英亩土地的条约。

便有了使用室内厕所的权利,这个厕所的门也朝向体育馆(男厕所带一个球队专用更衣室,但女厕所与户外厕所一样,连单独的隔间都没有。)从自习大厅去女厕所的路上危险丛生,我们得沿着边线穿过球场,还得从一排篮筐下面经过。篮筐有好几个,这样多个球员可以同时练习投篮。课间休息和午休期间,除了"幼兽"队员外,初中所有的男生也在球馆里狂热地模仿他们的英雄。去厕所的路上,你必须快速仔细地计算好通过每一个篮筐的时间。球员假装没在注意你,可是正当你以为可以安全地从篮筐下穿过时,不知从哪儿就飞来一个篮球,正好落在快速通过的你的头上。尽管我是个爱奔跑的假小子(五年级的时候我可以和男孩子跑得一样快),可我不想打篮球。这个运动太暴力了。

  道迪·弗洛伊德就用篮球砸过我的头一次,不过我怀疑他早就忘记了。

  得冠军那年正是我因为在自习室奔跑而惹祸的那一年。一天午休时间,我和朱迪决定以最快的速度跑过整个球场,看看自己有没有胆量穿过冰雹般砸向我们的篮球。我们飞一般地跑过球场,根本停不下来,直到冲进自习大厅里才刹住脚步。因为瞥到了一个高年级球员穿在绿色训练短裤(不同于比赛时穿的缎质短裤)里面的东西,我们"咯咯咯"地笑个不停,这时吉尔霍恩先生,那位壮得像头水牛的历史老师出现在我们面前,他低声吼道:"你们这些女娃娃知道自己在干吗么?"

当时我穿着我最紧身的李维斯牛仔裤，每次洗完熨好后特别贴身，我妈还熨出了一条裤线。我上身穿着牛仔衫，扎着一条印花大手帕。

吉尔霍恩先生接着说道："现在我来问问你们，姑娘们，我们能在自家客厅里这样奔跑吗？佩姬，你妈允许你在家里乱跑吗？"

"允许。"我自信地盯着他，"我妈从来都不反对我在家里乱跑。"这是说瞎话，那当然了，不过我习惯和别人对着干。如果你觉得我应该像淑女，我偏要做个牛仔。实际的情况是我从来没想到要在家里乱跑。我家地方太小，地板踩上去摇摇晃晃的。所以，我得出结论，我妈从来就没有制定不许在家里乱跑的规矩。

朱迪说："我们下次不这样了。"不过我没有保证。

"我知道什么对姑娘你们有好处。"吉尔霍恩先生用和蔼、深思熟虑的语调说道，就像他突然想起了一个绝妙的主意。

这意味着走鸭步。作为惩罚，朱迪和我必须蹲下来，用手抓住自己的脚踝，围着球场走鸭步。我们像鸭子一样摇摇摆摆地走着，受尽侮辱。篮球砸在我们头上。球员们跟在我们身后大声嘲笑我们。

"都是你的错。"朱迪声称。她不再和我说话了，我很失望，因为从二年级起我们就是玩伴了。我羡慕她金色的短发卷和色彩搭配适宜的穿着。有一年夏天她还去了底特律。

上自习课的时候，我们能听见篮球拍打地板发出的声音。我们能知道某个队员投进球了——球碰到篮板后的短暂停顿,然后舒舒服服地落入球网,最终落到地板上。我去图书馆的次数远远超过实际需要,这样我就能在经过通向球馆的门时瞟一眼正在训练的"幼兽"。图书馆实际上就是自习大厅一侧的一个书架,上面有一两百本旧书——大多数是来自格雷夫斯县图书馆的旧书,包括过时的教科书,甚至还有肯塔基州一些大学的年刊。那一年我读了一些美国早年的历史、本杰明·富兰克林的传记和几本《少女》[1]。自习大厅里镶着木板的墙上挂着巨大的镜框,有四英尺高,每个镜框里放着所有教职员工和某一届毕业生的照片。他们像扑克牌上的国王王后,低头看着我们。每届毕业班都有一个镜框,最早的要追溯到 20 世纪 40 年代初期。

　　上初中时,我们和高中生合用自习大厅。这个大房间四处透风,冬天非常冷。男生负责用堆在校车停车场附近的煤块填满大肚煤炉的肚皮。上小学的时候,我在带褶子和泡泡纱袖子、浆过的印花连衣裙里面穿一条长裤。到了初中,姑娘们都像男孩子一样穿起了牛仔裤,不过我们把牛仔裤卷到膝盖处。"古巴幼兽"穿李维斯牛仔裤和绿色的篮球夹克,而其他属于美国新农民组织[2]的高中男生则穿 FFA 夹克。虽然 FFA 夹克没有篮球夹克的地位高,

---

1 美国剧作家和短篇小说家萨莉·本森创作的半自传小说。
2 FFA 是美国新农民(Future Farmers of America)的缩写。这是一个中学里提倡农业教育的组织,是目前美国最大的青少年组织,其目的已超出农业的范围。

但它们很漂亮，品蓝色的，背面有一个巨大的金鹰。

我曾经迷上一个穿 FFA 夹克的高一男生，他叫格兰。他负责自习大厅的煤筐。格兰和我不坐同一班校车。他住在杜克德姆属于田纳西州的那一半。格兰是"古巴幼兽"队的一员，但不是主力队员——他是 B 队的，还没有绿夹克。不过我很欣赏他的运球，他的大长腿像蹬脚踏车一样划过球场。我在球场边上等待冲进女厕所的时机时，有时会看他运球。一天，在我慌慌张张冲向女厕所的途中，他的球击中了我的头，他轻佻地叫住我。"我拥有她了。"他大声宣布道。如果一个男孩说他"拥有"了一个女孩，那就是说她是他的女朋友了。第二天他在自习大厅给我看一本"8页小说"[1]，一本小阿布纳连环漫画[2]。在这本8页小说里，小阿布纳尿了黛西·梅一身。真恶心，不过我还是感到心花怒放。

"嘿，我教你怎样打手势。"几天后格兰在操场上对我说，"万一用得着呢。"他伸直中指，收起其他手指头。"这是 F。"他说。随后他弯下中指和无名指，让食指和小指像牛角一样竖立着。"这是双 F。"他自信地说。

"哦。"刚开始我以为他说的是开车时用的手势，那时候汽车还没有自动转向灯。

---

[1] 一种先印刷在一张大纸上，然后裁剪成 8 页的小说。

[2] 一本在欧美多家报纸连载了 43 年（1934—1977）的漫画，小阿布纳和黛西·梅都是漫画里的角色。

还有一些其他的手势。篮球比赛的过程中，教练和队员交换手势。啦啦队员用拍手把我们送向胜利。爱人之间，用食指在对方手心里轻轻勾一下表示"你想那个吗"，用同样的方式回应则表示"想"。如果你和男孩子手拉手的时候不知道这些，你有可能会无心地答应某件你并不打算做的事情。

七年级那年我们每门课都有一个不同的老师。算术变成了数学。英语老师因为弗朗西斯·海伊和我偷走了杰克·里德桌子上的银河系模型鞭笞了我们。杰克·里德甚至告诉过我们他不介意我们偷走模型，让我们留着它。"鞭笞一点都不疼。"我骄傲地对他说。杰克很帅，但没有格兰帅。他咧嘴一笑显得很调皮，让我着迷，后来发现那是从猫王那里投胎转世来的。在自习大厅里，我站在火炉跟前，直到我的背面全烤热了。我用手顺着裤腿后面往下摸，感受李维斯牛仔裤上笔直的裤线。我处在无尽的兴奋之中。那是1952年，"古巴幼兽"还走在通向冠军的道路上。

朱迪还在生我的气，不过格兰的妹妹薇洛迪恩和我分在了同一班，我设计于某天放学后和她一起去她家，坐在陌生的校车上，行驶在石子路上，去遥远的乡下。农村的孩子很少社交。去别人家过夜是件大事，有点怪怪的且结果难料。格兰和薇洛迪恩跟其他三个姊妹住在一栋小房子里，周围是光裸得只剩下短茬的烟草地。虽然天气寒冷，但我和薇洛迪恩待在屋外玩耍，我在等格兰回来。

放学后他留在学校练球,是教练开车把他带回来的。回来后他得先做他那份家务。晚饭时分他和他父亲给牛挤完奶回来,他妈递给他一个装着食物的托盘。"跟我一起去。"他对我说。他的牛仔裤被牛粪浸湿了。

他母亲对他说:"别忘了把她的假牙装上。"

"你装假牙了吗?"格兰笑着问我。

他母亲给了他一巴掌:"我是说布卢玛,你知道我的意思。"

格兰点头示意我跟他走,我们来到后面一个很小的房间,格兰的祖母坐在角落里的一张轮椅上,脚底下放着一台电热器。她的头发是深色的,嘴唇却涂成了鲜橙色,脖子上长着一个瘤子。

"她不说话,"格兰说,"但能听见。"

格兰把盛着晚饭的托盘放到这个怪异的妇人的腿上,她用一阵身体痉挛和他打招呼。格兰从一个水杯里把她的假牙捞出来,塞进她的嘴里。她像老鼠一样发出"吱吱"的声音。

"饿了吗?"我们走出房间时格兰问道,"今晚我们吃鸡和饺子,都是我最爱吃的。"

那天晚上我和薇洛迪恩睡在客厅的沙发床上,脚底放着用报纸包着的烧热了的砖块。我们缩在四条被子下面咬耳朵,我把话题往格兰身上引。

"他告诉我他喜欢你。"薇洛迪恩说。

我能感到自己的脸在发烧。吃晚饭的时候，格兰曾在桌子下面用脚踢我。

"如果你保证不说的话我告诉你一个秘密。"她说。

"什么？"我喜欢秘密，一般情况下不会告诉别人。

"贝蒂·琼要生小孩了。"

薇洛迪恩的姐姐贝蒂·琼上高二。校车上，她的男朋友罗伊·马修斯整个途中一直用胳膊搂着她，而她则嚼着口香糖，一副心满意足的样子。晚上吃饭的时候，格兰和他的弟弟曾就罗伊的大脚取笑她。

薇洛迪恩轻声说道："你看见她吃晚饭的样子了吗？像头猪。因为她在为两个人吃。她肚子里有个小宝宝。"

"那她怎么办呢？"我吓着了。砖块的温度在下降，我知道这是个要冻死人的夜晚。

"她和罗伊会和我们住。"薇洛迪恩说，"我姐玛丽·露刚开始也是这样。不过后来她生气了，带着孩子去和她丈夫的父母住了。她说他们对她更好一点。"

因为总有学生辍学，不是生孩子就是去种地，高中的班级都很小。他们像秋天里我们送去屠宰场的牛犊，就这么消失不见了，让人毛骨悚然。

"我不想生孩子，然后不得不退学。"我说。

"你不想？"薇洛迪恩吃了一惊。"那你为什么上学？"

我没有回答。我没有一个现成的答案。不过她好像没有注意到，裹着被子翻了个身。黑暗中我听见一只老鼠在"吱吱"出声。但那不是老鼠。那是薇洛迪恩的祖母，在屋后那间冷飕飕的小房间里。

那年冬天篮球热达到了高潮。一位来自默理州立大学的大学生老师教我们肯塔基州历史。她长得非常漂亮，很像图书馆一本书里波卡洪特斯[1]的画像。有一次她坐下来的时候往上撩了一下她的大褶裙，我看见了她的内裤，是粉色的。她说话软绵绵的，不知道怎样让我们守规矩，好让她把一节课上完。与道迪·弗洛伊德相比，丹尼尔·布恩[2]的事迹根本算不上什么。"幼兽"外出比赛的那一周，"波卡洪特斯"根本无法让我们安静下来。学校在为球队明年的球衣筹款，每个班级都在卖我们的妈妈做的糖果饼干。经常随着一阵敲门声，其他年级的学生出现在教室门口，贩卖蜡纸包着的棉花糖米香、巧克力蛋糕，有时还会有是奶油蛋白软糖。一天，"波卡洪特斯"正在给我们念丹尼尔·布恩和印第安人的故

---

1 美国弗吉尼亚州亚尔冈京印第安人一位重要酋长的女儿（真名玛托阿卡），她因从行刑场上解救下英国殖民者史密斯而成为英国家喻户晓的人物。迪士尼动画片《风中奇缘》就是根据她的故事拍成的。

2 丹尼尔·布恩（Daniel Boone, 1734—1820）：美国历史上最著名的拓荒者之一。他的名声源于在肯塔基州勘探和殖民期间的业绩。1767年，布恩首次抵达这个尚无归属的地方，并把此后三十年中最好的一部分时光贡献给对肯塔基的探索和殖民事业。

事，我们则在下面扔纸团，突然一阵擂门声。当时我口袋里有五分钱，希望有人来卖奶油糖，可是门被猛地推开了，朱迪·豪厄尔的妹妹乔治娅站在门口，大哭着说："朱迪·比！妈妈出车祸了，琳达·费伊被撞死了。"

朱迪飞奔出教室。有那么一阵教室里出奇地安静，随后却炸开了锅。"波卡洪特斯"不知道该干什么，就给我们布置了一个课堂测验。第二天我们得知朱迪妈妈撞上了插到她前面的卡车，她三岁的小妹妹琳达·费伊被甩出车外，掉进一条沟里。七年级的同学筹钱买了鲜花。我被这个死亡新闻惊呆了，因为此前我从来不知道小孩子也会死。我睡不着觉，那场事故在我脑子里一遍又一遍地上演着，我想象卡车像犁一样插入汽车，琳达·费伊被甩出车门或者车窗。我创造出各种可能的场景和方式，眼前总是出现她伸直身体侧躺着的样子，就像在地里见到的死动物。上课的时候我萎靡不振，老在做与格兰有关的白日梦，想象自己也去了列克星敦，看到他在道迪·弗洛伊德脚腕扭伤后被替换上场，并最终取胜。

从自习大厅到厕所的路变得暗淡而漫长。没有"幼兽"在里面训练，体育馆像是被遗弃了。我安全地走过球场，想起四年级的时候我在球场上给篮球皇后做花童的时光。我跨着装满花瓣的复活节篮子站在球场中央，抛撒玫瑰花瓣，让皇后踩着花瓣朝她的宝座缓缓走去。

我因为胆小不敢去参加葬礼,父母也不让我去。我父亲童年时因为葬礼心灵受过创伤,他不认为参加葬礼是件好事情。"豪厄尔家那么远,"妈妈说,"天看上去要下雪。"

那个周末电台在转播球赛,我仔细地听着,希望能够听到格兰的名字。最后一场比赛很疯狂。啦啦队在背景里喊着:

> 沃伦,沃伦,他是我们的带头人
> 如果他不成
> 弗洛伊德成——
> 弗洛伊德,弗洛伊德,他是我们的带头人
> 如果他不成
> 格里滕顿成——

解说员在说:"格里滕顿的运球让观众全都站立起来。这是一场扣人心弦的比赛。'幼兽'本赛季曾被这支路易斯维尔高中的球队击败过两次,但他们在一点一点地追赶。当弗洛伊德投中一个加罚后,'幼兽'追平了比分。39:39,随后沃伦接到格里滕顿的传球,一个短距离单手上篮,他们第一次领先了。观众疯狂了!"

比赛快结束时,除了对方啦啦队所在的一小块区域外,整所体育馆的观众都在齐声高喊:"嘿,嘿,你们怎么看,看来'幼

兽'要一赢到底了！"

听着转播员激动地谈论着暂停、战术部署、上篮和勾手投篮，我忘掉了朱迪。不过到了礼拜天，我去郡政府广场欢迎"幼兽"从赛场返回时，她妹妹的死像新闻一样再次击中了我。看见那么多人在庆贺竟让我有种不舒服的感觉，死去的孩子就像路边的一条死狗，不会被人注意。天很冷，但因为是礼拜天，我必须穿裙子。我想见到格兰。我做了个大胆的计划，我整晚都在想着这个计划。我想给他一个拥抱表示祝贺，我会在他脸庞上留下一个大大的湿吻。我曾看见一个啦啦队员在一个队员罚中超乎寻常多的罚球后这么做了。那是一场主场的比赛，是我看过的为数不多的几场球赛中的一场。我要拥抱格兰，因为这是我对他公开宣称拥有我的回答。这将会是无声的，没有解释，但他会知道我这么做的含义。

我设法摆脱了人群中的父母，朝广场东侧的廉价商店走去。突然，我在一家鞋店门口看见了朱迪，和她母亲一起。我知道葬礼是昨天举行的，她们此刻却在广场上，夹在欢庆的人群中。朱迪和她母亲仍然穿着她们上教堂的衣服。朱迪看见我了，她直直地看着我，然后把头扭开。我假装没有看见她，急急忙忙地来到广场中央，四处寻找格兰。

不过当我终于看见前面的他，我停了下来，他看上去不一样了。后来我才知道"幼兽"全体队员去了剩余军用物品专卖店，每人买了一条军用迷彩裤和平顶礼帽。穿着篮球夹克（他现在有一件了）和松松垮垮的军用迷彩裤（而不是李维斯牛仔裤）的格兰看上去很陌生，帽子看上去很蠢。我想到了朱迪，还有就是在格兰外出打篮球买新衣服的时候，朱迪的妹妹出事故死了。我想告诉他这件可怕的事发生时待在家中的我的感受，但是我做不到，尽管他在离我不到三十英尺的地方。我正犹豫着，就见他父母和薇洛迪恩，还有他的一个弟弟围住了他。薇洛迪恩开玩笑地把他的帽子打落到地上。

　　球赛结束了，但是我们还在为取得的胜利疯狂。毕业班的话剧排练开始了，我们下午不上课，原因是所有的老师都忙着教毕业班的学生念台词，也许他们还做着百老汇的梦。如果"幼兽"可以去参加锦标赛，一切皆有可能。朱迪回来上学了，不过大家都害怕和她说话。他们在她背后窃窃私语。朱迪开始疏远大家，好像她拥有了某种使她超越我们的秘密知识。

　　早春最后几个冷天里的一天是大扫除日，全天没课。我们要帮着打扫学校的地面，把地上扔着的糖纸和空水瓶全部捡起来。点起了篝火，平时装在盘子里的食堂饭菜（太像家里不得不吃的没味道的农家饭）换成了热狗，在架在篝火上的一个汽锅里咕嘟咕嘟地煮着。冷天里肥肥的热狗吃起来简直就是天底下最美味的佳肴，热狗像在呼吸一样往外冒着热气。

我刚吃完热狗，喝完剩下的 RC 可乐（饮料有两种选择：RC 可乐或榨橙汁。我喜欢观察别人的选择——似乎可以根据这个选择给人分类），朱迪从我身后走出来，指着公路对面的墓地轻声对我说："跟我去一下那边。"

我跟着她走过一排排刻着威尔考克斯、英格拉哈姆、莫里森和格里滕顿家名字的阴沉沉的墓穴，操场上的噪声低落下去了。朱迪找到一块泥土地，尽管蒲公英已经长出绒球，这个小小的棕色土堆还没有被青草覆盖。她像沙盒子边上的小孩子一样在土堆边上跪下，摆弄着一盆假花。她把花弄直了，再把它们插进花盆里，就好像这些花是真花。在她柔和但坚定地摆弄这盆假花的时候，她说："妈妈说琳达·费伊会在天堂里等着我们。那里才是她真正的家。牧师说想到我们家庭的一员住在高高的天堂里，我们应该感到荣幸。"

这与我对格兰去列克星敦参加篮球赛的感受很相似，我不知道该说什么。我什么也说不出来，因为我们从小到大就没受过怎样去说真诚礼貌的话的教育。农村长大的孩子不懂礼貌。礼貌让人感到难堪，记住不在家里乱跑大概就是我们所知道的行为准则了。我们不学怎样祝贺别人的成功，我们不祝别人生日快乐。我们甚至不用名字来称呼他人。我们不会因为欢乐而蹦起来，情不自禁地拥抱某个人，只有啦啦队员才拥有那样的才能。我们不说对不起。我们躲避他人的视线，生怕被叫起来就某件事说点什么，就像教堂里被叫起来带领大家祈祷的成年人那样。古巴中学的一位老师为了惩罚学生,让她的学生在黑板上连写五百遍"我爱你"。"爱"是个脏字,我曾在女厕所的墙上见到过——用红色口红歪歪扭扭写下的这个字十分刺眼。在格兰给我看的那本8页小说里,小阿布纳对黛西·梅说"我爱你"。

私密的谎言

"如果你不想听的话，为什么不直说呢？"米奇问他老婆。此刻他正躺在床上，肚脐上立着一杯苏格兰威士忌。

"我觉得我说得够清楚了，"蒂娜说，"如果你想去找你失散多年的女儿，请别把我牵扯进去。我不想让孩子们知道你的过去。"

"假如她需要肾移植怎么办？或者是其他遗传疾病？"

"什么病？"蒂娜问道。她扯断一截牙线。

米奇闭上眼睛，通过调整呼吸让酒杯微微倾斜。他把杯子慢慢移到嘴边。"我想找到她。"他说。

"我不知道你怎样就能找到她，那些收养家庭像看守诺克斯堡黄金[1]一样看着他们的孩子。"

"诺克斯堡黄金已经没有原来的意思了,"米奇说,呷了一口酒,"这个比喻早就过时了。"

癌症前期的他本不应该喝酒,不过他做了一点让步,只喝掺了"半脂半奶"[2]的威士忌。他弟弟发誓说有医生曾告诉过他,喝那个一点害处都没有——威士忌可以镇静胃肌,"半脂半奶"吸收胃酸。蒂娜告诉他牛奶里的脂肪会让他得心脏病。她是一名护士。米奇和蒂娜生活在一起已经十来年了,他们育有一双儿女,瑞奇和凯利。他们的家具贷款已经付清,车子还剩下最后一个月的还款。米奇卖房地产,过去六周他一栋房子也没有卖出去,不过随着主利率的下降,他还是比较乐观的。要不是那个到下周二就十八岁的非婚所生的女儿,除了经济萧条外他不再会担心什么了。

蒂娜把她正读着的那一页折了个角,然后把这本名叫《所有的秘密》的书放到床头柜上,她说:"如果她不想见你呢?"

"我觉得我有这个权利。"

"法律会让你明白你老早就丧失了这个权利。"

米奇只见过那个孩子一面,是透过医院的窗户玻璃见到的。

---

[1] 诺克斯堡是美国肯塔基州北部路易斯维尔南西南军用地,自1936年以来为联邦政府黄金储备的贮存处。

[2] 一种咖啡伴侣,由一半牛奶一半奶脂组成,简称"一半一半"。

他们让孩子的母亲唐娜抱了一会儿孩子，没让他抱，他是孩子的父亲这件事不能让别人知道。小东西的颜色像大虾，黑头发乱糟糟的。米奇不敢相信自己做的事情。他们给唐娜两分钟的时间，唐娜把她上上下下检查了一遍，数了她的手指头、脚指头，扒开尿片查看里面。"我要确定她不缺什么。"唐娜后来说，"我不想送掉一个有缺陷的小宝宝。"

米奇有时觉得和蒂娜结婚就像搭乘一辆大巴车，自己是乘客，她开车。所有的决定都由她做——食物、家具、凯利的牙箍、他的袜子。如果没和蒂娜结婚，他也许正孤零零地待在一个出租房里，靠罐头食品和瓶装饮料度日。是蒂娜拯救了他，和她在一起，生活规律得几乎到了教条的地步。不过现在蒂娜上夜班，她的日程被打乱了。她痛恨看不上《野战医院》[1]，这是她最喜欢的电视节目。每次看这个节目，她总是仔细地观察手术过程，并指出哪个动作不规范。她会说："B. J. 不该在这个时候请求牵开器。"

晚上蒂娜不在家，米奇得保持家里的日程照常。一天晚上，《野战医院》开播前，他在帮瑞奇做算术。

"我必须去上一个特殊班。"做习题的时候瑞奇突然说道。

---

[1] 1972年首映的一部美国讽刺式黑色幽默电视连续剧。英文原名是"陆军流动外科医院"（*Mobile Army Surgical Hospital*）的缩写。此片改编自 Richard Hooker 1968年出版的同名小说，以20世纪50年代的朝鲜战争为背景，描述了一班在战地医院工作的医生的经历，借此挖苦当时仍在进行的越南战争。B. J. 是剧中的角色。

"什么班?"

"我需要一个私教。"

"为什么?你不是已经进强化班了吗?"

"我的's'音发不准。"

"你的's'发音有什么问题?我没听出来你发的's'音有问题呀?"

"老师是这么说的。"

"说几个带's'的字,说'snake',说'sports special'。"

"snake,sports special。"

"老师的头长到屁股上去了。"米奇说,把啤酒杯微微倾斜过来,想透过杯口来看瑞奇。这么做的结果使得他的两只眼睛对了起来。

掺了"半脂半奶"的啤酒无法喝,味道有点像做胃部 X 光时医生让他喝的含钡奶昔。白垩的液体让他作呕。咽下去后,他通过一个屏幕观看那些跳跃的小点穿过他的身体。现在他尝试一种新的喝法。他先喝一大口啤酒,然后呷一口"半脂半奶"。他躺回到"懒汉躺"躺椅上,看着孩子们看电视。联邦快递的广告跳出来后,米奇用遥控器调高了音量。瑞奇和凯利喜欢广告里面那个打电话谈生意的商人,他的语速极快。没人说得有他快。不过这不像是在耍花招,比如加快磁带的速度,因为那个人说话的声音不像金花鼠发出的声音。

"你应该学会说得那么快。"凯利说。

"干吗?"

"节省时间,这样你就能卖掉好多房子。"

米奇在脑子里排练了告诉瑞奇和凯利他们有个同父异母姐姐的各种方法。蒂娜会杀了他的。

评估房子的时候米奇总有一种不自在的感觉。在他测量房间大小和根据联邦住房管理处颁发的规则做房屋检查的时候,房屋主人总是跟在他屁股后面。他们讨厌他的介入。可是等他领着一个陌生人来看房的时候,他们只得就范了。潜在的买家打开柜子壁橱,仔细查看房屋。作为一名护士,蒂娜也像这样东打西探,测体温、清洗病人的私部。尽管这样她还是无法容忍别人知道他们买了多少保险,以及他们的车子还欠多少贷款。不过收养机构才守着天底下最大的隐私,就像中央情报局,他们造出新的身份。米奇甚至连女儿的名字都不知道。如果他们见了面,她会怎么看他。如果她能够像他评估房子一样评估他的生活,她也许会发现房间太窄,屋顶太高,地下室杂乱潮湿,堆满了记忆和秘密。一个危险的地下室,不是个好的卖点。她会看到一个爱发牢骚、患有前期胃溃疡、谢了顶的令人厌恶的人,但这些并不完全是真实的。他有过自己戏剧性的一刻。他喜欢搞怪,模仿歌剧的唱腔唱《星条旗》,他会假装忘记了歌词,突然唱起《把我带回弗吉尼亚故乡》。他是派对上的活宝。

米奇和前妻唐娜一直住在他们长大的小镇上，不过从三年前在麦当劳偶然相遇后，他没再和她说过话。当时她买了汉堡包和炸薯条带走，他们聊了一会儿天。那次碰面后不久，她的第二任丈夫贝尔·杰克逊犯心脏病去世了，米奇一直为没有送去鲜花的事感到内疚。他讨厌贝尔·杰克逊（一个多嘴多舌、有暴力倾向的蠢货），觉得没有他唐娜会活得更好一点。米奇一直心存这样的想法，找到他们的女儿主要是为了唐娜，因为她再也没有生过孩子。她只有贝尔这么个丈夫，在这之前是与米奇维持了三年糟糕透顶的婚姻。失去了小宝宝，那场婚姻最终枯竭而亡。所有这些像是一个残酷的错误，好像他们生活在一个没收私生子的法西斯国家。唐娜怀孕后她父母把她送去佛罗里达，临时住在一个姑妈的家里。她富裕的父母说服她把孩子送养了，告诫她如果留下孩子，她就得不光彩地退学。米奇放学后在一家饲料厂打工，好挣够买车票的钱，在唐娜生孩子的时候去佛罗里达看望她。到了那里后，唐娜劝他说，如果他们还想回到肯塔基，送掉孩子是唯一的选择。后来，唐娜毕业后，他们结婚了——一种补救，一种与她父母修好或者是向他们泄愤的绝望之举。他们开车去佛罗里达度蜜月，去的时间不对，天热得要死。他们住在一个不带空调的廉价汽车旅馆里，又赶上唐娜来例假。所有这一切就像是一个恶毒的讽刺。婚姻不成功，米奇经常醉酒，让唐娜独守空房。他为把孩子送人怪罪唐娜。过了一阵，他怪罪她父母，再后来他怪罪社会。最近他开始怪罪他自己了。

唐娜在等他，电话里她似乎有点犹豫，但还是同意和他见面。她住的公寓是一排低矮的砖房，滑动玻璃拉门对着露台和游泳池，布局有点像假日旅馆。按门铃的时候米奇在想是否可以卖一套房子给她。

"你要是迈得开腿就进来吧。"她边说边挪开门口的一个大纸箱，"捐给救世军的旧衣服。"她抬起头，朝他笑了笑。她微笑的样子变了。"齿桥。"注意到他的眼神，她解释说。

他在白色的柳条双人椅上坐下，她期待地站在他跟前。她的眼睑是蓝色的，淡棕色的卷发剪得层次分明，很蓬松。她在露西尔美容沙龙工作。

"你知道我为啥来这儿吗？"他问道，突然感到一阵虚弱。

"我猜猜看。"

"你肯定猜得出来。"

"米奇，我觉得我俩早就结束了。"

"明天是她的生日。"

唐娜进到厨房间，她给米奇端来柠檬派和可乐。柠檬派和可乐都在他的禁食清单上，所以他呷着可乐，挑着吃了一点点柠檬派。唐娜一边抽烟一边看着他，过去她从不抽烟。盛柠檬派的盘子在玻璃咖啡桌面上发出咔嗒咔嗒的声音。米奇把烟灰缸研究了好一阵，才发现那是个圣海伦山[1]的模型。也许他女儿去那里野营时正赶上火山爆发，他永远也无法知道。

看着唐娜从卫生间里出来，裤子和高跟鞋让她看上去既时髦又冷漠。米奇感到胃部一阵灼痛。唐娜似乎变样了，更漂亮也更自信了。她的声音变得沙哑了，好像她已经登台演出多年。她曾经是个牢骚满腹的人。他们做夫妻的时候，她经常发脾气。一个朋友送给他们一套粗陶器入门套装作为生日礼物，她对把整套陶器收集齐失去了耐心，有时甚至会为此哭泣。她过不惯穷日子，痛恨以拖车房为家的生活。

"再来点可乐？"唐娜问道。

"不用了。"放下叉子他脱口说出："我脑子里除了她没别的。想到她已经十八岁了，我不得不停下来想一想。我要找到她。唐娜，他们得告诉我们她在哪儿。"

"你就是上天入地也找不到她，"唐娜说，"你知道的。"她点着一根烟，又把烟盒递给米奇，但是他把烟盒推开了。

"到7月1号我就戒烟四年了。"他说。

"你干什么都要思前想后。"

唐娜吐出的烟雾从他面前飘过。"换了谁都会为戒烟这件事

---

[1] 一座活火山，位于美国太平洋西北区华盛顿州的斯卡梅尼亚县。

夸我的。"他说，"听我说，唐娜，我想说的是这个女孩十八岁了，她也许在想谁是她的爹妈。我们干吗不想法子找到她？我一人雇不起律师，但是我们一起的话——"

"我不想找到她。"唐娜说，狠命地吸着烟。"她对我来说没有任何意义。我不认识她。那都是很久以前的事了。"

米奇的胃一阵剧痛。"我不觉得你真这么想。"

"只会是自寻烦恼。"她说，直直地看着他的眼睛。她站起来，把盘子里没吃完的柠檬派端进厨房。现在她甚至看上去都比以前高了，米奇意识到了，有点惊讶。"她不会想要见我们的，"唐娜在厨房里说，"在我们做了那些事情之后。"

"这里，签个字。"蒂娜说，把一张纸推给米奇。

"这是什么？"米奇疑惑地问。《野战医院》里，"雷达"总是从上校那里骗来签字。

"允许瑞奇上纠正他's'发音的特殊班。"

"我没听出他的's'发音有什么不对。"

"没听出来？你听见他说'southside'了吗？""southside"是他们那条街的街名。蒂娜走到楼梯脚下朝瑞奇大喊。

瑞奇顺从地说了声"southside"。

"说'sports special'。"米奇说。

"sports special。"

"你没听出来吗?"

"没有,在专家想出这个来之前你也没有听出来。"

"专家。"瑞奇说,里面的两个"s"音发得都不清晰[1]。

"你太夸张了。"米奇说。

他在纸上签了字。他曾经签字送掉一个孩子。

如果米奇有钱,他会雇一个私家侦探。如果他能卖掉一栋房子,他会去佛罗里达找他的女儿。他会绑架唐娜,带上她一起去。他忘不掉她的齿桥。齿桥让她看上去既性感又神秘。没有人真打算买房子。米奇有种感觉,主利率将会下调,但是当他开着公司的大别克带着客户看房时,他觉得自己更像展览馆的导游。人们用审美的眼光审视着房子的内部设计,好像富米克厨房台面和含铅玻璃飘窗是一些无价的古董。一天,米奇领着一对开着车龄超过十年的福特车的年轻夫妇去看一栋六万块的房子,车子的消音器轰轰作响。他们在房子里花了超乎寻常的时间,男的在阁楼里爬来爬去检查隔热层,女的在丈量房间的大小。米奇一时忘记了自己身处何地。他透过飘窗盯着外面看。外面在下小雨,街上有只小鸟,在一股从山坡上流下来的溪水前面蹦蹦跳跳,水流终于追上了小鸟,小鸟在溪水里扑扇着翅膀。"你在来爱我的路上了

---

[1] 英文"专家"(experts)里有两个"s"音。

吗？"手拿卷尺的女人问道。米奇摇摇头，回过神来。女人在微笑。"我喜欢那首歌，你呢？"她指的是收音机里正在播放的一首歌曲。她都没在和米奇说话。她正在和她丈夫说话，后者的鼻子上粘着蜘蛛网。

那天下午，在那对夫妻说他们会考虑这栋房子之后，米奇回到家里，他使劲按着开启车库门的遥控器。晚了，他看见正在车库门上方屋檐下建巢筑窝的乌鸦又开工了。车库门的震动让干草枝飘落到地上。他掉转车头朝唐娜家开去。

"你不能这么轻易就把我打发了。"他说。当她大笑起来时，他笨拙地说，"我喜欢你的公寓。"

她像莉莉·汤普琳[1]一样，笑的时候露出了牙龈。"尝尝这种茶，"她说，"一种草药茶，帮助你放松。"

闭上眼睛，透过眼皮他能看到唐娜房间里贴着的红色条纹墙纸。她说她曾和一些"疯狂的生意人"包租专机飞越圣海伦山，这解释了那个烟灰缸。她曾去西雅图参加理发师大会。美容师不再叫美容师了，别人称他们为高级理发师，更有甚者，美容家，

---

[1] 莉莉·汤普琳（Lily Tomlin, 1939— ）：美国演员、喜剧家、编剧和制片人，获得过四次艾美奖、一次托尼奖和一次格莱美奖。她还凭《纳什维尔》获奥斯卡最佳女配提名。

听上去就像卡尔·萨根[1]手下的人。

"告诉我你还干过些啥。"米奇说,喝着滚烫的茶。他钦佩会去包租一架飞机的女人。

"一些疯狂的事情。"她说,"比尔过世后,我一直在自力更生,你可以这么说。我和几个女朋友到处玩,我们去列克星敦瞎折腾一通,要不就去孟菲斯瞎折腾。"

米奇入神地听着。

唐娜说:"这种茶对你的胃有好处。我现在对草药感兴趣,甘菊、艾菊、香没药,各种各样的。还有艾叶!"她大笑起来,"把艾叶放进枕头里,这样会让你的梦更炽热。不过我不得不把它们从枕头里取出来。那些狂野的梦让我无法休息!他们说这是一种非常女性化的草药。"她又大笑起来,"管它什么意思呢。"

"我梦见有人往我家里扔了四十只刚出生的小猫——全是橘黄色的,两个黑色的奶头。你觉得这个梦有什么含义?"

"我不会回答这个问题。"唐娜转过身去,在厨房的一个抽屉里东翻西翻,"我觉得那个梦是你故意做的。"她说。

"你爱比尔吗?"

"这是什么样的问题?你爱蒂娜吗?"

---

[1] 卡尔·萨根(Carl Sagan, 1934—1996):美国天文学家、天体物理学家、宇宙学家、科幻作家和非常成功的天文学、天体物理学等自然科学方面的科普作家,行星学会的成立者。

"嗯，说不准。"米奇呷着茶。茶的味道很淡，有一点甘草味。

"我们换个话题吧。"唐娜说，擦着他的身子走过，她的声音小得像是在自言自语。

"你有'半脂半奶'吗？"

"没有，只有牛奶。"

"威士忌呢？"

"你还在喝酒？茶不好喝？"

"太烫了，"他放下茶杯，"我待会儿再喝。"

唐娜给他倒了一点金酒，又往酒里掺了点牛奶。茶凉了。唐娜陪他喝了一杯酒，这是他俩第一次一起喝酒。她逐渐兴奋起来，给他讲了几段去列克星敦和孟菲斯游玩时的奇闻异事。她和一个朋友计划去列克星敦开一家茶店，出售高档食品和草药茶——如果她朋友拿定主意离开她丈夫的话。

"现在开始新生意的时机不好。"米奇警告她，"你们打算租店面还是买店面？你知道怎么做税务报表吗？"

"我又不是昨天刚出生的。"唐娜说。

她又给他倒了一杯酒，他们在 HBO 频道上看《18 号飞机库》[1]。她挨着他坐在沙发上，两人靠得如此近，他能闻到她的香水味。米奇的心思完全不在电影上，他在想唐娜的牙齿，她令人惊

---

[1] 美国科幻电影，1980 年上映，讲述美国政府试图掩盖外星人存在的故事。

叹的高跟长筒靴，还有她把烟插进那座火山的样子。

电影结束后，唐娜说："我觉得上当受骗了，人类起源于另一个星球不是什么新鲜玩意儿。"

"我也有上当受骗的感觉。"米奇说，随后他意识到她是在说电影。不过这时她已经倒在他怀里了。

现在米奇和唐娜习惯在晚上很晚的时候通电话，那时候蒂娜在上班，孩子们已经上床睡觉。蒂娜抱怨她从医院打电话回来总占线，不过米奇把责任推到共用电话线[1]上。米奇不记得他和唐娜结婚那阵有过什么交流。现在他喜欢电话里长长的沉默，显得那么自然。唐娜不会说："你还在吧？"她在等着他说话。不过她不会说他们的女儿。每当他提起这个话题，她会用她新近获得的沙哑嗓音说："嘘。"米奇回顾了自己的生活：蒂娜、孩子和房子。他说蒂娜是那种每样垃圾都要分装在不同垃圾袋的人，就连每顿饭后的一点残羹剩饭也要装进一个小袋子里。他告诉她瑞奇的语音障碍纠正，唐娜说官方企图让所有人说话都像约翰·钱塞勒[2]那样。你无法让蒂娜明白这一点，他说，有点飘飘然。

如果下午有时间，他会去唐娜的公寓。和唐娜做爱与过去完

---

[1] 几家共用的电话线。

[2] 约翰·钱塞勒（John William Chancellor, 1927—1996）：美国著名记者，1970年至1982年美国NBC电视频道的新闻主播。

全不一样了,她好像学会了所有的新技巧。她的身体变了,更轻、更柔韧了。她家的条纹墙纸刺他的眼。他们能听见楼上的钢琴课,学生们磕磕绊绊地弹奏着《约翰·汤普森钢琴教程》里的曲子。完事后他们看HBO,喝草药茶。

新闻报道说主利率下调了半个百分点。房市的势头得以保持。米奇随时可能卖出去一栋房子。他确信自己已经战胜了胃溃疡。

一天晚上,他带瑞奇和凯利去麦当劳,看见唐娜和一位金发女子坐在后面的一个卡座里,他感到十二指肠一阵痉挛。她挥了挥手,孩子们盯着她看。唐娜经过他们的卡座时,他点了点头,说:"你好呀,唐娜。"就像她是他过去认识的一位秘书或店员。他买了一份奶昔带走,这样回家后就可以加点威士忌进去。

米奇终于卖掉一栋房子(一栋双车库砖结构的牧场式住房,卖方负责贷款)后,他立刻就知道自己要带上唐娜去佛罗里达。当他告诉蒂娜他要去寻找女儿时,她说:"我才不在乎呢,但是我不能让孩子们知道你去干什么。我只有这么一个要求。他们在学校里学到的东西已经够糟糕的了。"

蒂娜正在费力地撕开装冷冻深盘桃子派盒子外面包着的玻璃纸。米奇冷眼看着她像拔掉指甲的猫一样挠着玻璃纸,一副平时不常见的无助的样子。这时凯利冲了进来,拍打着肚皮说:"你们必须给我买双球鞋上体育课。我不能像邋遢鬼一样活着。"

米奇打算把卖房子的佣金留一半给蒂娜。他告诉唐娜："我们的钱足够我们开心地玩一次。这次我们要找一家贵一点的旅馆。"

他知道她喜欢旅游。她曾和比尔去过一次优胜美地[1]，也和一个女朋友去纽约玩过，是那种旅行社提供的包食宿的旅行，还有就是最近的西雅图之行，她至今仍在还这次旅行信用卡上的欠款。

唐娜说："如果去夏威夷的话我就跟你去。"

"太远也太贵了。"

"那么就百慕大吧。阿卡普尔科[2]也行。"

"都是热带景点，"他说，"我搞不清你到底想去哪儿。佛罗里达离得最近。"

唐娜把他给她的佛罗里达地图研究了一番。她列出了她愿意去的地方：迪士尼世界、海洋世界，只要是带"世界"两个字的。一天他打电话问候时，她在电话里用唱歌般的嗓音说道："鳄鱼巷[3]！"

"我就知道你会和我看法一致的。"米奇说。

"你为什么不给蒂娜订 HBO 频道？"唐娜建议说，"这样她就没时间管别的了。"

---

1 美国位于加利福尼亚州的国家公园，著名的风景胜地。
2 墨西哥南部的一个海港，是太平洋沿岸最佳天然良港，国际旅游胜地。
3 佛罗里达州靠近迈阿密的看鳄鱼的景点。

米奇不知道自己是否打算永远离开蒂娜,他没花精力去把这件事情想清楚,凯利和瑞奇还没有进到他的计划里。太复杂了。蒂娜做起事来有板有眼,她把所有的细节都考虑到了。她问问题。他保证会住在房间里有烟雾报警器的旅馆吗?连怎样去找都没想好就跑去佛罗里达,你知道这么做有多荒唐吗?在他忙着完成离家最后一刻的家务时,她跟在他身后。他帮她清除掉屋檐排水沟里的树叶,并差点为那个辛酸的最后画面流下眼泪:他站在梯子上面,而她在下面喋喋不休地说着话。她告诉他她有个送报纸的侄女,骑车送报时被一个怪物搭讪,那个家伙让她把报纸插进他的裤子里面。他的裤子用一根松紧带扎着,他拉开松紧带,让她把一卷报纸塞进去。蒂娜的侄女把车子蹬得飞快,逃掉了。接下来蒂娜描述了一起乳腺癌手术,讲解医生怎样把一个探头插进一根血淋淋的管道里。是遗传性疾病吗?米奇想知道。

草地上,一只乌鸫像架直升机一样振翼飞上天空,嘴里衔着的细长的绿色毛毛虫在阳光下闪烁。

"你不能丢下自己辛辛苦苦挣下的东西,拍拍屁股就走人吧。"蒂娜说,她终于哭了起来。

"蒂娜才不傻呢,"唐娜说,"我敢肯定她知道了。"他们开着她的马自达去纳什维尔机场。米奇告诉蒂娜有个客户给他搭便车,他在办公室和唐娜汇合。

"别担心，"他说，"这是我们的旅行，和她没关系。我们会玩个痛快。"他开始用假的歌剧嗓音唱《星条旗》。唐娜狂笑起来。他意识到她还从来没听过这一段。当他假装忘记歌词，串唱到《把我带回弗吉尼亚故乡》时，唐娜已经笑得直不起腰来了。

佛罗里达的天气温暖宜人，他们这次来对了季节。乘飞机旅行让人兴奋，米奇喝得有点晕了。他已经晋级到了"亚历山大"[1]，他坚信草药茶治好了他的胃病。旅馆是海边一栋带粉色阳台的高楼——一流的，用以补偿多年前的廉价汽车旅馆。米奇打算为唐娜的旅行买单，但是在旅馆前台，她把信用卡"啪"的一声拍在台子上。

"我坚持付我自己的费用。"她说。

"别这样，我没打算让你付钱。"

"我一定要这样，别忘了我还欠你买机票的钱。"

接待生刷了唐娜的信用卡。

"现在是 80 年代了，"唐娜说，"没人在乎我们是不是夫妻。"

他们从三楼房间的阳台上看着沙滩上挤得满满的人群。阳光像是一种温暖的赞许。

"你看那些胖得要死的人，"唐娜说，"就该禁止这些人穿游

---

[1] 一种威士忌酒的牌子。

泳衣。"

"很庆幸我冬天举重了。"米奇说。

他带了一桶冰块和一罐可乐到阳台上,坐在一把帆布椅子上。在把可乐倒进塑料杯子的时候他说:"那个售货机里的可乐要六毛钱,我简直不敢相信。"

当他把杯子递给唐娜时,她突然流下了眼泪。

"我能想象到的是我们在这里和她偶遇并认出她来。"她抽泣道,"我听说这样的事情在双胞胎身上发生过。"

米奇找到面巾纸,紧张地轻轻擦去她脸上的眼泪。"她会和你长得一模一样。"他说。

"她的嘴长得像你。"唐娜停止了哭泣,脱掉海边穿的外套。她的皮肤有点苍白,长着斑点。米奇想到了他这一生熟悉的两只斯伯林格斯班尼犬,两只狗身上都有斑点。

唐娜边擤鼻涕边说:"当年我应该去流产,不过当时我太害怕了。我认识鲍灵格林[1]的一个女孩,她死于一场奇怪的大出血。我当时上高二。她是个特别招人喜欢的女孩,在学校里非常出名。那时候大家都很天真,都相信她死于大出血,而且是突然而然的。我吓坏了,以为自己随时会大出血而亡,没有任何预兆。过了没两年我怀孕了,我父母要我去流产。我把这两件事联系起来一想,

---

1 肯塔基州的一个城市。

意识到她是因为什么而死的了。这就是我不愿意做人流的原因。不过后来我觉得我应该做。这样的话这件事就了结了。"

"别胡说了,那么做你会更后悔的。"

"我觉得死亡比人活着时弄出来的麻烦事容易处理。比尔死了三年了,我已经不再想他了。"唐娜点着一根烟,喷出一口深思熟虑的烟云。"太麻烦了,"她说,"我不想把过去的事情挖出来。她有她自己的生活。"

"但是我们能够找到她。"

"我看不出来怎样才能找到她。"

"假如她想找我们呢?"米奇问道,"她会去哪儿找呢?"

唐娜没有回答。米奇看着一群海鸟从他和一棵棕榈树之间飞过,像一根连接线。

沙滩上,唐娜捧起一捧沙子放在米奇手里。"感觉一下,"她说,"感觉一下它们有多粗糙。"

"这是什么?"

"这是珊瑚碎末,不像其他沙子那样细腻,硌脚得要命。"

"我倒不知道这个。"他穿着网球鞋,唐娜穿着拖鞋。

"上次我们来佛罗里达我就记住了。"

米奇找到一个白色的小贝壳,他把它递给唐娜,但是她不要。

"我不愿意收集贝壳,"她说,"你朝里面看,有时你会发现里面住着一些令人毛骨悚然的小玩意儿。"

米奇让贝壳从手中脱落。他不记得从前的沙子是什么样的了。明亮的海水涌上沙滩,像是在窃窃私语。他心里一阵轻松,觉得没有在这里留下任何私密。成千上万的人都暴露在光天化日之下——像内裤放错了房间,像口齿不清。米奇看到多年后的自己和唐娜,手拉着手,还行走在这片沙滩上。他们后退,向前,像一对跳舞的人。他们就这样踩着骨头碎片,沿着海滨移动。

郊狼

　　柯布的准新娘丽奈特·约翰逊对婚礼杂志、套装餐具等女孩子关心的东西没兴趣。就连他提到度蜜月时，她也半开玩笑地说着一些不着边的地方，比如保加利亚、中国香港、拉普兰德、秘鲁等等。

　　"我只想简单一点。"她说，"你想要一个什么样的婚礼？"此刻，柯布坐在厨房椅子上，丽奈特则骑坐在他的大腿上。

　　"我想要'角色扮演''周末终于来临了'和'双份荷兰巧克力'。"他说，拨弄着她的头发。她的头发闻起来有股薄荷味。

　　坐在柯布大腿上的她热乎乎的，有点沉。她像一个没睡醒的孩子，用手臂搂着他。她甚至还没向她父母提起过他，对此他有点不高兴。不过他也一直拖着不带她去见他母亲，所以说他能够理解。

现在是周末，他们在讨论要不要出去吃晚饭。他们待在果园路上他月租250块的公寓里，这里的租金比他原来住的地方贵一倍。新住处很不错，带垃圾粉碎机，还有个阳台。自从去土壤保护公司上班后，他就搬出了自己的老鼠窝，不过他现在后悔没去存钱买房，而是租下这么高级的公寓，这是在糟蹋钱，还签了两年的租约。他公寓壁橱和五斗柜抽屉里放着她的衣服，卫生间里她的东西丢得到处都是，但是她在现阶段拥有自己住处这个问题上一点儿也不让步。丽奈特有一些雷打不动的规矩。她总是很早起床，先出门跑六到八英里，哪怕是冬天。她用花生酱当早餐——增加蛋白质，她告诉他说。她声称枯草最好看，把它们插在餐桌上的一个花瓶里。这些枯草是他们秋天去地里捡山核桃时采集的。野生山核桃个头太小，很难挑出核桃仁来。捡来的山核桃大部分还在柯布的一个饼干桶里放着。

"你肯定不会相信我今天看到的照片。"过了一会儿，当他们在床上滚来滚去，仍然决定不了是否外出吃饭时她说。柯布正在减肥。

丽奈特在一家洗照片的小店上班，是那种24小时之内把照片洗印出来的店铺。照片从传送装置上滚落下来，再经由切割机切割。她检查照片的质量，统计数量，然后把它们塞进信封。

"照片里有一男一女和一条狗。"她说,"一个婴儿睡在床脚的婴儿床里。有些照片里男人和狗待在床上——摆出的姿势就像是在床上一起用早餐。狗靠着枕头蹲坐在那里。另外一些照片里待在床上的则是女人和狗。虽然看得不是很清楚,但我觉得这两个人都是一丝不挂。他们在笑。这条狗,我发誓,也在笑。"

"什么狗?"

"一条大狗,金色的,舌头耷在外面。"

"听上去像个幸福的大家庭。"柯布说,注意到他和丽奈特靠着枕头的坐姿与她所说的照片中的人一样。"也许是礼拜天早晨,"他说,"他们在孩子醒来前亲热一番。"

"不对,我觉得很诡异。"她把手腕举到台灯前,研究着她的手表。下床时她说:"那个女人来取照片时我见到了。很和善,中年人,但还是蛮漂亮的。你肯定不会怀疑她什么。不过她应该早过了生育年龄了。"

丽奈特告诉他有些照片很吓人。她看到过有人拿着刀枪拍照,一边用手里的家伙指着别人一边狞笑。不过那些裸照更让人倒胃口。虽然店里不会把这些裸照印出来,但是她在检查胶卷时见过很多。大多数是私部的近照,或者是两口子对着镜子的自拍,摆出与他们度假时站在某座纪念碑前相同的姿势。有一次,丽奈特看到一卷肯定是在纵欲狂欢派对上拍的照片——一打左右赤身裸体的人。其中一张是在烧烤架旁的集体照,看上去就像是毕业照。

柯布觉得他们可能属于某个裸体团体,但是丽奈特说裸体主义者一般都很随意,不会专门去拍这样的照片。这些人一点也不随意,她说。

柯布是他的真名,但是别人往往以为那是他的绰号。说一个人"像西班牙古币一样粗糙"[1],是指他刺头、棘手、不中规中矩。不过柯布知道自己并不是那样的。他觉得自己愧对这个名字,或者说没有达到别人的期望。这让他有点认不清自己。柯布今年二十八岁,交过几个女朋友,但没有一个像丽奈特这样。很讽刺的是,他是去冲洗他和劳拉·摩根到佛罗里达旅游的照片时第一次见到丽奈特的。当时他和劳拉已经约会了一年。他们开着劳拉的雷鸟去佛罗里达,在代托纳海滩待了一周,又去迪士尼玩了两天。他们拍了汽车旅馆、棕榈树,一些很普通的照片。取照片时他和丽奈特闲聊了几句。从她的话里听出她看过这些照片。他突然意识到这些照片太老掉牙了。她每天看着这样的照片从她的机器里经过。他感到自己的生活转了个方向,一个急转弯。他们开始约会,最初偷偷摸摸的,因为柯布需要几周的时间来了结他和劳拉的关系。现在劳拉在公司走廊碰到他时已经不和他说话了。劳拉是那种希望婚礼在"假日旅馆"举行,在一个安逸的小区里有栋农场风

---

[1] 在英文里,"柯布"与西班牙古币谐音。

格的房子，周末全家去教堂的女人。丽奈特让柯布意识到认识世界的方法远不止一种。他身上某些新鲜的和平时没去想的东西被她激活了，她让他明白平时那些习以为常的事情（比如周五晚上逛商场，一家餐馆烤土豆上的某种配料）其实很荒唐可笑。他们在镇上四处闲逛，相互交换这类感受，在寻常的生活里寻找不寻常，对旁人不觉得好笑的事情笑个没完。柯布试图向他哥乔治解释自己的这股兴奋劲，乔治告诉他说："你恋爱了。"

周二晚上，柯布做会计师的继父吉姆·丹斯去乐观者俱乐部聚会，他去他妈家吃晚饭。柯布在他们家有种不自在的感觉。家具布置得有违分类学。没有一件家具是柯布小时候见过的，所有家具都是他母亲格洛丽亚和吉姆结婚后购置的。墙上挂满了带有城堡的针织风景画，还有乘坐马车的阿米什人油画的复制品。餐厅里三个装饰柜里陈列着各式各样小装饰品，还有格洛丽亚当作纪念品收集的代表美国五十个州的杯垫。客厅里，美国早期风格的家具与配了厚靠垫的现代矮腿椅极不协调地共存着。房间里到处摆放着玻璃镇纸、玻璃球和玻璃烟灰缸，颜色是那种让人头晕目眩的土星颜色。

柯布是来告诉他妈他要和丽奈特结婚的事。他妈高兴坏了，给了他一个大拥抱。他能感觉到她手上的面粉在他运动衫上留下的印子。

"她算是个好厨师吗？"她想知道。

"我不知道,我们总是出去吃饭。我不吃火腿。"他指着桌上的那盘火腿肉说,"你想让我娶个好厨师,让她把我养得肥肥胖胖,还是娶个蹩脚厨师,好让我保持身材?妈,你的标准到底是什么?"

格洛丽亚叉了一块火腿肉放进他盘子里。"她父母怎样?"她大口吃着自己盘子里的火腿肉。

"他们不在监狱里蹲着。他们没在领救济金。他们没有拎着把刀四处乱窜。他们不是长着斗鸡眼的怪物。"

"我有什么好大惊小怪的?"她说。

"我都不认识他们,"柯布说,"他们不是这里的人,她上高中才从威斯康星搬过来。她爸爸在英格索尔上班,不过现在调到德州去了。"

格洛丽亚笑着说:"德州六月份热死人。他们要举办一个大型舞会吗?"

"我们不会去那里结婚,"他迟疑地说,"丽奈特和别的女孩不一样,妈。她很认真,她不喜欢花里胡哨的东西。"

"你应该多了解了解她父母,"格洛丽亚担忧地说,"这事说不准。"

"她是个好姑娘,你会喜欢她的。"

格洛丽亚往蓝色长玻璃杯里加了点冰茶。"好吧,你也该结婚了。"她说,"你知道吗,当你还是个小宝宝的时候,走路说话都比别人早。我坚信不管我怎样带大你，都不会有问题。但是到了十三岁左右你进入叛逆期，变得爱发脾气，整天睡觉。从那以后，你再也不是从前那个生气勃勃的小男孩了。"格洛丽亚低下头，"我一直没闹明白。"

"也许是因为我当时知道了核战争。明白这回事后确实很沮丧。"

"我从来不担心核战这样的事情！每天的麻烦事就够我操心的了。"她绷着脸啃着一个软烤饼。

"妈，只有觉得麻烦时才会有麻烦。"柯布说。

晚饭后，他从卫生间出来时她正站在一盏台灯旁，翻看一本封面已经卷曲的电视节目指南。"《蓝色月光》里，他们就会在那里说个没完，"她说，"简直要把人弄疯了。"

他浏览着茶几上的书籍：《烧烤大全》《呼吸的艺术》《退休生活中的危险》。这年头所有的东西不是艺术就是危险。他小的时候，他母亲不怎么读书。她在一家成衣店上班，整天累得要死。他爸开送面包的车子。家里共有四个孩子，没人做过出格的事情。有一次，他们去了孟菲斯的动物园，那是全家唯一一次在外面过夜的旅游。在一个动物互动园里，一头美洲驼试图拱倒他妹妹。现在他妹妹住在印第安纳州，他爸爸则在芝加哥，和别的女人一起生活。

柯布注意到人们总爱为自己的行为辩解。他继父如果在吃汉堡包，他立刻会就胆固醇进行辩解，尽管没人对此发表任何评论。柯布从来没觉得有解释自己的必要，他总是我行我素。不过他开始觉得哪儿有点不对劲，好像他的为人处世上有了个小虫眼。他有件印着"帕迪尤卡，压扁了的松鼠之都"的运动衫。丽奈特一直就此和他没完没了。运动衫上画着一只压扁了的松鼠。那只不过是一个黑色的抽象图形，不是那种有毛有眼睛、尾巴蓬松的真松鼠。

"品位太差。"丽奈特说，"我看见别人碾死一只虫子都受不了，所以我无法对着一个被压路机碾平的动物发笑。"

这是第一件让他们发生争执的事情，他道了歉并不再穿那件运动衫，其实那件运动衫只是说明了一个事实。秋天里的一天，柯布开车经过宽街，才开过三个路口就见到三只死松鼠，要怪只能怪路边那些巨大的橡树。

"你真体贴。"丽奈特说，原谅了他，"不过柯布你有时候不怎么爱动脑子。"

这件事促使他思考。自己做的某件事情，竟让人立刻产生这是件没头脑的事情的想法，对此他很惊讶。他在想自己还有多少类似的行为，丽奈特又会发现多少他身上的毛病。他觉得自己深陷黑暗，毫无抵抗。他不知道她对与他结婚这件事到底有多认真。她告诉过他，她无法要求自己的父母操办一场隆重的婚礼。这会让他们紧张，她说。他怀疑真正的原因是他们负担不起，所以没有逼她。她从来不向他提什么要求，不过她对那件运动衫的反应过于激烈了。他没敢告诉她他曾和哥哥乔治出去打过几次野兔。

柯布在沃尔玛有过一段奇怪的经历。那天他去买橡胶靴子，好穿着去乔治的地里打猎。当时正在解冻，地里肯定会很泥泞。柯布正在寻找一双9号的靴子，突然注意到一个不到二十岁的店员在招呼家用品走廊那儿的一对男女。"我有事要告诉你们。"她说。男孩和女孩走了过来。他俩的年龄和店员相仿，穿着相同的绒布衬衫和崭新的牛仔裤。店员穿着淡蓝色的毛衣、牛仔裤和粉色篮球鞋，毛衣外面罩着一件工作服，没扣扣子。

"哎，我们结婚了。"她用一种单调的声调说道，抬手给他们看她的婚戒。

"我以为你们会再等等。"女孩说，摆弄着手里拿着的一盒磁带。

"是呀，我们等得不耐烦了，那天我们闲着没事，凯文说干吗不结婚呢，这个周末就很合适，所以我们就跑去把婚结了。"

"凯文向来没耐心。"男孩说，微微一笑。

他女朋友问道："你们没去哪儿？"

"就去了湖边。我们在一家汽车旅馆住了一夜。"她有点尴尬地上下滑动着手指上的婚戒，像是在努力回忆与那次旅行有关的趣事，好拿出来说说。男孩和女孩说他们要去"溜冰城"参加

"心灵之夜"活动,尽管那里人总是很多。又一个解释,柯布意识到。他们走了,女孩的一只手拉着男孩的皮带。

柯布有一阵忘记了他来这儿的目的。他漫无目的地四处张望着。一张桌子上面放着减了价的雪靴,另一张上面摆放着圆筒短袜。他母亲和会计师去过加特林堡,他们在一家袜子店看别人纺织圆筒短袜。母亲说那非常有意思。在一所博物馆里,她见到一个用火腿罐做成的小提琴。柯布有点困惑:这三个年轻人为什么不开心?为什么不直接跑去加特林堡,看看别人怎样织圆筒短袜?

乔治的家过去算是乡下,现在一个住宅区正朝那里延伸,附近天空里,一根无线发射天线隐约可见。柯布来到时,那条叫拉菲的狗和他打了个招呼,它正懒洋洋地躺在乔治在房后扩建出来的平台上一处有阳光的地方。靠近一个树桩的草地上,一个野鹅形状的风向袋被风吹得鼓鼓的,像真的一样在舞动。

"嗨,柯布。"乔治说着打开了后门,"你被那玩意骗了吧?"他大笑起来。

乔治三班倒,他要到下午四点才去上班。他老婆塞西上班去了,她在高速公路旁一家连锁餐厅做女招待。家里到处扔着玩具、衣服和没洗的碗碟。柯布绕过放在地上用来烤火鸡的大铝盘,盘子里积着厚厚的一层油。

乔治穿好靴子和夹克,又找到一盒子弹,他们穿过农田来到乔治早些时候安放了麝鼠夹的水塘边。天气阴冷潮湿。柯布的新靴子里面太空，他觉得冷风穿透了橡胶和圆筒袜。

"我讨厌冬天，"乔治说，"天气暖和了人的心情会好很多。"

柯布说："我还行。我什么季节都喜欢。"

"你是这样的。"

"我喜欢不知道将来会发生什么，尽管有人说会这样那样，但你还是说不准。"

"你一点没变，柯布。我原来以为你和约翰逊姑娘会有什么结果，我以为你准备安顿下来了。"

"什么意思？安顿下来？"

乔治只是冲柯布笑了笑。乔治大柯布九岁，总把他当小孩子看。

"如果你决定结婚，我给你的忠告是别抱太大的期望。"乔治说，"这是双方迁就的事情。只要你明白这一点，也许就不会搞砸了。"

"什么让你觉得我会搞砸了？"

乔治大喊道："天啦，柯布，铁砧都会被你搞砸的。"

"感谢你投给我的信任票。"

乔治家那边传来一声汽车喇叭声。"见鬼。是她，提前下班了，要我去取我们在'烤窑'烤的肩胛肉。让她等着，我们先检查一下这些夹套。"

夹套里什么都没有。其中的一个夹套弹了回去,似乎是被落下来的小树枝触发了。柯布感到庆幸。他想告诉丽奈特自己的感受。随后他质疑自己是否太想讨好她了。

乔治说:"我倒是想逮到一只郊狼。"

"我觉得西部才有郊狼。"乔治说"狼"时第一个音发"r"音,而柯布总是发"l"。他不知道谁对谁错。

"它们在往这边迁移,"乔治说,"街头上的一个家伙打到过一只,高速公路上有一只死的。我还没见过活的,不过只要有救护车开过,它们就会嚎叫。我听到过。"乔治窝起嘴唇,发出响亮的"呜,呜"声,柯布起了一身鸡皮疙瘩。

柯布总会想起沃尔玛见到的那位新娘子,他甚至给三个年轻人虚构了一些理由。也许女孩和另外那一对交情一般,所以不好意思把自己的事告诉他们。要么那个男孩是她的前男朋友,所以告诉他们自己的婚事让她有点尴尬。柯布记得她身上穿着的工作服和她身后架子上放着的一排灰绿色的廉价靴子。当他告诉丽奈特那个姑娘看上去有多呆滞时,丽奈特说:"可能她锻炼得不够。现在的小年轻身体都很差,那些垃圾食品。"

丽奈特从来坐不住,她做热身和放松拉伸。即便是在说话,她也要用到整个身体。她随时可以做爱,哪怕是深更半夜看完电视上播放的电影以后。那个周末在他公寓里看《莱姬娅之墓》,她想在看最恐怖的部分时做爱。

电影结束已接近凌晨一点。她起身从冰箱里取来酸奶——蓝莓味的给他，草莓味的留给她自己。他喜欢看她吃酸奶的样子。他一般先摇晃酸奶盒，直到把酸奶摇均匀了再喝。她吃起来则小心翼翼，把勺片垂直插入杯中，一直插到底，然后拔出被酸奶包裹着的勺片，勺片尖上粘着一点水果。他喜欢看她舔勺片。乔治也许会说这是一种无法持久的快乐，但柯布觉得他可以每天看着丽奈特吃酸奶，一辈子都看不够。她的动作会有层出不穷的变化。

他俩似乎都有一个外人不可触碰的领地，一个害怕让别人知道的地方。他无法向她解释天亮前起身去打鹿的感受——在黑暗中摸索自己的衣服，用黑燕麦和黑咖啡给自己提神，然后走进寒冷静谧的清晨，硬底靴踏破霜冻。他蹲下埋伏，屏住呼吸，倾听鼻息和抖动声，树叶沙沙响，渐渐来临的黎明给天空带来一抹白色，突然传来一阵动物的脚步声，心中涌起一阵狂喜。

丽奈特正在向他讲述自己上班时新看到的照片。"是在佛罗里达度假的照片，"她说，"老夫妻、棕榈树、蓝色的海水。但不是那种常见的照片，没有迪士尼世界，没有跃出水面的海豚。取而代之的是泥地、树根树皮、树木的近景。从各个角度拍摄的一栋小灰泥房屋。停在汽车旅馆的汽车，停在海边的汽车，停在超市停车场的汽车，树林里铺着木板的小径。还有一个家伙拿着一个很小的东西。看不出来他拿的究竟是什么。"

"有多小？"柯布闭着眼睛，试图跟上她的描述。

"他像是要抛掷一枚硬币。"

"给我讲一个和这些照片有关的故事，你的版本。"

"是这么回事，他们很久以前住在那儿，在那儿把孩子抚养大，然后搬去很远的地方。现在……他们退休了，所以回来看看，但一切都变了。树木更粗了。车子比过去多了。那家旧汽车旅馆，怎么说呢，更旧了。他们的房子已属于别人，她当年种下的紫薇和杜鹃已长成庞然大物。不过她还认得出它们，同样深浅的紫色，还生长在她当年种下它们的地方——车道边上。他们去窥探那栋房子，被人撵开了。随后他们去了一个公园，公园树林里有条铺着木板的小径。她还是个漂亮小姑娘的时候，曾在那里被人强奸过，但是过了这么多年，回到那里她并没有什么特别的感受。后来她把婚戒弄丢了，他们沿原路回去找。他们搜寻小路上木板之间的缝隙。他们拍了很多照片，假如婚戒被拍下来了，以后他们就知道去哪里找。就像我们看过的那部老电影，名字叫《放大》？后来他们找到婚戒了，她拍了一张他拿着婚戒的照片。但是婚戒并没有出现在照片里。"

"这件事没有发生在你身上吧？"

"什么事？"

"被人强奸。"

"没有，我瞎编的。"

他转过身来,睁开眼睛说:"你的这个本事,乱编故事——不会变吧,会不会?你老了以后,还要这么做。"

"希望到那时我有更好的工作。"

"不是,我是说你对事情有自己的看法,而不是理所当然地接受。"

"没什么了不起。"

"对我来说很了不起。"

她把酸奶放在台灯桌上,突然开始拍打枕头。"你知道我最恨什么吗?"她说,"那些男人给老婆和女朋友拍的劈腿照。我每次跑步前做拉伸的时候都会想到这个。"她打了个颤。"真恶心,就像妇科医生看到的东西,一点都不性感。"

"也许你就不该看。"

她吃着酸奶,脸上露出一种奇怪的表情,好像她刚刚吃到了发霉的东西。"医生护士见到血不会昏过去,所以我也应该能够面对这些底片。它们不是我的生活,和我无关,对不对?"

"对。就像电视电影,不真实。"柯布想安慰她,但她挣脱出来。

"是真实的。"她说。

柯布用脚蹬着床罩,把它理整齐了。"有时我不了解你。"他说,再次朝她伸出手。"我担心我会把我俩的事搞砸了。我担心自己做错什么却不知道,直到一切都太晚了。"

"你在说什么?"

"我也不知道,我哥说过的什么。"

"听亲戚的话本身就是一个错误。"她说,舀起最后一勺酸奶。"他们从来只相信最糟糕的事情。"

那个周末他带丽奈特去他妈家参加礼拜天晚餐。要是他先带她参加上午教堂的礼拜,他妈会更高兴,但是他不能这样要求她。而且他也不想违心地做一件事,然后不得不一直这么做下去。

"你简直想象不出她家的样子。"柯布在路上说。

丽奈特穿着一条黑短裙,黄色的紧身裤,黑短筒靴,上身一件黄毛衣。她穿黄色很好看,有点像他在湖边见到过的黄腿黑脚水鸟。

"你为什么那么担心她家?"她问道。"女人总是以某种独特的方式和自己的家联系在一起。我觉得很有趣。"

"这个已经远超出有趣的范围。可以用来作个案分析了。"

她母亲在厨房里炸鸡。她在去教堂穿的布满粉色斑点的灰色套装外面罩了一件围裙。她说:"我应该早晨就下厨房,准备好晚餐等你们,但是有位新来的年轻人要在礼拜前演讲。他来和这里的年轻人一起工作。他太和蔼可亲了!是你想见的最友善的年轻人。别人称他基督的使徒行者。"她大笑起来,在围裙上擦了擦手。

柯布试图用丽奈特的眼睛观察他母亲的家。所有的玻璃制品让他突然察觉到他母亲的脆弱。她马上就到六十岁了，但没有白头发。他意识到她肯定很多年前就开始染发了。他母亲并不看着丽奈特，也不直接和她对话。她借助柯布与丽奈特说话——一种奇怪的对话方式，不过他注意到人们经常这么做。

会计师吉姆把他们赶进客厅，好让格洛丽亚继续准备饭菜。他叼着烟斗，向丽奈特一通发问，好像在对她申请"柯布的妻子"这个职位进行面试："你和住在朱比理路上的约翰逊家有关系吗？你爸爸是做什么的？谁帮你报税？"

"我从来都是自己报税。"丽奈特说，"很简单。"

"她才二十三岁，"柯布对他继父说，"你觉得她已经需考虑红利税和避税策略了吗？"

柯布在餐桌上说道："乔治来电话说在他家附件见到一只郊狼。我们打算下午去看看。"

"我们要去寻找郊狼。"丽奈特兴奋地说。她发"狼"时和他一样用的是"r"音，柯布由此得出结论他的发音是正确的。

"丽奈特喜欢去野地里走走，"柯布说，"她是个喜欢大自然的姑娘。"

格洛丽亚说："乔治每年夏天都要我去那条小溪旁采黑莓，不过现在就冲那些野郊狼，哪怕给我再多的钱我也不会去。"

"乔治说它们来这里全因附近的垃圾。"柯布解释说，"它们白天在地里捉野兔，晚上则溜进镇子里翻垃圾箱。它们的颜色很适合做这种事情。"

"你们最好当心一点。"格洛丽亚说。

"它们不攻击人。"丽奈特说。吃饭过程中，她谈到了她的工作。她说："有时候我在报纸上读到一起车祸，然后照片就出现了，我认出了受难者。警察在设备不能正常工作时会把胶卷送过来。"

"我肯定不想看到那些。"格洛丽亚说。

丽奈特用叉子戳起一块胡萝卜，说："有些照片简直难以置信——遭枪击的、淹死的，与那些度假照和儿童的照片混在一起。关键是它们并没有什么不正常，这些事随时随地都在发生。这就是生活。"

吉姆和格洛丽亚怀疑地点着头，丽奈特继续说道："昨晚我睡不着，回想着礼拜五送来的照片——一个凶杀案的受害者躺在金属桌子上，一整卷。警长礼拜五早晨送来胶卷，吃完午饭后过来取照片。我从登在报纸上的照片上认出了那具尸体，我无法把目光从照片上移开。"

"我在报纸上见到过！"柯布的继父说，"他欠别人钱。另外那个家伙等得不耐烦了，把自己灌醉后把他干掉了。这些人就是这么行事的——人渣。"

丽奈特用一张芥末黄的餐巾纸点了点嘴唇，说："你在报纸上看见某个人的照片,然后看见他直挺挺地躺在一张桌子上,头上是子弹孔,但还是认得出来,这很诡异。报纸上的那张照片是他的毕业照,真不幸。毕业照总让人感到难为情。"

"再来点鸡肉?"格洛丽亚问她。"柯布,你现在吃西葫芦了?我以为我永远等不到这一天呢。"

那天下午天气很舒适,阳光明媚,虽然有点冷飕飕的,但空气中已经充满了春天的气息。柯布和丽奈特开车去乔治家,先在丽奈特住的公寓停留了一下,好让她换身衣服。从他妈家脱身后柯布很开心。他心情沉重地想象着将来定期去他妈家参加礼拜天晚餐的情景。他从来没见过丽奈特像今天这样萎靡不振,好像她的性情一下子凝固了,无法像以往那样欢快地释放出来。

他们刚把车停稳乔治就从平台上蹦了出来。狗叫了几声,然后闻了闻丽奈特。

"拉菲昨晚十一点左右叫个不停。"没等柯布把丽奈特介绍给他,乔治已经说开了,"我打开外面的灯,拉菲一下子窜上平台,吓得半死。就见这条该死的郊狼在悄悄地追逐那只野鹅!野鹅在风中舞动,郊狼死死盯着它。拉菲不知道该干什么。"乔治指着风向袋,身体在模仿郊狼笨拙的追逐动作。他大笑起来。

"野鹅看上去太逼真了。"丽奈特说,俯身拍了拍狗。"我能理解郊狼为什么会犯错。"

"跟你们讲，这太好笑了。"乔治说，被自己的新闻逗得乐不可支。他直起身子，忍住笑，说道："天啦，柯布，你从哪儿弄来一个这么漂亮的姑娘。"

塞西和三个孩子都在家。"家里乱糟糟的，别在意。"他们进来时塞西说，"我早就放弃收拾了。"塞西把拽着她胳膊的两岁的坎蒂推到一边。小姑娘手臂上紧紧缠着十来根橡皮筋。塞西一边有条不紊地把橡皮筋往下解，一边说："柯布，那块牛肩肉还没吃完。你们要是愿意的话，我给你们准备三明治带着去小溪。"

柯布摇摇头，说："妈刚用炸鸡把我们喂饱了，我连路都走不动了。"

丽奈特肯定是看见了小房间里的枪架，她问乔治："你们用枪打郊狼？"

乔治摇摇头。"不在礼拜天。不过猎枪打不着它，我需要一支强力步枪。"

"我很想亲眼看见一只郊狼。"丽奈特说。

"好呀，它归你了，"塞西说，"我可不想见到郊狼。"

"也许我们在小溪边会遇到一只。"柯布用保证的口气对丽奈特说。他保护性地抚摸着她的后背。

"这个时候它们可能躺在哪儿睡大觉呢。"乔治说，"如果早晨六点赶到那里，也许能见到一只。不过我现在起不了那么早了。"

"丽奈特天一亮就起身，出门跑上六英里。"柯布说。

"这大概就是她这么苗条的原因。"乔治对柯布说,他不看着她,只是借助咧嘴一笑来表示包括她。

塞西说:"要了我的老命我也跑不了那么远。"

"你要一点点地增加。"丽奈特说。

塞西已把坎蒂手臂上的橡皮筋全部取下来了,她对孩子说:"我们可不想见到老郊狼,想见吗,亲爱的?"

塞西对丽奈特说话的语调刺激了柯布。她的语调好像在暗示因为跑不了六英里她反而更胜一筹。柯布讨厌那些把自己缺乏信心扭曲成值得骄傲的优点的人。他被激怒了,催着丽奈特出门去地里散步。

乔治在他们身后喊道:"别忘了数一数一共见到几只郊狼。"

丽奈特用手勾住柯布的胳膊肘。他们穿过一片只留下短茬的玉米地。"我希望能见到一只,"她说,"我会和它说话,我敢担保只要足够耐心,你一定能够驯服它。我觉得我会成功的。"

"你要是成功了我一点也不会惊讶。"他笑了起来,把手臂搭在她肩膀上。

丽奈特说:"我认识一家人,他们驯服了一只来舔他们家放在外面的盐的鹿。这只鹿被驯化得可以走进家里和他们一起看电视。"

"我不信,"柯布说,"你在开玩笑。"

"没有,我没有!狩猎季节到来时,他们给她脖子上系一个大大的红带子。"

这周早些时候还很潮湿的泥土已经晒干了,不过柯布还是穿着他的新橡胶靴子。丽奈特换上了牛仔裤和高帮鞋,她没有戴帽子。他喜欢她不怕冷的样子。

"你没事吧?"他说,"风大不大?"

"没事。只不过……"她恼怒地叹了口气。"我不该在你妈家提照片的事。"

"该提。那正是她需要听的。"

"不对,我应该闭上我的嘴。不过她的家刺激了我,我想刺激她一下。"

"我知道你怎么想的。我老想把那些玻璃玩意儿砸个稀巴烂。"他抬脚踢飞一块泥巴。"家庭。"他厌烦地说。

"没什么啦,"她说,"没什么大不了的。"她弯腰捡起一根蓝松鸦的羽毛,用手指捻着。

乔治已经在小溪边上的灌木丛里清理出一条小路,他们沿着这条小路往前走。下到小溪边时,柯布搀扶着丽奈特,拨开树枝以防划到她的脸。溪水已经退得差不多了,他们踩着露出水面的石块,先沿着溪水往前走了一段,来到一处水深约几英寸的地方后,柯布背起丽奈特,她一边尖叫一边大笑。他涉过水坑,小心翼翼地把她放在对岸。往前走了几步后,她蹲下身查看地上的脚印。

"这里来过一只郊狼！"她激动地说，"也许是只狐狸。"

地上玫瑰花形状的脚印模糊不清，像是狗爪留下的。柯布想起小时候的一个春天，看见一只赤狐穿过冬麦地。麦苗有几寸高，狐狸在麦苗里划开一条路，像一条船一样在身后留下尾波。柯布只能看见穿过麦田的那条路和偶尔露出来的狐狸尾巴。他从来没见过一个跑得那么快的小动物。就像是在观察时间流逝，世界上最快的东西。

他们坐在岸边一根倒在动物洞穴旁的树干上，身后是一棵悬铃木裸露的树根。树木已干枯，藤蔓垂落在洞口附近，一条土路连接着堤岸与河床。

"你到底怎么想我妈？"柯布问道，拿起丽奈特的手。

"那些小玩意儿让我伤心。"丽奈特拔着地上坚韧的爬藤。柯布确定这些爬藤不是毒藤，他注意到她在说话的时候，纤细的手指在不停地摆弄着柔韧的根茎。她说："我不想让我妈为我的婚事操心。"

"为什么？"

"她没有能力操办。"

"我们不需要大操大办。"

丽奈特从他身边挣脱开。"她是那种必须把要办的事写下来，然后反复检查好几遍的人。"她说，"你知道吗——那种出门后又返回家里查看炉子是否关掉的人？她就是那样的，非常糟糕。这让她无法正常生活。她打电话前至少要把号码检查十遍。"

看来丽奈特的母亲是个疯子，柯布得出结论。他见过她的照片，漂亮，笑容迷人。柯布曾把她想象成一个，某种程度上，虽然纤弱但很有主意的人。她的笑容让他想到了减肥前的多莉·帕顿。

丽奈特说："我上高四那年，我妈企图自杀，她吃了很多安定。当时我正在学校乐队排练，接到校长办公室的电话，让我去医院。这对我来说太意外了，我从来没有想象到她会那么做。"尽管柯布握着她的手，不时捏一下，丽奈特说话时还是转动着手里的羽毛。

"她为什么这么做？"他问道。

"我自责了很久，觉得自己对她表露的爱不够多。我总在忙乐队排练和高中生的那些破事。记得有一次我因为说了爸爸的坏话而激怒了她。直到一两年前我才知道，爸爸那个时候就和乡间俱乐部的一个女人好上了。回过头来想，妈妈除了那栋房子什么都没有。我们搬来这里前她有工作，后来她找不到工作了，也没有太多的朋友，她唯一拥有的就是这个家。我记得自己回家后看见她在给那些小摆设掸尘，贴墙纸，摆弄那些假花。我曾取笑她，从来不帮她。她那种反复检查、数了又数的毛病也就是从那个时候开始的。当时我倒是没觉得她的行为有多古怪。"丽奈特厌恶地打了个战。"我想起'迎新马车'[1]来我家的事，两个笑眯眯的胖女

---

[1] 指住宅小区里欢迎新住户的组织，当新住户搬进来时，他们会带着自己烤的糕点上门问候，并提供与当地生活有关的讯息。

人。她们给我们带来一些店里买的垃圾货，还有折价券之类的小玩意。有一个从家具店买来的很小的柏木箱。你母亲有件类似的东西，就摆在过道的陈设架上。"

"从加特林堡带回来的纪念品。"柯布说。

"我讨厌'迎新马车'。我觉得她们过来的目的就是刺探我们，看看我们是不是乡间俱乐部类型的家庭。我们不是。想到我爸爸和一个乡间俱乐部的女人（一个高尔夫球手）鬼混，我羞愧得恨不得去死。"

柯布搂紧丽奈特。"每一天我对你都有更多的认识。"他说，"这才刚刚开始。"他挖空心思地想打个比喻，"这就像上面的酸奶，接下来还会有水果。"

她咯咯地笑了起来。"这是我听到过的最蠢的比方！这就是我在乎你的原因，你不怕说蠢话，而且你是真心这么想的。"她丢掉那根蓝松鸦羽毛，它在水里打着转，然后和一片树叶缠在了一起。"不过我有点担心，柯布。我担心我会像她一样——由于不同的原因。"

"什么原因？"

"我也不知道。"

"但是你不像那样呀。"

"但我有可能变成那样。"

"不会，你不会的。这是说疯话。"柯布发现自己用词不当。

"不对，是蠢话。"他说，"你不会变成那样的。"

"当我上班时看着那些照片，我就在想象我……我妈那天要是成功了的话。"

柯布注视着那根羽毛与树叶分开，并随着小溪底部的涓涓细流漂走。他试图领悟那根羽毛在化成碎片之前会怎样——一个奇怪的想法。十几年后，他想，他也许会回想此时此刻，意识到他应该在那一刻停下来，做出理性的决定，不再继续往前走，但是现在他无法知道。

她说："你知道将来会有多复杂吗？"

柯布点点头。"我喜欢这样。"他充满信心地说，"在这里，我们称之为打理好自己的事情。"

几簇头发在微风中飘动，但她并没有注意到。她看不见光线像穿过春天枝叶茂密的树一样穿过她的头发。

电波

简和科伊·威尔逊还住在一起的时候,科伊午饭之前和晚饭之后都不能听音乐。早晨太刺激;到了晚上,震动声残留在脑子里,会影响睡眠。现在他们分手了,简整天都在听"摇滚-95"。"摇滚-95"是个大学电台——"最屌的摇滚电台。"她每晚都把收音机的闹钟设在早晨8点,闹钟响后,她在震耳欲聋的音乐声中再迷糊上一个多小时。女摇滚歌手狂吼怒喊着她们的独立。音乐让人麻木,简觉得如果她能在睡梦中听硬摇滚,就不会在乎科伊的离去。

简穿着粉色的短睡衣站在窗前,观察着正在晾衣服的房东布什太太。今天是白色衣物日：床单、袜子、内裤和毛巾。简的母亲过去常说："一定要把白色和有颜色的衣物分开洗！"就好像洗衣服的方式具有某种道德上的意义。简从来不遵守这个规矩。她所有的床单上都有花纹，内裤的颜色都很鲜亮，白色的衣物少之又少。布什太太的晾衣绳上，男士白短裤像投降用的白旗，在随风舞动。

咖啡的味道很苦。她买的是商店自家的品牌，原因是布什太太给了她一张50美分的折价券，而商店那天正好在打一半的折。在"罗曼诺花园"做女招待的布什太太总在问简什么时候能找到工作。科伊住在这里时，布什太太总是问他何时把简娶了。六周前，和科伊分手没几天，简就被"假日成衣公司"解雇了。刚上班的时候她是叠衣工，后来升成了熨烫工。叠衣服比熨烫更合她的心意（熨斗冒出的热气把她的发卷都弄没了），不过当她换到熨烫室后，每小时的工资涨了50美分。她本打算那天晚上和科伊去"罗曼诺花园"，吃顿意大利空心面庆祝一番，可是科伊却选择在那天搬回去和他妈住。他的失业金两周前就领完了，一直处于无所事事的状态。他还觉得自己得了胃溃疡。简回到家里时，他已把他们的共同财产在地板上排放好了——烤面包用的小烤箱、粉碎机、磁带、电视桌、一个陈设架，连厨房用具也摆在了那里。

"电视机是我的，"他歉意地说，"我们在一起之前我就买了。"

"我说过我来付房租。"在他往帆布行李袋里塞牛仔裤时她说。

见他不回答,她把咖啡壶放进柜橱里,关上门。"带绿标签的咖啡壶是我的。"

"我本来就想戒咖啡。"

"太好了,咖啡让你神经过敏。"

科伊把小烤箱放进一个纸箱,纸箱里还有他的剃须膏和从被简称之为"孤单袜子抽屉"里拿出来的不成双的袜子。简在恳求他留下的时候努力不让自己哭出来。

"我不能让你继续养着我,"他说,"我受的家教不允许我这么做。"

"那又有什么差别?你母亲还不是要养着你,你都可以看她的电视机。"

他像发牌一样分着磁带。"你一盒,我一盒。"他把他最喜欢的威利·纳尔逊[1]的磁带放进了她那一堆里。

在他离开时她说:"你理出头绪后和我打个招呼,我们到时再看看。"

"我正是这么想的,"科伊说,"我得先理出个头绪来。"

简知道自己应该更宽容一点。科伊与一般的男人不一样,他能够欣赏别的男人注意不到美好微妙的事物,比如花朵和一盘做得漂亮的菜肴。科伊做爱时非常温柔,敏感程度远超过女人对男

---

[1] 威利·纳尔逊(Willie Nelson, 1933—):美国著名乡村摇滚运动的领头人,其演唱生涯长达40年,2000年获得格莱美终身成就奖。

人们的期望。在《菲尔·唐纳修》访谈节目里，当话题涉及性事时，观众席上的妇女都想要个温柔体贴、白天里多给你一点爱抚的男人，而不是那种到了晚上"三下五去二——谢谢老婆大人——完事"的家伙。科伊就是上帝对这些女人的祈祷的回应，但是他做得有点过头了。由于肠胃过于敏感，他十分脆弱，连别人切肉都不能看。简至今还能见到散落在公寓里的健胃片。

没了工作后，简就这么晃荡着。她看很多电视，丢掉工作前她买了一台正在减价的电视机。为了保证车子和电视机的分期付款，她不得不把烟戒了（不算特别困难），也不外出用餐了。她退出了一个美容俱乐部，家里积了一大堆奇奇怪怪的眼影和从来不用的乳霜。出门面试时，她把脸涂得自己都觉得愚蠢。找工作就像上教堂——一种毫无意义的穿戴仪式。上班时厂里不让穿裤子，她必须在深色裙装外面罩一件蓝色的工作服。"希望能在'罗曼诺花园'找份工作，"她告诉布什太太，"工作服很漂亮，我还可以穿裤子。"

以前科伊有时候会独自去肯塔基湖待上一个周末，在那里静坐沉思，让自己恢复。她原来觉得他想独自待着的意愿很诡异，不过现在她有所体会了。一个人待着实在太容易了。她的脑子会进入一种恍恍惚惚的状态。有时她假装自己是从深度昏迷中苏醒过来的病人，开始重新发现身边的一切——一些简单的事物，比如那架旋转天线发出的噪声，平时电视的声音很响，她从来听不见。要不就是假装自己坐在轮椅上,从一个特定的高度看世界。她喜欢毫无准备地观察一件事物,从一个新的角度。科伊还住在这里的时候,有一次她正站在一个箱子上清扫摆设架顶部的灰尘,科伊突然出现并一把抱住了她。站在箱子上的她和科伊一样高,落满灰尘的架子顶部与她眼睛平齐。那几天她试着以他视线所能到达的高度观察身边的事物——冰箱的顶部、父亲送她的旧木头衣柜的顶部、挂浴帘的杆子、镶嵌在天花板与墙壁相交处的木条等等。

今天,简出门领她的失业救济金支票,正赶上布什太太在院子里给牵牛花浇水。她从口袋里掏出一封信朝简挥舞。

"我儿子在加州。"她说,"他们给他探亲假,可是他太喜欢那边了,不打算回来。"

"可以理解,"简说,"离得太远了,而且加州肯定比这里好玩得多。"

"他们先让他操作重型设备,不过他干不了,现在他们把他换去搞电子设备。他们每个月从他的工资里扣下一百块,等他服完兵役,他们会把钱作为奖金加倍发给他,这样他就可以去上学了。"

布什太太朝着一条窄长的蜀葵花坛喷水。简跨过卷曲的水管,不经意想到了毒蛇。她说:"我弟弟因为高足弓当不了兵,结果他成了一个'圣滚教'的牧师。他原来像恶魔一样满嘴喷脏话,现在布起道来滔滔不绝。"简直直地看着布什太太的眼睛。她虽然不算老，但看上去很苍老。如果她死了，她也许可以得到她的工作。

"我堂兄是个'圣滚教'信徒。"布什太太说，"他在获得神的恩典的第二天被卡车撞死了。"

布什太太神经质地撕着信封，把碎纸屑揉成团，丢在一群母鸡和小鸡中间。

简十五岁的时候母亲去世，父亲弗农·马泽奥从来没学过做饭。"这里面有啥？"他怀疑地看着简周末带过来的金枪鱼烩菜。

"通心面、金枪鱼、蘑菇汤。"

"我不喜欢吃蘑菇，蘑菇有毒。"

"这种蘑菇没毒，这是坎贝尔牌的罐头汤。"简已经给他带过一打以上同样的砂锅烩菜，但他对蘑菇存有疑惑。他确信总有一天蘑菇会要了他的命。

弗农租了一栋年久失修的木板房的下半层做办公室，后院里停着他的两辆翻斗卡车。他运送石块沙子和沥青——"有啥运啥"，他黄页上的广告是这么说的。脏兮兮的办公室里到处都是钉在钉子上的纸条，油乎乎的，还有一大叠《田野和溪流》杂志。尘埃在一束阳光下飞舞闪烁。简用手划过它们。

"我要是有钱的话，"她说，"就给你买一台那种能把空气里的负离子去掉的机器。"

"有什么用？"弗农正喝着一瓶帕啵斯特啤酒，尽管才早晨。

"它能除掉空气里的灰尘。"

"为啥？"简的父亲说起话来不像是在交流，更像是在那里自言自语地嘟囔。他把自己塞进一张大椅子里，那张椅子就像他庞大身躯的一部分。

"我不知道。我想灰尘会落下来了，而不是到处飞。如果你有一台这样的机器，你的鼻腔就不会那么难受了。"

"最近不难受了。"

"这些离子器还会让你心情变好，对你的心情有帮助。"

"让心情好起来的东西我有。"他举了举手中的啤酒瓶。

"你喝得太多了。"

"别老盯着我的啤酒肚。"

"我想看就看。"简说，开玩笑地用拇指压了压他的皮带扣，"你灌饱了酒然后出门撞车，你会把自己弄死的。"

弗农朝她发出几声嘲弄的笑声。他们之间的对话总是这样的，他从来不拿她的话当真。

"这儿，吃这个。"简说，舀了一勺烩菜到一个褪了色的塑料盘子里。

弗农又从冰箱里取出一瓶啤酒，在厨房一张脏兮兮的小折叠桌旁坐下。吃的时候他一声不吭，吃完用一块面包刮干净盘子，他说："那个礼拜天我去乔的新教堂听他布道。我怎么会生出这么个儿子？他铁了心要出自己的丑。老婆跑掉了，他掉过头来传起了'圣滚教'。你知道他现在已经可以'自动说话'了吗？接下来他还会怎样？"

"嗯，乔什么事情都认真得过了头，"简说，"要么不做，要做就全身心投入。"

弗农大笑起来。"他那天讲的经文是《旧约》诗篇第二十三篇，好像是在讲主让我躺在青草地上，让我的灵魂苏醒的那一段？他是这样读的：'他储存我的灵魂。'然后他开始就主的储存室进行布道。"弗农笑得弯下了腰。"他认为主储存人的灵魂——就像升降谷仓里的谷子！"

"我一直想知道别人说的升降谷仓爆炸是怎么回事。"简咯咯地笑了起来。

"如果主把乔拉进来的可怜虫的灵魂储存起来，他的储藏室肯定会爆炸！"弗农大笑不止，啤酒从他嘴里喷了出来。

"再来点金枪鱼烩菜。"简温柔地说道。只要涉及她麻烦不断的哥哥，她永远与父亲站在一边。

"你该给值得为他做饭的人做饭。不是科伊·威尔森。他太刻板了，而且他还占你的便宜，不打算和你结婚，却和你住在一起。"

"你还在为当年扔下我、乔和妈妈离家出走的事内疚吧。"简在转移话题。

"问题就出在这里,太多的女人出去工作,男人找不到工作。"她父亲说,"女人应该待在家里。"

"别开这个头。"简用警告的口气说道,"我的麻烦够多了。"

"你可以搬回来和我住。"弗农伤心地说,"长辈通常照顾还没有结婚的孩子。"

"我估计这就是科伊跑回家找他妈的原因。"

"你随时可以跑回来找你老爸。"弗农说,坐回到那张舒适的椅子上。他坐下时塑料坐垫发出令人厌恶的声音。

"不行,"简说,"我们已经不喜欢同一个电视节目了。"

第二天下午,排队领救济金让人觉得很无聊,所有人都面无表情,不过尽管没有什么具体原因,简的心情不错,都有点兴高采烈了。开车经过当地一个电台的发射天线时,车里的她突然意识到自己并不知道声音是怎样从发射天线进到收音机里的。她觉得自己很无知。声波似乎和这件事扯不到一块。她去图书馆查找与无线电有关的书,图书馆馆员给她看了一本介绍内森·斯塔伯菲尔德[1]的小册子。

"他发明了无线电,"那个女人说,"别人说是马可尼发明的,但其实是斯塔伯菲尔德首先发明的,他就出生在这里。他住的地

---

[1] 内森·斯塔伯菲尔德(Nathan Stubblefield,1860—1928):自学成才的美国发明家,曾发明无线电话。

方离我家只有五英里。"

"我一直听说无线电是在肯塔基发明的。"简说。

"他从没得到他应得的荣誉。"那个女人让简想起一个参加蹦床赛的人,"肯塔基从来没有得到它应得的荣誉。我们有那么多值得骄傲的东西,肯塔基甚至有一个'金色池塘',和电影里的那个一模一样。"

简站在领取救济金的队伍里读着那本小册子,她有种与某个重要历史事件联系在一起的奇妙感觉。声音能够穿过很长的距离,顷刻之间出现在另一头,太不可思议了,就像从宝瓶里钻出的精灵,而且这件事是由一个肯塔基人首先做出来的。她能和谁说说这件事?会有人在乎吗?这种事情她父亲肯定不会往心里去,而科伊会觉得她在发神经。不过她哥哥可能会认同这种感觉。简突然觉得他有可能每天都能听见来自天堂的声音,就像是把自己调到了天堂的波段。她怀疑他真的可以不受自己控制地说话。她哥哥是台收音机!简有跳舞的愿望。在她的脑海里,领救济金的队伍突然变成了一队合唱队员,一个电影的场景。有那么一阵,她担心自己会失去理智。队伍一寸一寸地往前挪着。

拿到支票后,她在银行的汽车窗口兑现支票,通过一个扬声器和出纳员对话,然后开车去"杰瑞"的汽车窗口,通过另一个扬声器买了一杯可乐。一个声音确认了她下的单,简听到背景里收音机的播放声——"摇滚-95",和她车上收音机里播放的是同一个电台。

科伊在电视频道重播那周的《玛丽·泰勒·摩尔秀》[1]的时候打来了电话，简以前没看过这一集。她在吃罐头装的意大利小方饺。科伊声音的清晰程度吓了她一跳，好像他就在这个房间里说话似的。

"我找到工作了！在沃尔玛做巡检员。"

"哦，真为你高兴。"她叉起一串小方饺，听着科伊描述他的上班时间、职责和工资（比他被解雇前在工厂挣得少，不过工作要稳定一些。）这份工作听上去太无聊了。

"等我站稳脚跟了，也许我们可以重新考虑。"他说。

"如果你当上了巡检员，你的脚已经站在地上了。"她说，"和你开玩笑呢。"见他不吭声，她忙说，"我不想因为钱回到一起。"

"我觉得我们聊过这些。"

"我一直在想，我不能让你来养我。"

"可是，现在我有份工作，你没有。"

"你不让我养你，"简说，"我为什么要让你来养我？"

"如果我们住到一起，你可以利用这段时间去上学。"

"我必须先找到一份工作。如果我可以一边领失业救济一边上

---

[1] 20世纪70年代在美国风靡一时的电视剧，它告诉女性如何在光怪陆离的大都市中发现自己、爱自己。

学,我早就去了。他们不让你这么做。我们换个话题吧。你的胃怎么样了?"

科伊告诉简现在看到电视新闻里非洲饥饿儿童的图片时,他已经不反胃了。简总说他对那些与己无关的不幸过于敏感。

接下来是一段令人尴尬的沉默。最终,简说道:"我哥搞了个'圣滚教'教堂,他在传道。"

"听上去蛮像他的。"科伊说,一点也不吃惊。

"我想礼拜天过去看看,我需要一点宗教。你想去吗?"

"我才不去呢,我可不想得偏头疼。"

"我以为你的神经好点了呢。"

"是好点了,不过还没有好到那种程度。"

挂了电话后,简感到一阵孤独,她希望科伊在自己身边,关爱地轻抚她,就像《唐纳修》节目里的女人们希望的那样。有一次,丈夫卷入一起政治丑闻的丽塔·詹雷特[1]上《唐纳修》节目做嘉宾,她丈夫通过电话加入到交谈中。科伊的工作听上去让人沮丧,简希望他是个电台热线电话的主持人。她可以给他打电话,和他聊聊,假装他俩之间没有任何私人关系。她会问他爱情方面的问题,问他爱情魔法是否能像无线电波一样对所有的东西起作用。她的意大利小方饺凉了。

---

1 丽塔·詹雷特(Rita Jenrette, 1949—):出生于得克萨斯州的电影演员、电视记者和房地产商,她因为丈夫众议员约翰·詹雷特政治丑闻上电视接受采访而闻名。

乔的教堂叫"第一福音会"。教堂由拖车房改建而成，加了一个与主体垂直的房间。走道里有一台自动可乐销售机。人们四下坐着，喝着可乐和七喜。没人穿正装。

"我简直不敢相信！"乔握住简的两只手，像是小孩子玩游戏，要把她悠得转起来似的使劲往前一拉。

"你能向上帝祈祷让我找到工作吗？"简说，咧嘴一笑，"爸爸说你可以'自动说话'了，我觉得这或许有点用。"

"你上次见到爸爸的时候他还在喝酒吗？"乔急切地问道。

"那还用问。教皇信天主吗？"

"我和他说了，只要他每个礼拜天能够移动大驾上这儿来，我就能让他戒了。"乔穿着双面针织的条纹西服，领口插了一只人造雏菊，看上去像模像样的。

"今天你会'自动说话'吗？"简问道，"我想看看你是怎么做到的。"

"看仔细点。"他眨了眨眼，"不过天机不可泄露。"

"就像是变魔术？"

她哥哥只是神秘地咧嘴一笑。

简盘腿坐在折叠椅后面的地板上。有人掉过头盯着她看，也许在猜测她是不是乔的女朋友。教会的人都喜欢乔。他长得人高马大，魁梧的身材让他看上去有种权威，像一个将军。他总是吊儿郎当的，喜欢引人注目，出风头。要是亚历山大·黑格[1]去说单口相声,他会和乔一模一样。乔站在一张折叠桌的后面,桌子上叠放着两只倒扣着的牛奶箱,右手边一台电视机面对着听众。

活动拖得很长,有点怪异,乔的讲话经常被看似随机的个人见证打断。这其实不是什么布道,而是乔在讲故事,讲找到耶稣基督之前自己有多坏。他的花言巧语是天生的,弗农过去常这么说。乔讲了一大堆他老婆的八卦,来说明她的不忠是怎样把他变成一个基督徒的。简辨认出故事里夸张的部分(他从来没有给老婆一栋带订制厨房和双车位车库的漂亮房子,他们租住在一栋破破烂烂的老房子里)。当他打开《圣经》,把"腓力比书"念成"菲律宾书"时,她差点笑出声来,她记下要把这件事告诉她父亲。一位妇人把哭闹的婴孩带到走廊里,让孩子喝点可乐。简希望自己能找根烟来抽。在这样一个疯狂的场合,如果乔现在"自动说话",没有人会感到惊讶。

当一对年轻夫妇把一个眼睛斜视的小孩领上前就治时,乔惊讶得大叫起来:"谁?我?我谁都治不了。"他在电视机前来回踱步,"不过我敢保证,只要你们让圣灵进驻,奇迹就会像从前那样发生。"他就此颠来倒去地说着,小女孩冷漠地耷拉着头。"打开你的胸怀,让他进来吧!"乔大声喊道,"让圣灵进驻吧,主会去除

---

1 亚历山大·黑格(Alexander Meigs Haig, Jr., 1924—2010):出生于宾夕法尼亚州费城,美国军人、政治家,曾任美国白宫办公厅主任和美国国务卿,辅佐过三位美国总统。

你眼睛里的疾病。"电影《头发》里的那首歌《让阳光照射进来》开始在简的脑子里回响。小女孩的目光扫过房间。乔还在大声咆哮，简买了一听可乐，在门口站着。

乔突然大声喊出一串不连贯、没有意义的单字。他看上去有点尴尬，低下了头，又轻声说出一串单字。

简一直觉得"自动说话"是一种身不由己的表达——一种被圣灵附体后的胡言乱语。但是现在，她惊愕地看着她哥哥，他双手合拢两眼紧闭，像是在低头祈祷，小心缓慢地咏颂一些奇怪的单字，像布什太太晾衣服一样有条不紊。他在用刺耳、令人烦扰的声音构成的单调语言说话。"赛克-贝克-是-弗洛伊特-我-赛克-提比-里比。"他似乎刻意避免去说诸如"变变变"或其他别人熟悉的咒语。简很失望，怀疑这些单字来自天堂。乔似乎很担心某些被压抑住的脏话会从嘴里溜出来。过去他成天说脏话。现在他也许真的相信自己已经调到天堂的波段了。

"科伊呢？"活动结束后他问简。他没能把小女孩的眼睛治好，但他不承认。

"我们合不来。丢了工作以后，他无法面对现实。"

"嗯，把他弄到这里来！我们会帮助他的。"

他试图说服简带科伊来周三晚上的祈祷会。"有两种男人，"乔说，"去教堂的和不去教堂的。永远不要和不带你上教堂的男孩鬼混。"

"我知道。"

乔和简道别,他像恋人一样搂着她。简闻到了他呼吸里的口香糖味。

"你汉堡里加一块肉饼还是两块?"简问她父亲。

"一块,不,两块。"弗农看上去犹豫不决,"算了,还是一块吧。"

他们在湖边用餐。拖车房是简前老板的,他曾答应让她周末过来时偶尔用用。简想让父亲换个环境,她带了一冷藏箱的食物过来,弗农则带上了他的狗布福特。他为简不让他带啤酒发牢骚,不过他还是偷偷带了一瓶威士忌,而且他已经喝醉了。简怒火中烧。

"你怎么能在那台破电视上看《霍根英雄》?"她问道,"信号接收太糟糕了。"

"我都看了无数遍了,我知道接下来会怎样。看见那架机关枪了吗?注意那个碉堡上的家伙,他马上就要开枪射击。"

"那是个碉堡?我还以为是头长颈鹿呢。"

他们坐在外面的野餐桌旁用餐时,布福特想坐到简的腿上。这条狗有着斗牛犬的阔肩和奇瓦瓦细腻的面部特征,它在一群叮人的小虫子中间走来走去。

"狗坐在我腿上我无法吃。"简把狗推开,"科伊想回来,"她告诉她父亲,"他又找回自尊了。"

"别让他回来。"

"他的男子汉气概比你想象的要大。"简笑了起来,"乔说他能帮助我们,他要我们周三晚上去他的祷告会。"

"我到底做错了什么?"弗农对着一棵树无助地问道,"一个孩子为了不进监狱传起道来,另一个却愿意生活在罪孽中,败坏自己的名声。"弗农转向狗接着说道:"都是我的错。伤害你的永远是你的孩子。"

"你自己呢?"简冲他喊道,"你成天喝酒让我们担惊受怕,却希望我们活得像小天使。"

她端着盘子进到屋里,把电视调到《野战医院》。由于没装有线电视,信号接收糟得无法再糟了,人像在屏幕上波动。"鹰眼"和 B. J. 变成了波浪起伏的线条,跌跌撞撞的醉鬼。

那天晚上,醉卧在沙发上的弗农呼噜打得震天响。简觉得像他这样才叫睡觉,她总觉得科伊睡觉就像是在打盹。她想科伊了,但是怀疑自己还能不能与男人相处。她打过交道的人里面,她都不得不应付这样或那样难以容忍的习惯。简不确定硬摇滚有没有让她的心变硬,不再痛苦和混乱。她父亲没救了。过去他常把自己灌醉了,然后把母亲的好盘子往墙上扔。他把盘子在桌上排好,一个接一个地砸碎,直到她放弃了,把车钥匙还给他。出了车祸后他总是心怀歉意。他补救过错的方法很奢侈,带回家荒唐可笑的礼物,比如一大堆桃子,或者装在白色硬纸板叠成的用来装金鱼的盒子里的牡蛎。有一次,他带回来金鱼,但是简的母亲期望的却是牡蛎。她的失望伤到了他,他又去买牡蛎。有一年,他离家出走去了底特律。几个月后,他回来了,简的母亲原谅了他。那时身患癌症的她正挣扎在死亡线上,简怀疑他因为来不及与母亲重归于好而无法原谅自己。

布福特在拖车房里烦躁不安地走来走去。简睡不着,床有股霉味,睡上去疙疙瘩瘩的。她回想起她妈讲给她听的一个故事。一个女人被困在了狮笼里,狮子想和这个女人交配。驯狮员在笼子外面大声吼着指令——她应该怎样用手去抚弄狮子,直到它满足了。被狮子压在身下的女人由于听从了那个男人的指挥而捡回一条命,这与她母亲教导她的应付丈夫或者强奸犯的策略相似。她把母亲想象成那个困在笼子里的女人,听从驯狮员发出的指示——尽一切所能保住自己的性命。简在回想她母亲说过的话,那个"狮子"的眼睛变得恍惚了,它翻了个身睡着了。

简觉得自己其实希望男人在某些方面像狮子。她喜欢科伊的温柔,但希望他在某些场合更具侵略性。《唐纳修》节目里的女人说她们也这么希望,一位观众说鱼和熊掌不可兼得。

整个周末简都在劝说弗农去钓鱼,但是自从涨价后他就没有更新过他的钓鱼执照。他抱怨她带来的蛋糕,坐在那里喝个没完。简在听收音机,同时在读一本书名叫《工作》的书,是一本讲与职业有关的东西的书。"各种各样的工作。"当父亲问她在读什么的时候她回答说。她已经不再努力逗他开心了,不过到了礼拜天傍晚，他柔和了许多，话也多了起来。

坐在野餐桌旁，简看着太阳坠入橡树的背后。"看，多漂亮啊。水面上的光看上去就像是融化了的橙色冰棍。"

弗农咕哝了几声，表达了自己对落日的赞赏。

"我想让你高兴起来。"简平静地说。

"我是个老傻瓜，"他说，"从来一钱不值。这个国家剥夺了小人物所有的机会。要是没有这些共和党和民主党，我们会好得多。"

"我们不是非得从这两个里面挑选一个吗？"

"把它们都扔掉。反正它们相互抵消。"弗农捉住一只蚊子，"少数人统治国家。他们已经把宪法弄得不成样子了。"

太阳消失了，蚊子飞出来了。简拍打着自己的胳膊。她的脚趾头压在狗的身下，热得像是待在烤箱里。她把狗推开，狗走过露台，一团虫子跟随着它。

"跟我说说，"简在吃饭的时候问道，"那次你把乔和我扔给妈，一人跑到底特律干吗去了？"

弗农耸耸肩，喝了一口刚斟满的酒。"去克莱斯勒[1]上班。"

"你为什么要离开我们？"

"你妈容不下我。"

---

1 美国的一家汽车公司。

越来越深的夜色里简看不见父亲的脸，所以胆子大了起来。她深吸了一口气，说："我估计在你离家出走后很长一段时间里我都有种犯罪感，不是因为你的离开，而是因为我想要你离开。没有你，妈妈、乔和我活得都很好。我喜欢搬去餐馆，和妈妈住在餐馆的楼上，她下楼为客人做汉堡。我觉得我之所以喜欢这样的安排，并不完全因为我可以想吃多少汉堡包和奶昔就吃多少，更重要的是她喜欢那份工作。她喜欢招待客人，为大家做吃的。不过你回来我们还是蛮开心的，我们又搬回家住了。"

弗农不停地点着头，像是要说什么。简起身打开露台上的驱虫灯。她说："这就是我近来的感触，自己生活。如果我像妈一样发现一件自己喜欢做的事情，我就很幸福了。"

弗农往印有"优胜美地山姆"卡通的玻璃杯里倒了点波旁威士忌，若有所思地点着头。他呷着威士忌，久久凝视着黑乎乎的湖面，简以为他在准备一个催人泪下的忏悔或道歉。终于，他说了一句："宪法已被糟蹋得不成样子了。"说完他把盘子放在地上让狗去舔。

第二天早晨是工装裤日。布什太太的晾衣绳上挂了一排深绿色的工装裤和配套的衬衣。裤子很厚重，皱巴巴的。太阳出来了，下午简购物回来，衣服上的皱褶不见了，裤子看上去很松软。简伸手到车子的后座去拿装食品的袋子——汤、牛奶、麦片和降价的莎莉牌芝士蛋糕。

"天气变好了,是不是呀?"布什太太大声说道,她端着一筐衣服出现了,"他们说另一个冷空气的前沿就要到来,会有一场风暴。"

"希望如此。"简希望来一场龙卷风。

"告诉你一个好消息,"布什太太一边把夹子丢进塑料筐一边说,"和我一起上班的女孩怀孕了,她下周就不干了。"

"我原来觉得'罗曼诺花园'是我最想去工作的地方,不过现在很难说。"简说。和布什太太一起做女招待,那又会怎样呢?

"是份好工作,他们有最好的美味佳肴,管饱。"

她掉了一个衣夹,简帮她捡了起来。简说:"我要去参军。"

布什太太大笑起来。"杰米还在加利福尼亚。他们让他坐飞机回来再飞回去,可是他就是不愿意回家。难道男孩子就该这样对待他们的妈妈?"她摸了摸一条裤子的裤腿,皱了皱眉头。"我得走了。待会儿你能帮我把裤子收回来吗?"她问道,"如果我迟到了,老板会杀了我的。"

放食品的时候,盒装麦片掉到了地板上,纸筒装的牛奶也在往外漏。简把"摇滚-95"的音量调到最大,然后撕开芝士蛋糕的包装,从蛋糕的中间开始吃。简感到一种陌生和震颤。一个简单的想法可以突然改变一切,就像一场龙卷风。她生活中的每一样东西都在聚拢,像一大束试图穿过针眼的线条。她想象把一条彩虹拉直了，卷起来放进一根管子里。声波在彩虹上行走。她无法向科伊说清楚这些感觉，连她自己也闹不明白。今天，她路过沃尔玛商场的时候，科伊看上去在担心她。这是疯狂的一天，一个愚蠢的周末。拿到失业救济金支票后，她申请了"贝蒂精品店"的一份工作，发现那份工作五分钟前刚被别人拿去了。沃尔玛商场里，科伊正在宠物部巡检。穿着棕色格子呢裤子、蓝衬衫，打着黄色的领带，他看上去时髦舒适，像是终于找到了自己的归宿地。他像一个把获得服务纪念奖作为终生抱负的男人，这样他的照片就能登报，并可以和他的老板握手。

"我希望你帮我热好炕头。"他轻声对她说道，身边的顾客近得都能听见。他碰了碰她的胳膊肘，用拇指偷偷地戳了一下她的腰。"今晚我得上班，"他继续道，"我们要盘点货物。不过我们得谈谈。"

"好吧。"她说，她的眼睛被一个鱼缸吸引住了，几条引人注目的蓝色的鱼像蜻蜓一样快速移动。

出商场的路上，未经思考，她买了一个装化妆品用的旅行包，里面有放牙刷、护肤液和肥皂的塑料盒子。她不确定自己要去哪里。开出停车场时，她想起科伊说这句话时的骄傲神情："我们要盘点货物。"好像他和沃尔玛的大官们关系很铁似的。这不像他的做派。她在骗自己，只因为他是个甜蜜的恋人，就对他寄予厚望。她曾经觉得他是个理想的男人，就像妇女杂志里面描绘的当代男性，但他只不过是个巡检员。干这种工作没有一点前途。多年来女人们一直身处焦急等待的地位,她记得父亲很晚出门喝酒时,母亲总是焦急地来回踱步。

在陆军征兵点,简把一叠小册子塞进包里。她每样取了一份。在一块公告牌上,她读着职业规划栏里一串听上去奇奇怪怪的名词,比如防空火炮、导弹维护、弹道导弹维护、作战工程、截获系统维护、密码运作、地形工程。这些词触动了她,让她惊讶不已。

"我想做这个,"她告诉征兵的人,"通讯和电子设备操作。"

"这是我们顶级的领域,"那个男人说,他穿着装饰着亮闪闪绶带的军装,"你要是加入肯定会大有作为的。"

后来,在厨房里,嘴里塞满芝士蛋糕,简读着有关电子设备的小册子,在"野外无线电台""电报交换机""无线中继设备"这些短句前停留。有些电子设备操作需要特别的机密资格。她设想自己待在某个遥远的地方,一间控制室里,为战争发送信号,就像负责电视上体育专题节目的工程师。她不想去打仗,不过假如有场战争,女人应该参加。她想象自己身处一场战争,蹲伏在丛林里,流着汗,瞭望敌情。战争的声音会像摇滚乐发出的声音一样,咄咄逼人,令人心满意足。

她睡得特别沉,第二天早晨科伊来电话时,电话铃响了好几声她才醒过来。"摇滚-95"震耳欲聋。她还迷迷糊糊的,但想知道音乐声有没有大到通过电话线也能扰乱他的平静。

"我在努力回想你说过的关于醒来的感觉。"她睡意蒙眬地说。"你知道我喝完咖啡才能听。"

"我以为你戒掉咖啡了。你妈给你烧咖啡吗？"

"是的。"

"我知道她会。"简坐起来，调低收音机音量，"哦，我想起来你说的了，你说过就像是刚被生出来一样。"

科伊曾经说过睡眠的放松让他毫无防备，像被打散了一样，所以白天是用来调整自己，重建自己的防备系统。睡眠是一种忘却，到了白天他必须把力量聚集起来，回忆自己是谁。对他来说音乐是对脆弱生活的侵犯，现在简为自己对他的不公感到难过。

"我可以过来吃早饭吗？"他问。

"你把烤面包机拿走了，我做不出你喜欢的面包。"

"我们去'奶牛场'吃乡村火腿和松饼吧。"

简的床单脏了。她原来打算去自助洗衣店洗，再带回家晒干，这样省一点钱，也在女房东那里挣点印象分。她说："我把要洗的衣服丢在洗衣店就过来找你。我有话要跟你说。"

"希望是好事情。"

"不是你想的。"收音机里，洛·史都华[1]又蹦又跳，欢快地唱

---

1 洛·史都华（Rod Stewart，1945— ）：英国摇滚歌手，曾经是世界上最出色的摇滚歌手之一，以独特的形象与嗓音闻名于音乐界。同时也是最有才华的唱作人之一，是20世纪60年代后期英国摇滚入侵美国的标志性人物之一。

着《年轻的土耳其人》。简觉得自己老了很多,她和科伊已经老得不再是两颗年轻的心,今晚有空,像歌词所说的那样。简说:"红眼肉汁,这是我想要的。你觉得他们会有红眼肉汁吗?"

"当然会有红眼肉汁。谁听说过不加红眼肉汁的乡村火腿?"

挂了电话,简把床单在客厅的地毯上铺开,然后把内裤、衬衣和宽松裤丢在中间。色彩大碰撞。龙卷风刮过的花园。把牛仔裤也扔进去后,她把床单对角打上结,再把捆成一包的衣服放在门口。化妆的时候,她演练着要对科伊说的话。她想象着他张口结舌的样子。她想象把自己的熟人全部集中在一个房间里,这样她就可以像召开记者招待会一样向大家宣布。这么做会非常正式。

拎着一大包脏衣服,她磕磕碰碰地下楼梯。从过道上方一扇窗户射进来的一束光照亮了楼梯。简飘浮在光线里,身边是发亮的尘埃,她无声地穿过这束光线。突然,她想起了卫生间里放着的一件脏T恤衫。她让包裹顺着楼梯滑到楼下,返身回到公寓。离开时她没关收音机,有那么一阵,站在门前的她觉得家里肯定有个人。

高粱饴

丽兹凌晨 3 点醒来,她听出来车道上隆隆作响的车子是丹尼的,那辆车的消音器上有个洞。随后她听见车子掉了个头,沿着街道疾驶而去。远处,丹尼在小区街道上来回飙车,轮胎不停地发出尖叫声。她在等撞车的声音,但车子开回来了。丹尼再次倒车,冲上街道,轮胎在尖叫。她吓坏了,心想,会有人给警察打电话的。

"爹地在干吗?"卧室过道暗淡灯光下的一个小人影问道。梅丽莎拖着她碎布娃娃的一条胳膊站在那里。

"没事,宝贝。"丽兹从床上下来,弯下腰抱了抱她的孩子。

"也吻一下玛瑞塔·露易丝。"梅丽莎说。

丽兹一只手抱着梅丽莎,用另一只手梳理着小姑娘的头发。为公平起见,她也拍了拍玛瑞塔·露易丝的头发。

"他在开车兜风,宝贝。"丽兹说,"现在路上没车,所有的街道都归他了。"

"爸爸不爱玛瑞塔·露易丝。"梅丽莎嘴里嘟嘟囔囔,"他说玛瑞塔长得好难看。"

"她不难看!她好可爱。"丽兹把梅丽莎弄回到她床上。"我在这里陪你。"她说,"我们别出声,别把迈克尔吵醒了。"

车子再次轰隆隆地开进车道,车门"嘭"的一声关上了。丹尼在轮胎厂上中班,下午四点到午夜十二点。过去几个周五的晚上,他回来得都很晚,总是醉醺醺的。丽兹在廉价品商店上白班,平日她和丹尼待在一起的时间,两人都在睡梦里。到了周末,看到醒来并变老了的对方,两人都很震惊。他们就像两地分居的夫妻,她心想,但却没有这么做带来的好处。丽兹不再像以前那样爱丹尼了。他喝醉酒的时候,做起爱来就像是在种玉米,她一点儿也不享受。

周四晚饭后,迈克尔和梅丽莎去了住在同一条街上的朋友家玩,丽兹在听收音机里一个有特异功能的女人主持的节目,她叫苏·安·格罗姆斯。

"你好，请讲。"

一个男人说："能告诉我我会被解雇吗？"

"不会，不会的。"苏·安·格罗姆斯说。

"OK。"那个男人说。

"你好，请讲。"

一个嗓音细长、有点犹豫的女人说："我把婚戒弄丢了。我该上哪儿去找？"

"我看见一栋高房子，"苏·安说，"带地下室的。"

"你肯定是说我在法院上班的时候。"

"我得到一个很强的画面，一栋带地下室的大房子。"

"好吧，我去那里找找。"

苏·安·格罗姆斯是本地人，中学时和丽兹的哥哥同班。她做这个节目已经快一年了，人们打电话问她金钱和家庭方面的问题，还有很多与癌症开刀有关的问题。苏·安总有一个答案，就挂在舌尖上，而且她还都能答对。太神奇了。丽兹认识一些给她打过电话的人。

丽兹紧张地拨打电台的电话。她拨了好几次才接通。她需要排队等候，便在厨房的一张椅子上坐了下来，耳朵里是电话的音乐声。当苏·安说出"请讲"时，丽兹跳了起来。她慌慌张张地说："呃——我丈夫是不是有外遇了？"

苏·安停了下来，心灵感应家通常不会停下来思考的。"我的答案恐怕是'是'。"她说。

"哦。"

接听其他电话时，苏·安·格罗姆斯好像进到了快进模式。生病的孩子、癌症、丈夫失业，答案混成一团。丽兹感到一阵凉意传遍全身。她在商场工作的朋友菲曾劝她出去冒冒险。离了婚的菲周末把孩子扔在她妈家，自己去帕迪尤卡的高级饭店约会。菲不仅追逐男人，她还对有怪癖的人感兴趣。可能是一个养孔雀并自己做苹果酱的老妇人，或者是个跳肚皮舞的。菲曾在"西部酒店"遇到一个跳肚皮舞的，那个女的当初学这门艺术纯粹是为了取悦丈夫，因为她的肚脐能引起他的性欲，但是她却由此开始了自己的演艺生涯。她靠跳肚皮舞走遍了全美国，菲说。

天还没黑，丽兹开车出去兜风，她希望自己的雪佛兰是辆轻巧的跑车。经过"假日酒店"时，她看见旅馆大门上挂着"欢迎德士古石油公司贵宾光临"的横幅。她停在一个德士古加油站加油，琢磨着什么样的贵宾会来这个小镇。因为可以买到烈酒，帕迪尤卡经常举办大型会议。一个脾气乖戾的年轻人帮她加满油。

"那些贵宾在哪儿？"她问道。

"什么？"

她说到"假日酒店"的横幅。

"我不知道。"他耸耸肩，笨手笨脚地找着零钱。他看上去并不迟钝，只是有点沉闷。丽兹一踩油门冲出加油站。她感到欲火中烧，但并不针对某个特别的人，她不知道会怎样，但期望迟早能弄明白。在高速公路的一个三岔路口，她放慢了速度，一些年轻人在那里擦洗车窗，为白血病募捐。

"为什么我们不偶尔去一次高档点的饭店？"那个周末她问丹尼。菲去过湖边的一家饭店，那里的面包是放在花盆里烤出来的。饭店里装饰着古董和野生动物标本。

"你总想要那些我们买不起的东西。"丹尼边说边拧开啤酒瓶的盖子，"你想要一个微波炉，现在到手了。到手的越多，你要的越多。"

她提起他一直想要的奥兹莫比尔牌的汽车（他父亲常用奥兹莫比尔起誓），不过这么做太费精力了。他一把拽过她来，粗鲁地搂住她。"我怎么你了？"被她推开时他问道。

"没什么。"

"你有点奇怪。"

"我只不过有点沮丧。我想回学校完成学业。我没把大学读完，我应该读完。"

"你上了两年学，可是对你没一点用处。这里找不到一份需要大学学历的工作。"

"我只是希望把开了头的事情做完。"她说。

他咧嘴一笑，用啤酒瓶斜指着她。"厂里一个家伙说他老婆去上学,结果她彻底变了个人。她改了发型、饭菜的味道等等。他看着她的照片,觉得自己或许被人骗了,她不是原来那人了。这样的事还真不少。"他若有所思地说。

"不过,总不能得过且过吧。"丽兹怒气冲冲地说。丹尼陌生地看着她。

菲曾对丽兹说起过一个做高粱饴糖浆的人。"我在跳蚤市场认识的,一个讨人喜欢的老头子,他用老式的工具做高粱饴。"丽兹特别馋高粱做的糖浆,上次吃这种糖浆的时候她还是个小姑娘。周五下班后,她开车去了那里。

萨默农场地处五英里外的乡下,靠近一座破落的旧村庄,那里有一家老式的百货店(油漆剥落,挂着"乐倍"的招牌)。克莱特斯·萨默住在一栋崭新的牧场式砖房里,亮闪闪的白色碟形天线霸气地蹲在后院里。年久失修的谷仓灰蒙蒙的,屋顶塌陷。几位来访者正在一个棚子跟前围观一个老头在桶里熬糖浆。桶下方的火苗散发出的热浪烤着丽兹的脸庞,她往后退了一步。这个老头已经做了好几十年糖浆,她心想,而她甚至无法让丹尼把鸡烤熟了。

那只桶被分割得像一座老鼠迷宫,克莱特斯·萨默用一把铲子让液体在迷宫里流动。他不时铲起浮在表面的泡沫,糖浆是绿色的,像水塘里的淤泥。

"这是第二锅。"他对来访者说,"昨天我花了一整天做了一锅,结果被我倒掉了。味道不对,有股绿味。"

"看上去确实是绿的。"丽兹说。

一个头戴牛仔帽、身穿红色 T 恤衫的年轻人说:"本来应该让驴子转着圈碾压高粱秆的。但是爸爸造了一台机器来榨汁。"他笑了起来,"老一辈不是这么做的,是不是呀,爸爸?"这个男人皮带的大铜扣上,"ED"两个大字叠在两把交叉的邦联步枪的图案上。"还记得那次那个老农用高粱酿私酒,结果酒被猪喝了,最后还喝醉了?"

男人们大笑起来。老头说:"到处都是吆唤猪的声音!那个老农也被猪撞倒了,昏倒在猪圈里。"他恶狠狠地踢了一脚火堆里的一根木头,"该死的!这些木头烧不着,它们还完全是绿的呢。"

"这里什么都是绿的。"丽兹说,端详着滑溜溜的糖沫。散落在地上的高粱叶绿油油的。

"过去只要有一家做糖浆,邻居们都会来帮忙。"艾迪说,直直地看着丽兹。她觉得他长得很帅。

"现在的人干起活来都不靠谱。"老头咕哝道。

"你这话是什么意思?"丽兹问。

"说你干活不靠谱就是说你懒呗。"

后来,当她把买来的一加仑糖浆放进车里,并停住脚步抚摸猫咪的时候,丽兹又看见了那个叫艾迪的男人,他坐在一棵树下,正在读一本简装书。他体型很棒,有张粗糙坚毅的脸。他朝她笑了笑,一种扭曲的笑容,像贴在糖浆罐子上的标签。

"你住在附近？"她问道，"我从来没见过手里拿本书，懒洋洋地坐在树下的农民。"

"不住在这儿，我刚从孟菲斯赶过来给我爸爸搭把手。我在那里做生意——卖音响。"他合上书，用拇指卡住读到的地方。这是一本关于希特勒的书。

"我一直喜欢往煎饼上抹糖浆，"丽兹说，"但是我从来不知道糖浆里面到底有什么。"

"和爸爸待在一起是在接受教育。他还在用老法子做事情，不过没这个必要了。"艾迪瞟了他父亲一眼，后者正朝糖桶弯下腰，用一把木头勺子品尝糖浆。他似乎还是不满意糖浆的味道。"爸爸的状况很糟糕——经常忘事，不过他闲不下来。他有个女朋友，还自己开车去镇上。顺便告诉你一声，我叫艾迪。"

"我猜到了。我叫丽兹。"

"你最喜欢吃什么，丽兹？"他问道。

"冰激凌，问这干吗？"

"随便问问。你最喜欢哪个影星？"

"有时候是克林特·伊斯特伍德[1]，有时候是保罗·纽曼[2]。"

---

1 克林特·伊斯特伍德（Clint Eastwood, 1930— ）：美国著名男演员、导演，以演西部牛仔硬汉著称。

2 保罗·纽曼（Paul Newman, 1925—2008）：美国著名演员、赛车选手、慈善家。曾获得戛纳影展、金球奖、艾美奖最佳演员奖，以及奥斯卡终身成就奖。

"你想和我去吃冰激凌,然后再去看一场保罗·纽曼的电影吗?"

她笑了起来。"假如我丈夫知道了,他会不高兴的。"

艾迪说:"要是'假如'和'但是'是花生和糖果,我们每天都在过圣诞节。"

她大笑起来,他把牛仔帽往下拉了拉,遮住眼睛,从帽檐下方挑逗地看着她。"你丈夫有什么我没有的吗?"他问道。

"我不知道。我从来见不着他。"她说,后悔提到自己有个丈夫。"我俩关系不好。"

"那不就得了,走吧。"

坐上艾迪的红色卡马罗,他们朝帕迪尤卡驶去,走的是小路,经过熟了的烟叶地,盛夏的热浪烤着地里的玉米。艾迪开车很谨慎,丽兹想象不出他会在凌晨三点把邻里搞得惊恐不安。蜿蜒的小路穿过遗弃的小镇和破落的农庄,丽兹觉得很兴奋。原来这么容易。这就是菲每个周末干的事情。

"我死后不想被火化。"经过一个小型家庭墓地时艾迪说。

"现在好多人都火化,我觉得这没什么了不起的。"

"我妹妹烧伤了她的狗,兽医不得不让狗安乐死,她把狗火化了。还把装骨灰的罐子放在壁炉架上,当成了一件古董。"

丽兹感到手臂上起了一层鸡皮疙瘩。她想象自己是一部电影里的某个角色,在女孩遇到男孩的浪漫场景里。她说:"我想看一部新电影,里面有切维·切斯[1]。"

"我以为他已经死了。"

"没死,他还活着。"

"不记得是哪位影星死掉了。"他说。

商场里,他们在一家"睿侠"[2]询问立体声音响部件的价格,("查看一下竞争对手。"艾迪说)然后在商场中央的一个小亭子里穿上西部服装拍照。丽兹选了一件低开领的长袍和一条带羽毛的披肩,她在帘子后面换衣服的时候对着镜子里的自己咯咯地笑着。艾迪选了一顶没有任何装饰的黑帽子、蝴蝶领结、一件绿夹克和带吊带的羊毛裤。开照相亭的妇女说:"你们看上去真棒。拍完这种照片后大家都很开心,我想这会把他们带回到从前那个简单的时光里。"

"要是真有这么个时光就好了。"艾迪点点头说道。他们在相机前摆姿势的时候他说,"这是巡回牧师眼中的'琼斯小姐的诱惑'[3]。"丽兹认出走廊对面鞋店门前一个她认识的女人。丽兹扭过头去,希望没被那个女人认出来,而艾迪则忙着填一张表格,好把洗好的照片寄到他孟菲斯的家里。

"想吃什么就点什么。"在商场的一家餐馆里艾迪说。丽兹点

---

1 切维·切斯(Chevy Chase,1943—):美国喜剧演员。
2 美国一家卖小电子产品和配件的全国连锁商店。
3 此处的琼斯小姐是指美国著名色情片《琼斯小姐的心魔》里的女主角。

了卡津香味鸡和一杯玛格丽塔。她从来没吃过卡津香味鸡,价格不菲,不过她觉得艾迪肯定很有钱。她松弛了下来,开始享受生活。她爱喝玛格丽塔。她说:"我店里的朋友菲上周去一个地方吃饭,你从别人端来的一个盘子里挑选肉,然后就在餐桌上自己动手烤着吃。我告诉她说,如果需要自己动手烧,我看不出外出吃饭的意义。"

"你丈夫常带你出去吃饭吗?"

"没有,他上下午四点到半夜的班。而且,他所谓的出去吃就是去麦当劳。"

"他让你感到幸福吗?"艾迪呷着酒,眼睛盯着她看。

"没有。"丽兹说,有点尴尬。"他常喝醉酒,和其他女人鬼混,所以他才不在乎我干吗呢。"她把通灵家的话告诉了他。

"我曾经让人看过一次手相。"他说,"佛罗里达有个镇子,那里到处都是通灵家。"

"真的吗?"

"真的。我去过那里一次,找了六位看手相的人看我的手相。"

"发现什么没有?"

"我的生命线弯弯曲曲,我会有一个危险且没有结果的人生。"他展开手掌,追踪着他的生命线。丽兹看见那根曲线,就像来帕迪尤卡的小路。

"你有孩子吗?"她问道。

"没有真正意义上的,我结婚的时间从来都不够长。"

丽兹大笑起来。"生个孩子要不了多少时间。"

"你有吗?"

"有——两个,迈克尔和梅丽莎,一个八岁一个六岁。他们把我弄疯了,不过他们是金不换。"

又买了一杯酒后,艾迪说:"有次我看见一个在儿童棒球队打棒球的小孩子。他是个十全十美的小家伙——金头发,蓝眼睛,聪明得像个小人精。他球棒握得很好,跑得也快。你知道我干吗了?我找到他妈,把她娶了,立刻就有了一个很棒的孩子,一个可以带去钓鱼和玩抛球接球的伙伴。"

"后来他怎样了——还有她?"

"哦,长大后他麻烦不断。不过我在那之前就离开了。"

"说说你自己,"她急切地说,"我什么都想知道。"

丽兹有种满不在乎和自由了的感觉,在那个夏天和秋天,她开始不定期地在周五晚上与艾迪约会。让迈克尔和梅丽莎周五晚去她父母家玩很容易,那里有有线电视。丽兹的借口,和菲以及其他几个姑娘打牌。

艾迪要是周末从孟菲斯过来给他爸帮忙,他会打电话到店里找丽兹。萨姆先生有个女朋友,她平日照料他的生活,但周末要开车去看望自己的家人(她丈夫在蹲监狱,儿子住在一家精神病院)。艾迪结过两次婚,每次都是与在服装店上班、穿着时髦的女人,但他坚持说她们都没有丽兹漂亮。他告诉她她很性感,他喜欢她想到什么说什么的做派。她在商场和他碰头,一般先吃点东西,然后丽兹把自己的车停在那里,坐艾迪的车去萨姆农场,艾迪在堆放糖浆设备的棚子里整理出一套小公寓。那里是他儿时的俱乐部。房间很舒适,艾迪甚至在里面安装了一套音响。当他们在窗前一张单人床上充满激情地做爱时,丽兹没听过的圆润低沉的音乐充满房间,就像是从教堂管风琴里发出来的。丽兹感到幸福,但是照进来的月光让她为自己的行为战栗,好像月亮正在窥视她,但是她不相信月亮会在意。她在想如果丹尼发现了会怎样,他会不会把孩子从她身边夺走。她不这么认为。她不知道有哪个女人失去过孩子的监护权,特别是当她丈夫是个酒鬼和沾花惹草的人。不过有人觉得出轨的女人更坏。他们觉得男人理当如此,但是女人应该做得更好才对。丽兹对此不理解。不过她不知道自己怎样才能离开丹尼,靠自己养活孩子。她希望能够带着孩子去孟菲斯和艾迪住。他曾经告诉过她他的公寓有公共游泳池,而且他还加入了一个乡村俱乐部,丽兹不知道自己该不该相信他。他宣称的生活方式似乎有点牵强,与陈旧的农场和高粱地对不上号。不过周五待在棚子里的那些夜晚,她感到自己的生活就像挂到五挡的车子一样飞起来了。她见不到艾迪的父亲,他独自待在那栋小牧场式小砖房里,看着从太空飞入他卫星天线的东西。

秋天的一个礼拜五，艾迪告诉丽兹下一个周末他想带她去里尔富特湖[1]。他把被子拉平了，弹去上面的灰土。开始穿衣服时他说："我想带你去参加我和朋友每年一次的野味晚餐。"

"可是那么远，半夜之前赶不回来。"

"你可以住在那里，我的一个朋友在湖边有栋房子。"

"丹尼会发现的。"黑暗中她看不见艾迪的脸。他靠近窗户站着，正在穿靴子，一只脚踏在一个高粱饴罐子上。

他说："我才不在乎他发现没发现呢，除非他跑过来一枪崩了我。"

"他块头不大。"丽兹在扣衬衫的扣子，"他的块头没你大。不过我有点怕，我不知道跟你这么下去会怎样。"

"嗯，我也不知道跟你这么下去会怎样。"艾迪说，扣上他的"ED"皮带扣，"不过我们会在里尔富特湖玩得很开心。野味晚餐很不一般，会有野鸭和各种野味——负鼠、浣熊、野兔、狐狸等等。"

"哦，你在逗我吧！"她大喊道，"你真会开玩笑。"

"和我一起去吧。这是一个传统，一件有点意思的事情。"

礼拜四晚上，丽兹没有先睡，等着丹尼回来和他说事。她不

---

[1] 美国田纳西州的一个国家公园。

想和他吵架,所以没提他周五晚例行的寻欢作乐。当他把脱下来的工作服扔进装脏衣服的筐子里时她说:"你明晚回来时我有可能不在家。"

"为什么?"

"我和菲要去田纳西的一个地方,那里有一个里面全部是直销店的购物中心。"那里确实有一个这样的购物中心,菲去过。"路太远了,我们想礼拜五晚上开车过去,住在菲的一个朋友那里。"这个故事是丽兹和菲一起编的。

"好吧,"丹尼说,"如果看见价钱合适的501牛仔裤,给我买两条。"

下班后,丽兹把车子停在富尔顿火车站,艾迪在那里和她碰头。他穿着绿色运动服,领带上印着飞翔的野鹅,看上去很帅气。去见他的朋友让丽兹感到紧张。"哇,快看,美国小姐。"他们停在一个加油站好让她换衣服时他说。为了不引起怀疑,她没带箱子,用一个购物袋装着衣服。

"我从来没机会穿戴打扮,"丽兹很开心,"我喜欢这条长裙子,减价的时候买的。"

等到里尔富特湖进入眼界,太阳已开始落山,丽兹也饿了。艾迪减慢了车速,说:"看那个湖。你能想象那个湖是地震造成的吗?很久以前的事了。有人说又该有一次地震了。"

"希望不是这个周末,"丽兹说,"我每次想去加州都会这么想——就我这运气,我到了那里肯定会赶上地震。如果这个周末这里发生地震,那是为了惩罚我。也许我该先给苏·安·格罗姆斯打个电话。"

艾迪握住她的手。"别紧张。"他说。

"当你处在某个关键时刻时,你不紧张吗?

"什么样的关键时刻?"

"我也不知道。我只是觉得会出事。"

"我觉得自己永远处在关键时刻。"艾迪说。

"是呀,你经验丰富,有很多值得炫耀的东西。"

"马马虎虎吧。我不再种地了,这算得上点什么吧。"

"你幸福吗?"她问道。

"幸福?"

"你得到自己想要的了吗?"

"没人得到所有自己想要的,"他说,"大家总是不满足。不幸的是钱不是万能的。"

"虽然不是万能的,但有帮助。"

艾迪开上一条窄土路。"我们马上就到了。"他说,"乔的乡间别墅很漂亮。说到钱,他在孟菲斯卖女帽发了大财。"他笑了起来。"他的帽店的名字叫'让·沙托沙波'。"

"他很有钱吗?"丽兹大叫道,"我从来没和有钱人一起待过,我不知道手脚该往哪儿放。"

"哦,他也没那么有钱。"艾迪让她放心。

"他们用'手指碗'[1]吗?如果他们有'手指碗',那一定很有钱。还有很多刀叉。"她咯咯地笑着。

艾迪笑了起来:"你《豪门恩怨》[2]看多了。"

"他们确实很有钱。"看见别墅后丽兹说。"我知道湖景房值多少钱!我确信这栋别墅值十五万。"

"嘿,别大惊小怪的。"艾迪说,"至少,你比这儿所有人都年轻漂亮,你记住这点就可以了。她们都会嫉妒你的。"

这是一栋两层楼、带大窗户的瑞士农舍风格建筑。艾迪领着丽兹从地下室那层进到里面,那里有个带水池的酒吧,几位衣着既有品位又不张扬的人站在吧台前喝酒说笑。丽兹穿着大红色的裙服——菲的主意。被介绍时她有种不合群的感觉,那些名字立刻就从她的脑子里溜走了。在车里吻她时,艾迪脸上的剃须液味道很浓,像件圣诞礼物。但是在这个上档次的别墅里,当加入他朋友的打猎交谈中后,他成了一个陌生人。在她看来,他完全可以是个毒品贩子。

---

[1] 正式晚宴上用来给客人洗手的碗,碗里除了水以外,通常还有柠檬、鲜花等。一般在上甜食之前使用。

[2] 美国广播电视公司(ABC)发行的肥皂剧(1981年1月—1989年5月),讲述居住在丹佛的一个富人家庭的故事。

"玛格丽塔？"艾迪问道，丽兹点点头。

丽兹端着酒杯勘察别墅，一个叫南希的女人领着她四处参观。丽兹估计她是这里的女主人。"我们很久没有这么多客人了。"南希笑着说道，"真荣幸。"

"那张双人沙发真漂亮。"丽兹嘀咕了一句。她在想沙发值多少钱。陶瓷蓝丝绒，带白色木头镶边的沙发。要是放在她家，要不了十分钟小孩子就会把东西撒在上面。

"我们买了那张双人沙发来庆祝我们结婚十周年。"南希说，"十年了，还那么相亲相爱！我们觉得非常浪漫。"南希的笑声有点轻佻，她小口喝着高脚杯里一种浅色的液体。"不过我们是一对浪漫的傻瓜。"她说，"我们的儿子生出来的时候，1979 年，我写了一整本的诗！它们就这么喷涌而出，那时我还在医院住着。我们找了一个做印刷的朋友把这些诗歌印刷出来，效果很不错。"

丽兹在一间金黄色的大到可以在里面跳舞的奢侈洗浴间里梳理头发，她把酒杯放在一个长长的大理石台子上。悬挂着桃金娘和吊兰的温室窗户边上有一个埋在地下的按摩浴缸。丽兹此前出来没见过热水浴缸。浴缸里的热水在翻泡泡，蒸汽糊住了温室的窗户。外面天已经黑了，但是她能模糊地辨认出湖边伫立的柏树，像一群涉水行走的大鸟。她足蹬高跟鞋，歪歪倒倒，急匆匆地走出洗浴间。她突然有一种恐怖的想法，觉得客人们会脱光衣服一起下到热水浴缸里。不然的话为什么要给浴缸加热？她听说眼下很时髦这种疯狂的聚会。

丽兹在小客厅见到艾迪,他正和一个穿着用迷彩面料做的无尾礼服的矮胖男子说话。小客厅里有好几排放着做诱饵用的假鸭子的架子,所有的假鸭子都面朝同一个方向。丽兹期待它们会动起来,就像在嘉年华上见到的那样。她有朝它们扔一个棒球的冲动。

"我收集这些小玩意儿已有二十年了。"穿迷彩服的男人对身边的客人说。他花了好几分钟来讲述这些假鸭子的历史,指出哪些是古董。

"嘿,艾迪,你带来的姑娘可是个大美人啊。"他突然说道。他的声音听上去有点失真,像从一个机器盒子里发出的人工声音。

"我会留下她的。"艾迪说,咧嘴一笑,"乔,这是丽兹。乔·卡拉威,这是他的家。乔和我是老朋友了。"

"很高兴认识你。"丽兹说,"我一直在和你太太聊天。她领着我参观了。"

艾迪在枪架前对丽兹说:"你怎么了?你看上去有点怪怪的。"

"没什么,就是有点紧张。"

"没事的。"他说,拍了拍她的后背。

"估计我期待看见很多戴帽子的人体模型,而不是假鸭子。那件外套真显眼,我孩子的一些牛仔裤用的就是那种布料。"

餐桌上(两把叉子,没有手指碗),丽兹坐在艾迪和乔的中间，对面男人的头上歪歪斜斜地戴着卷曲的黑色假发。一个粉色的小鹅标注着每个人的桌位，桌子中间的装饰是一只坐在卷心菜叶子上的假鸭子。假鸭子一副自鸣得意的表情，背上冒出几枝假花。丽兹注意到一位妇女在用手指头把鸡尾酒里的樱桃拣出来，她明白了假如你有钱，你的举止不再重要。这个想法很舒心，让她不再感到拘束。如果她有什么不当的行为，他们也许会觉得她有创意。那个用手指吃东西的女人戴着一顶圆顶窄边礼帽，这让丽兹想到了《凯特和阿莉》[1]里的苏姗·圣·詹姆斯。桌上共有五男五女，丽兹无法把名字和人对上，因为他们总让她想起其他人。当看见一盘摆成烤火鸡样子的小鸟时，她差点尖叫起来。这些小鸟是鹌鹑。

"欢迎参加我们的动物晚餐。"南希对丽兹说，"这是个传统节目。我们每个野鸭季节都要举办，已经持续十年了。"

丽兹已经忘记了艾迪说过的野味晚餐。盘子在来回传着，艾迪在帮丽兹取食物，他从每个盘子里取一点食物放进丽兹的盘子里。

"除了响尾蛇我们什么都有。"艾迪微笑着说。

"我觉得我盘子里就有一些。"一个说自己拥有一家割草机租借公司的男人开玩笑道。

"大多数的野味不是当前的，我们把它们冷藏起来，再由女人

---

[1] 美国哥伦比亚广播公司（CBS）播出的喜剧电视剧（1984—1989）。

把它们烧好,这样我们就可以同时吃到各种野味。"艾迪向丽兹解释说。

"这只兔子我烧了一整天。"戴帽子的人说。"肉太硬,我用了一夸脱的嫩肉粉。"

"味道鲜美无比,辛迪。"南希说。早些时候,南希给男人们发了一圈领带别针作为礼品——银质的飞行中的小野鸭。她送给女人们的是鱼形的烤箱手套。丽兹在礼品店见过这些手套,要卖到十块钱。她把给她的手套塞进包里。家用品奥特莱斯的一个难以拒绝的便宜货——五毛钱,她会这样告诉丹尼。

"这是啥?"当一盘看上去像是猫爪的东西传到她面前时丽兹问道。

"负鼠。"乔说,"这归功于我。"

"听人说你要把负鼠关上十天,还要喂它牛奶,然后才能杀了吃。"戴帽子的女人辛迪,说,"你们这么做了吗?"

"见鬼,才没呢。我一枪把它从我前面的悬铃木树上轰了下来。它大喊大叫,像在狂笑的小丑。"

"负鼠吃起来有种怪味,但是你们会喜欢上这种味道的。"和戴假发男子一起的女人说。她的头发看上去是真的。

野鹅上面浇了奶油汁;鸭子是和樱桃一起烧的,感觉有点像皮革;鹌鹑肚子里塞了肝;兔子像是腌过的。丽兹盯着自己的盘子。艾迪在和割草机男人讨论怎样召唤野鸭。女人们在谈论某人订制的窗帘。

割草机男人的老婆看上去比他要老,她对丽兹说:"你难道不讨厌那些说好要来做什么,你待在家里等他们,他们根本不出现的人?"

"对不起,"丽兹站起身来,"我一会儿就回来。"

她脸涨得通红,桌上所有人都在看她。在大洗浴间里她想呕吐,但是由于过于激动,她一整天几乎没吃什么。镜子里她的脸很年轻,正如她的新眼霜所保证的,眼睛下方的皱纹去掉了。她看上去年轻无辜。如果她因心脏病发作突然死去(或是因咽下铅弹中毒而亡),丹尼发现了她的去处,他会怎么想?

她抓住一个金色的浴巾架,想稳住自己。她死死盯着镜子里变成今晚这个样子的她,菲推荐的红裙子简直就像是件妓女的服装,她心想。丹尼说得对,她总想要自己没有的东西。她到底想要什么?她并不知道。她不想失去自己的孩子。她不想再和丹尼过下去了。她倒是想要一个大浴缸,不过她不需要假野鸭。她连五毛钱也不愿意花在那个鱼形手套上。

晚餐五花八门的菜肴让她想起了看过的一幅画着花瓶的画,花瓶里插着不可能的花卉组合:三色紫罗兰、鸢尾花、雏菊、鱼尾菊、玫瑰,属于不同季节的花卉的幻想混合,从早春的风信子到秋天的紫苑。花卉排列得很漂亮,不过在真实生活中永远也见不到。这和她想象的与艾迪生活在一栋这样的别墅一样——一件大得不可能实现的东西。

  温室的窗户上面全是水蒸气，悬挂着的植物在滴水。浴缸里旋转的水流发出大海的声音。丽兹希望自己此生能去看一次大海。这是一件她真心想做的事情。她检查了门锁，脱掉鞋子。她把钱包放在水池边的台子上，小心翼翼地脱下袜子和长裙。她用脚趾头试了试水温。水烫得有点受不了，但是她决定忍受——像是一种惩罚，或者是一种习惯之后就会变得美妙无比的新体验。

孟菲斯

礼拜五，贝弗莉先把孩子送去前夫那里过周末，然后与一个在"湖间地大自然盛会"上认识的男子去天堂俱乐部跳舞。离婚后她很少出去约会，不过她喜欢跳舞，而这位男友的舞跳得很好。这有点出乎她的意料，因为他看上去比较腼腆，似乎更喜欢和自己的狗待在一起。

从厕所出来，贝弗莉迎面碰上了前夫乔。冷不丁地，有那么一阵她几乎没认出他来。他和一个穿牛仔裤和毛边牛仔衫的瘦高女子待在一起。乔看上去很性感，为了把肌肉露出来，他把黑色T恤的袖子撕掉了，不过那个女的看上去不怎么样，有点专横。

"孩子们在哪儿？"贝弗莉透过音乐朝乔大声喊道。

"在妈那里。他们很好。嘿，贝弗莉，这是珍妮特。"

"我现在就去接他们。"贝弗莉说，没有搭理珍妮特。

"别犯傻，贝弗莉，他们玩得挺开心的。妈给他们布置了一个游戏室。"

"下周我直接送他们去她那儿。不经过你的手，省掉你这个中间人。"贝弗莉有点醉了。

"老天爷。"

"会记到你头上的，"她警告他说，"我会把这件事记录在案的。"

珍妮特占有性地碰了碰乔的胳膊肘。随后，与贝弗莉同来的男子现身了。"什么情况？"他说。

贝弗莉和乔是去年分手的，复活节过完没多久。为了孩子他们整个夏天都在尝试复合，但不成功。离婚协议生效后，贝弗莉在乔那里住过几夜，不过每次她都觉得不妥，感觉像是在通奸。一些小事情和奇怪的习惯，比如他任由玻璃咖啡壶在炉子上小火烧着，让她意识到他们不应该再见面了。咖啡在炉子上搁久了会发苦。

乔对什么都不爱追究，总是一副听之任之的样子，甚至在她提出离婚时也是这样。贝弗莉分不清他是沉着冷静还是缺乏好奇心。他们生活在一起的最后几个月里,她开始觉得自己脑子里塞满了无用的信息,就像一个垃圾填埋场,里面没有可以让她转身和探寻的空间。她不再相信自己的智力,她不能向别人转述新闻里听到的最简单的事情。读完报纸上的某个专栏文章(某项重要事情的,比如税收或死刑)后,却记不住读过的是什么。她觉得自己的某些想法和思想还是有些分量和非同凡响的,可是当她想要拿出一个来的时候,却怎么也找不到。太可怕了。

每当她向乔解释这种感觉时,他都会说她对自己要求过高,不过他从来不苛求自己,她现在觉得离婚这件事对他根本就没什么影响,没让他发生任何变化。对此她很失望,特别是在他的朋友查比·琼斯(一个钓鱼伙伴)出事后,他本该对生活有个全新的认识。查比活活烧死在自己的皮卡里。离婚协议生效后不久的一个晚上,贝弗莉被乔敲打厨房门的声音吵醒。还不习惯单独和孩子过夜的她吓坏了,她一只手放在电话机上,另一只手撑开百叶窗的叶片。她认出了乔停在车道上的卡车的轮廓。

"我怕用钥匙开门吓着你。"乔在她开门时说道。她发火了。他可能已经把孩子们吵醒了。

她没有想到他还有一把钥匙。乔在发抖,进屋后他跌坐在餐桌旁,自然而然地选择了他面朝厨房门的老座位。在厨房水池上方日光灯瘆人的灯光下,他一边神经质地转动"懒苏姗"[1],一边告诉她查比的事故。乔说话磕磕巴巴的,多数时候只是在以难以置信的口吻重复那个可怕的事故。贝弗莉从来没见乔如此惊慌失措过。他的消息似乎撤销了他们的离婚协议,好像那只不过是他们曾经有过的再简单不过的一时冲动。

"我们当时在'蓝马酒馆',"他说,"查比一直在唠叨工作中的屁事,他心里放不下,觉得受够了,不想干了,准备像一个隐士一样生活,让唐纳和孩子喝西北风去。他和杰克·丹尼过于要好的时候[2],你很难和他讲道理。后来他出门朝他的卡车走去,我们跟在他后面,打算尾随他,确保他在回家的路上不和别人撞车,但是他一上车就昏睡过去了,我们只好把他留在停车场,等他酒劲过去了再说。"乔把头埋在双手里哭了起来。"我们以为自己做了一件最正确的事情。"他说。

贝弗莉站在他身后,双臂搭在他肩膀上,在他哭泣的时候抱着他。

"肯定是查比的香烟掉在驾驶室的地上了。"在她按摩他脖子和肩膀的时候乔解释说。卡车是在酒吧关门后起火的,一个开车路过的人报了警,但是救援人员来晚了。

"我去看了,"乔说,"刚从那里回来。全烧黑了,停车场上空

---

[1] 一个可以旋转的用来放置调料和厨房常用物品的木头架子。
[2] 一种威士忌的牌子。这里是在说查比喝高了。

荡荡的，除了他那辆卡车，还停在原来那个位置。车子烧成了个黑咕隆咚的空架子，看上去像某个来自北爱尔兰的玩意儿。"

他不停地转动"懒苏姗"，看着葡萄果酱、糖罐、蜜罐、装盐和胡椒的瓶子从眼前转过。

"来吧，"过了一会儿贝弗莉说，领着他进到卧室里，"你需要睡一会儿。"

那件事过去后，乔没再提他的朋友。他似乎已经从查比意外死亡这件事上缓过来了，像小孩子忘掉一件令人失望的事情一样。真惨，他说。贝弗莉觉得很多人都像乔一样，稀里糊涂的，被轻率的冲动和感觉拖着朝前走，好像他们的生活只不过是行驶在高速公路上的卡车拉着的货物。就连她母亲也是这样，贝弗莉的父亲去世后，母亲沉溺于电视里的"PTL俱乐部"节目[1]。贝弗莉知道要是父亲还活着，他会说服她戒除这个强迫症的。她母亲现在有两个至爱："PLT俱乐部"和肯尼·罗杰斯[2]，她拥有罗杰斯所有的唱片集，包括那些已经出了CD的。尽管吉姆和塔米·贝克出了那么多丑闻，她仍然狂热地信奉他们。她最近告诉贝弗莉说，他们让她想到了圣诞精灵。

---

[1] 一个宣传基督教的电视节目，后文提到的吉姆和塔米·贝克（两人是夫妻）是这个节目的主持人。贝克因经济和性丑闻于1987年3月辞职。

[2] 肯尼·罗杰斯（Kenny Rogers，1938—2020）：美国乡村歌手。

"圣诞精灵！"贝弗莉恶心地重复道，"他们是我见到过的最虚伪的人。"

"贝弗莉，你是不是觉得自己比谁都强？"她母亲说，有点生气，"你的婚姻就毁在这上面，我一直忘不了你是怎样虐待可怜的乔的。你总爱对别人品头论足。"

太伤人了，不过这句话有几分道理。她父亲是个直来直去的人，在这方面她有点像他。他不喜欢添油加醋，他可以像分辨混在玉米地里的大喇叭花一样一眼看出虚伪。母亲的评论让她从一个崭新的角度去认识父亲。他是十年前去世的，当时贝弗莉正怀着谢拉，她的老大。她记得他一成不变的生活习惯。太阳升起时起床，日复一日地吃着同样的早饭，从来不出远门。他春天播种烟草，烟草成熟后，给烟草去根出条，然后把烟叶撕碎烤制，再把烤好的烟草拖去拍卖。她还记得他焚烧烟草秆的情景——刺鼻的气味和风带来的危险。她原来觉得他的生活单调无味，但是现在觉得这些生活习惯其实是一种信仰。她把她的生活习惯与她和乔的做了比较：她早间的CNN新闻，上班时给客户打电话，把订单输入计算机，每晚和乔喝上一打的啤酒，谢拉的踢踏舞课，乔的篮球之夜，全家定期去体育俱乐部晚餐。随后她想起了她父亲怎样在麦地里驾驶联合收割机，很在行地操纵着那台巨型机器，与乔摆弄摩托车没什么两样。

塔米，小的那个，出生时，乔不在身边。他和吉米·斯通跑去潘尼拉尔森林公园玩战争游戏。两队装备着假子弹的人马花上三天时间互相追踪，自欺欺人地觉得他们是在丛林中作战。贝弗莉自己开车去医院时正赶上交通高峰时段，疼痛让她不得不几次靠边停车。乔和她一起上过生育课，他本该在场，参与其中并帮助她调整呼吸。男人会觉得上战场比待在分娩的女人身边要容易得多。当塔米最终生出来时，贝弗莉觉得是愤怒把婴孩从她身体里推出来的。

不过乔出现在医院里的时候，笑得嘴巴咧成了个大月牙，他目不转睛地盯着她的眼睛，用手指拨弄着她的一缕卷发。"我想检查一下你的孕妇光泽。"他说。即便在当时的状况下，她觉得自己还是落入了欲望的陷阱。有一次她过生日，他送给她一个真丝的连衫衬裤和带粉色鹳毛的"幻想拖鞋"，鬼知道那是什么玩意儿。他告诉孩子们上面的羽毛是秃鹳的，是驯鹿和金盏花杂交出来的[1]。

"天堂俱乐部事件"后接下来的周五下午，贝弗莉下班后接上学踢踏舞的谢拉，又去幼儿园接了凯利和塔米，开车送他们去乔那里。乔的住处和她家隔着八条街。

坐在后座的谢拉说："明天我不要去看牙医。爸爸每次等我的

---

[1] 乔在和孩子开玩笑。英文里，用驯鹿（caribou）的词尾和金盏花（marigold）的词头可以组成秃鹳（marabou）这个词。

时候都会失踪两个小时,他受不了坐在那里等我。"

贝弗莉透过后视镜瞟了一眼谢拉,说:"你让爸爸坐在那里看杂志,如果他知道好歹的话。"

"爸爸说你不要我们了。"凯利说。

"瞎说!别听他说我的坏话。我饶不了他。"

"他说要带我们去湖边玩。"凯利说。凯利六岁,牙齿歪歪倒倒的。他生下来牙齿就不整齐,真是牙医的福音。

乔的摩托车和三轮摩托占据了整个车道,贝弗莉只好把车子停在路边。他的房子很不错,一栋砖结构的牧场式平房,是从他住在镇子另一头的父母那里借租的。孩子们喜欢有两个家,这样他们就有更多的房间,更多的玩具。

"亲我一下。"贝弗莉解开塔米的安全带时对她说。塔米把潮湿的小脸贴在贝弗莉的脸上。"你们都乖乖的。"贝弗莉说。她不愿意留下他们。

孩子们沿着人行道朝前奔跑,背上的双肩包磕碰着他们的腿。她看见乔开门迎接他们。他随后挥手招呼她进屋。"进来吧,来罐啤酒!"他大声喊道。他把啤酒罐像自由女神手中的火炬一样高举着。他戴着一顶牛仔帽,帽顶的侧面粘着一根大羽毛。他的肤色更深了。她感觉到肚子上一阵痉挛,脑子晕得像水果上长出的霉菌。我是个傻瓜,她对自己说。

她切断引擎,把钥匙放进口袋。乔胖乎乎的黑猫陪着她沿着人行道往前走。"你得让猫节食了，"乔为她开门时贝弗莉对他说，"它像一头穿着黑睡衣的小河马。"

"它去平价老鼠市场吃了个饱，"乔说，咧开嘴大笑，"我拦不住它。"

孩子们已经在厨房里了，正在研究冰箱，那种外面带饮料机的。乔总是在饮料机里装满惊喜——巧克力牛奶或者可口的果汁。

"爸爸，我可以用微波炉热牛肉卷饼吗？"

"不行，现在不行。我们一会儿要去商场，你们不想把吃晚餐的兴致毁掉吧。"

"哦，好家伙，这么说要去'琪琪'了。"

孩子们拿着可乐、小袋的饼干和薯片，消失在地下室的客厅里。乔为贝弗莉打开一罐啤酒。当乔站在她跟前时，她正坐在沙发上抽烟，盯着咖啡桌上盒子里放着的乔收集的折叠刀发愣。出什么事了。

"我要调动工作了。"他说，把啤酒递给她，"我要搬到南卡罗来纳州的哥伦比亚市。"

她僵坐在那里，手上的香烟停在半空中，就像录像机中一个凝固的画面。沙发扶手上有一个形状像一朵花的污迹，地毯是编织的，有一处已经松散开了。她能听见楼下电视游戏发出的"乒乒乓乓"声。

"什么？"她说。

"我要调动工作了。"

"听见了,我一时还没法把听到的送进脑子里。"她惊呆了。她从来没有想过乔除了待在这里,还会去其他地方。

"工厂在那里有个空缺,我会比现在挣得多得多。"

"不过你不是非去不可,他们总不能逼着你去吧。"

"这是个机会,我无法拒绝。"

"可是那么远。"

他把手轻轻放在她的肩膀上。"我想让孩子们假期去我那里——整个夏天。"

"没门儿!你指望我会送他们上飞机去那么老远的地方?"

"你得适当调整一下。"他平静地说,把手从她肩头拿开,在她身边坐下。

"我不能和他们分开那么久,"她说,"哥伦比亚,南卡罗来纳?没意思。他们会讨厌那个地方的,那里什么都没有。"

"你并不了解那里。"

"你拿他们怎么办?他们在你这儿的时候你都想不出来和他们做什么,只会塞给他们垃圾食品,要不就把他们扔到你妈那里。"贝弗莉脑子有点混乱,无法进行有理有据的争辩。她有点词不达意,她并不想过多地指责他。

他说:"你干吗不搬到那里去呢?这里有什么值得你留恋的?"

"别开玩笑了。"她的啤酒罐在"出汗",在她腿上留下冰凉的圆圈。

他把空啤酒罐捏成一团,像是做出了决定。"我们可以买栋房子,重新回到一起,"他说,"那天晚上看见你和那个家伙一起跳舞我很不高兴,我也不愿意让你看见我和珍妮特在一起。我并不想和珍妮特待在那种地方。我突然想到我们本来可以和孩子们待在家里,干吗要出现在那样的场合。"

"那将会是老一套,"贝弗莉不耐烦地说,"我的天哪,乔,想想和三个孩子待上三个月你会怎样。"

"我觉得我知道怎样应付他们,我应付不了的是你。"他把啤酒罐从客厅直接扔进厨房的垃圾桶里。"我们之间是有历史的,"他说,"这是用积极的态度来看问题。"他开玩笑地把帽檐往上推了推,对她做出一个古怪、啼笑皆非的表情——他在模仿电视广告中卖旧家具的吉姆·麦考耶。

"你演得太棒了。"她说,干笑了几声。不过她无法想象自己会搬到南卡罗来纳州的哥伦比亚。天气太热,那里的人说话慢声细气。孩子们不会喜欢那里的。

从乔那里出来后,她去了"晒黑你不见光的地方",一家由茱莲娜·沃克经营的人造日光浴沙龙和健身用品商店。茱莲娜周五工作到很晚,她和贝弗莉自打初中一起参加小牛比赛就成了好朋友。

"我需要在回家前来个快速的。"贝弗莉对茱莲娜说。

"用2号箱。1号箱工作不太正常,我不太敢用。我觉得里面的灯泡快要爆炸了。"

换衣间里,茱莲娜同情地听着贝弗莉讲述与乔有关的新闻。"哥伦比亚,南卡罗来纳!"茱莲娜大叫道,"你去了那里我怎么办?"

"要是放在几年前,我会抓住去南卡罗来纳州这类的机会,但是现在不行了,除非我还爱着他。"贝弗莉说。往上拉泳衣的时候她接着说,"该死!和孩子们分开一夏天我肯定受不了。"

"也许他也受不了。"茱莲娜说,一边拉开更衣室的帘子,"听着,明天你想和我开车去孟菲斯吗?我得去取加州运来的货,一款新运动服。去机场取比用小飞机运过来要便宜些。"

"好的,可以的。我不知道周末还能干什么,孩子们不在身边,我的周末就像个黑洞。"她大笑起来,"能把你吸进去的巨大的空洞。"她搞笑地发出一声吸气声,把茱莲娜逗乐了。

"我们可以去比尔街找些好听的孟菲斯布鲁斯听听。"茱莲娜建议道。

"我做日光浴的时候好好想想,我想在里面打一会儿坐。"

"你还信那个?这让我想到了我前夫和他曾经扔给我的狗屁'重生'玩意儿。"

"不一样。"贝弗莉说,进到被她称作"阳光棺材"的箱子里,"开灯。"她喜欢在做人工日光浴的时候打坐。里面很私密,她有一种同时完成两件事情的感觉。打坐过程中，脑子里纷乱的思绪会沉淀下来，就像玻璃球镇纸里飘着的雪花。

茱莲娜拨动旋钮，调整着机器。"做好起飞准备了吗？"

"好得不能再好了。"贝弗莉说。她眼睛上戴着大棉罩。平时上班她整天盯着显示屏看，很伤眼睛。太阳灯下，她想象自己身处电影《2001太空漫游》里那座如同烤肉机一样旋转着的太空站，在太空里缓缓移动，皮肤被烤得吱吱作响。

眼前掠过各种场景。十七岁时一个炎热的下午帮妈妈剥紫壳豆，母亲有条不紊地剥着豆子，卧室里传来父亲咳嗽和把痰吐进垫着报纸的雪茄盒的声音。她因怀凯利而隆起的肚子，那天乔骑摩托出游整夜未归，她非常害怕，感到自己的恐惧在向体内渗透，一直钻进了肚子里小宝宝的小心脏里。她父亲沿一排栅栏骑马向前。将来，她想，人们会进到像"阳光棺材"这样的奇妙装置里做时光旅行，不受时间、空间和孩子监护权等东西的限制。

两年前一个冬日的下午，与乔和孩子们一起时的某个快乐时光。塔米还在吃奶，凯利刚掉了一颗牙。谢拉在读一本南希·德鲁的小说，虽然她还没到读这种书的年龄，但是她很聪明。他们聚在客厅里，地上铺着一床被子，一边"野餐"一边看《飞天万能车》。贝弗莉觉得很幸福。那天凯利学会了一个新单词——"士兵"。她逗他玩，说："你是我的小士兵。"有时，她觉得自己有能力重新上演那一刻，不过每当她试图这么做的时候，总觉得有点勉强。当他们围坐在餐桌旁,在把热狗和玉米片递给孩子们时,她会来上一句:"真开心啊!"而他们则奇怪地看着她。

乔过去每新认识一个人就会说,"我是个蓝领、红脖子[1]和白屁股,两条腿动物里最最爱国的婊子养的。"贝弗莉和乔刚在一起的时候,两人都很开心。下班后,他们经常坐在露天阳台上,音响开得震耳欲聋,一边喝啤酒扔马蹄铁,一边等牛排烤熟了。周末,他们会带着冰盒去湖边,和朋友们钓鱼烧烤。乔买了摩托车后,他们每个周末都一起外出骑行。她喜欢那种感觉,为了保命,两只脚蹬住脚蹬子,双手死死抓住座椅后面的拉手。她喜欢风肆虐面孔的感觉,头盔下方露出的头发在飞扬,乔急转弯时,她的下巴都快要陷进他的后背里了。他们的朋友都在新建成的工厂里上班,挣的钱比任何时候都多。认识的人都有一个停着各种车的院子:摩托车、三轮摩托、跑车、皮卡等等。从某一年起人们流行养马,这样就能在芬外镇每年一次的庆丰游行上骑马。不过乔和贝弗莉从来没机会去买匹马骑,有了孩子后这么做似乎太麻烦了。他们那时认识的夫妻大多喝得太多,打架争吵,但大家活得还是蛮快活的。现在的婚姻往往以破裂结束。贝弗莉从她认识的人里随便就可以说出五个离了婚或分居的。似乎没有人知道原因,所有人都怪罪于统计学:半数的婚姻以离婚结束。这是一个事实,

---

[1] 对农民的一种不尊敬的称呼,等价于中文的"乡下人",农民因终日低头劳作,脖子会被太阳晒红。

就像是交通阻塞——现代生活中不可避免的东西。不过贝弗莉觉得金钱才是罪魁祸首：贪婪让人变得愚蠢。她羡慕茱莲娜，简单明智地与史蒂夫离了婚，不需要他的帮助自己生活。史蒂夫一次独自骑摩托外出，回来后变成了另外一个人。他加入了一帮在怀俄明露营地认识的重生了的摩托车手。从此以后他见到熟人就拉他入教。茱莲娜拒绝接受上帝成为自己的救主。"想不到史蒂夫对此会有那么多的怨恨。"茱莲娜从家里搬出去后告诉贝弗莉，"我一点都不在乎他了。"

贝弗莉不知道自己为什么不想让乔去南卡罗来纳州，为此她很生自己的气。他是为了图方便才让她也搬去南卡的？还是为了孩子？有时她觉得他俩就像十字路口停下的两辆车，都觉得对方应该先行。不过现在乔的脚已经踩在油门上了。

茱莲娜在说话："出来吧，别把自己烤熟了。"

贝弗莉摘掉眼罩，眯着眼睛看着明亮的灯管。

茱莲娜说："看看我胳膊这儿。它和医疗手册上说的皮肤癌一模一样。"她指着胳膊肘那儿一个几乎看不见的斑点。茱莲娜有一个放大镜，是一个前男友送给她的，她经常用它来检查身上的痣。放大镜下，很小的一颗痣看上去极为恐怖，一个带一圈红边的黑点。

贝弗莉对茱莲娜的疑神疑鬼极不耐烦，她说："我才不会去担心这个，除非我用肉眼能够看见它。"

"我觉得我应该停止日光浴。"茱莲娜说。

西边地平线上的天际像一条水平拉开的黄色彩带,上面贴着树木的剪影。农田从视野里消失后,贝弗莉和茱莲娜的车子经过年久失修的房屋、垃圾一样散落的小商铺、一家K-马特、一家沃尔玛。茱莲娜开车的时候,贝弗莉在想乔的车子。她过去从来没这么想过,他有这么多的车子,但除了在家门口转转,他从来没去过什么地方,不过现在他真的要离开这里了。

她有点烦躁,不停地旋转收音机的旋钮,想找一首适合开车时听的歌。她希望电台会播放《雷达之爱》,一首特棒的开车时听的歌,但她只能找到乡村音乐台和福音台。在一个有来自三十个州的商贩参加的巨型跳蚤市场的广告之后,播音员说道:"如果能够的话,埃尔维斯也会去那里的。"茱莲娜按了一下车喇叭。"埃尔维斯,宝贝,我们来啦。"

"如果有时间的话我想去那家唱片店。"茱莲娜说,"那里有所有的摇滚老歌,只要你报得出歌名,早到最开始的时候。"

"他们有胖子华勒唱的《你的脚太大了》吗?乔唱过那首歌。"

"亲爱的,他们什么都有。别问了,我相信连胖子华勒蹲在茅房里哼给自己听的歌都有。"她们大笑起来,茱莲娜说,"你还是放不下乔。"

"我不能让三个孩子坐同一架飞机去南卡!万一飞机失事,我一下子就失去了三个孩子。"

"哦,快别那么想!"

贝弗莉叹了口气。"我还习惯不了没有孩子时时刻刻拖住我的腿。不过我想我应该出去约会，好好享受一下。"

"这才对嘛。"

"也许他搬去南卡后，我们就能做一个干净的了断。另外，我最好别和他争，不然他也许会把孩子绑架了。"

"你真这么想？"茱莲娜说，有点惊讶。

"我也不知道，听说过这样的案件。"贝弗莉换了一个台。

"我真不忍心看着你折磨自己。"茱莲娜说，深情地拍了一下贝弗莉的胳膊。

贝弗莉大笑起来。"嘿，快看那条保险杠贴纸——'女人的位置在商场'。"

"太对了！"茱莲娜说。

她们沿着51号公路开进孟菲斯，经过铁皮搭建的窗户上挂着乡村火腿的自助加油站。贝弗莉注意到夹在两块玉米地之间的一座纪念花园，花园中间一座巨大的白色基督塑像拔地而起，像一条跃出水面的大白鲨。她们经过陈列在面包车旁的黑丝绒画、一个卖玻璃陶瓷器皿和一个卖焰火爆竹的摊位、汽车旅馆、烈酒店、汽车修理店、改卖蹦蹦床和卫星天线的汽车商。接下来是一排褪了色的木结构的旧建筑物——灰不溜秋的，眼看就要倒塌，然后是一些工厂、收购废铜烂铁的地方、报废汽车回收场、陈旧的烧烤店和弹子房，小房子陈旧得木头看上去已经腐朽。再接下来是政府盖的廉租房。所有这一切都那么熟悉。贝弗莉还记得自己数不清的孟菲斯之行，那时她父亲住在这里的医院，因患癌症濒临死亡。孟菲斯的专家延长了他的痛苦，贝弗莉的母亲事后曾说："我们应该把他安置在谷棚里，让他自然地离开人世，这才是他希望的死法。"

那天晚上贝弗莉和茱莲娜去一家凯金料理店[1]用餐，饭后两人在比尔街上闲逛，贝弗莉觉得街道比从前整洁多了，不那么让人害怕了。人行道上挤满了游人和警察。在一家布鲁斯俱乐部里，她和茱莲娜像出来寻找爱情的小女孩一样咯咯笑个不停。贝弗莉曾担心孟菲斯会让她伤心，但是三杯草莓得其利[2]下去后，她感觉良好。茱莲娜头疼，所以只喝干姜水，那其实是加了可乐的雪碧。酒保在干姜水用完后常玩这样的把戏，贝弗莉告诉她说。她不记得自己是怎么知道的，可能是乔告诉她的，他做过酒保。忘掉乔吧，她心想。她需要放松一点。孩子们一直说她像电视节目里的凯特还是阿莉[3]，她记不清了，反正是刻板的那一个。

由两个白人和两个黑人组成的乐队棒极了。他们在曲目之间与那位中年女招待调笑，她留着锥形的红发，垫肩斜着。白

---

1 一种路易斯安纳州的食物，源自居住在那里的法国后裔。

2 一种鸡尾酒，用白朗姆酒、柠檬汁加草莓调制而成。

3 1984—1989年播出的电视连续剧《凯特和阿莉》中的人物。

人领唱在搞怪，他举着一块硬纸板，上面画的是站立着的玛丽莲·梦露，是梦露那张《七年之痒》里穿白裙子的剧照。他搂着梦露在舞池里旋转，把手伸进她飘起来的裙子的下方，把她像一把吉他一样弹奏着。一位身穿黑皮裙和带圆点夹克的漂亮黑人女子在与一位头发竖立着的黑人瘦小伙跳舞。贝弗莉诧异他怎么能让头发立在头上。早些时候，她和茱莲娜在沃格林买洗发液，贝弗莉注意到一个专门销售黑人洗发护发用品的区域。那里有一长排装护发素的大罐子，那些罐子就像是用来盛放机油和漂白粉用的大罐子。

茱莲娜把干姜水换成了"迷糊的肚脐"[1]，早些时候在那家凯金饭店她喝的就是这种酒。她把头疼归罪于餐馆的青蛙腿，说现在好多了。"我太开心啦。"她说，细长的手指随着乐队的节拍敲打着桌子。

"我也很开心。"贝弗莉说，这时，一位胳膊上刺着外星怪兽、块头巨大的男人过来邀请茱莲娜跳舞。

"想都别想！"茱莲娜说。他胳膊上吓人的怪物图案让贝弗莉想到了凯利的恐龙玩具。

"那个家伙真的是从月球上下来的。"那个男人离开时茱莲娜说。

---

[1] 一种鸡尾酒，用杜松子酒和橙汁调制而成。

演出间歇，女招待拿着一个塑料桶为乐队收集小费。贝弗莉想到了一首老歌，《有洞的木桶》。她祖母厨房里带踏脚的垃圾桶。坐在木桶里下地狱。把木桶踢翻。她感到头晕目眩。

"那个孩子每晚都来。"女招待说，头朝有刺青的家伙那边偏了一下，而他此刻正与两个女子搭讪。"我真替他难过。他哥哥自杀死了，他妈为毒品的事在蹲监狱。他从来没有一份固定的工作，他就是颗定时炸弹。"

"乐队会那首《你的脚太大了》吗？"贝弗莉问正把别人的点歌单放进口袋的女招待。

"你是在说一首歌，还是说我的大脚丫？"那个女人说，脸上露出揶揄的笑容。

回埃尔维斯·普莱斯利大道边上的汽车旅馆途中，茱莲娜误上了一条单行道，结果一直开到了高楼耸立的孟菲斯城中心。贝弗莉肯定不会喜欢在高耸入云的地方工作。她表妹在这里的一家保险公司上班，她说她从来不知道外面的天气是什么样的。贝弗莉在想南卡罗来纳有没有摩天大楼。

"那就是著名的皮博迪旅馆。"茱莲娜在说话，"旅馆里有鸭子。"

"鸭子？"

"那家旅馆里鸭子特别多。"茱莲娜解释道，"毛巾和信纸信封上。我认识一个在那里住过的姑娘，她说每天早晨都有一群鸭子乘电梯下楼,到水池里戏水。这成了吸引旅客的东西。"

"小家伙们会喜欢的。这才是我来这里该做的事情——带孩子去那里,而不是喝得酩酊大醉。"贝弗莉有种灵魂出窍的感觉,她的声音像是从车子仪表板下方的储物箱里传出来的。

"贝弗莉,对你来说什么事情都是应该不应该!"茱莲娜说,在红灯前右转。

茱莲娜并不是想要说教,贝弗莉心想,那是"迷糊的肚脐"对她起作用了。如果贝弗莉现在提起她对乔的感情,茱莲娜也许会说和今天碰到的那些怪物比,乔当然还不错了。

大路上灯火通明。一盏绿色的霓虹灯在贝弗莉眼前一闪一灭,整个场景似乎都因此产生了一点偏移。这有点像办公室的显示终端在做矫正——通过调整屏幕上的线条和间隔来适应变化。远处,一盏红灯缓缓划过黑色的夜空。她想到了坐在乔的哈雷摩托车的后座上,飞快地穿过漆黑的夏夜,凉风习习,湖面上闪烁着神秘的光亮。

礼拜天下午回到家里后,前一天晚上的音乐声还在贝弗莉的脑子里回响。这趟出行太让人激动了,就像某件她很熟悉但却多年没去想的事情,非常清晰地从她心里升腾起来。她还能听见头发染成深红色的女招待在说:"你是在说我的大脚丫?"贝弗莉的父亲过去常说:"哦,我的脚丫子疼死了!"她把《雷达之爱》塞进卡式录音机，调高音量，随着狂暴的音乐不由自主地跳起舞来。《雷达之爱》让她想到了乔的"雷达探测器"，那是乔在一个月内连得了两张超速罚单后买下的。有一次，他告诉孩子们他的剃须刀是台雷达探测器。超速，她在客厅里开心地旋转着。

曲子才放到一半，乔就带着孩子们回来了——比预定的时间提前了。凯利把磁带从录音机里弹了出来。电视机里传出体育赛事的声音。每次度完周末回来，孩子们都会把家翻个底朝天，放下带回来的东西，清点留在家里的财宝。为了找一只她一直在担心的布娃娃，塔米把她所有的玩具从玩具盒子里往外扔。乔说她昨天还为此大哭了一场。

"牙医看得怎样？"贝弗莉问谢拉。

"我不想说这个。"谢拉说。她正把脏衣服往洗衣机上面堆。

"补一颗破牙要四十块钱。"乔说。

乔说话的声音很大，给人一种凶巴巴的感觉。贝弗莉还难堪地记得那次地下室水泵出问题给希尔斯商店打电话，他把那位可怜的店员吓得不轻，也不是那位女店员的错。不过现在厨房里的他降低了声音，用安详自信的语调和贝弗莉说话："昨天在湖边，谢拉说要是你和我们在一起该多好，我试图向她解释为什么你需要一些自己的时间，还有你说过的需要自己的空间和发现自己——你知道，就是电视上的那些废话。她好像有点沮丧，我觉得我可能说错了什么，但过了一会儿她说她一直在思考，她知道你的意思。"

"她很聪明。"贝弗莉说。她的脸庞在发烧。她把冰块从冰盒里撬出来,往装满冰的杯子里倒可乐。

"她的聪明一点不假——她的父母就很聪明。"他揶揄地笑着。

贝弗莉喝着还在冒泡的可乐,泡沫冲进了她的鼻子。"根本不是电视里的废话,"她恼火地说,"你怎么能这么说?"

他看上去有点受伤。她注意到他下巴上的浅坑,耳朵上方弯曲的发线,由于帽子的遮挡,他的眼睛显得更有热情。哪怕活到一百岁,乔仍然会有一双诱惑人的眼睛。凯利拖着一个绿色恐龙的一条后腿晃了进来。"我们的玉米饼吃完了。"他哼哼唧唧地说道。他其实是指玉米片。

"为什么爸爸没给你?"

凯利走开后乔说:"我两周后去南卡。看看那里到底怎样,再找一个住的地方。"

贝弗莉打开冰箱,把鸡腿拿出来化冻,然后借助洗盘子忍住泪水。

"哥伦比亚真的在发展,"他说,"很多企业都搬到那里去了。那是个处于上升期的地方。"

她可乐的泡沫沉了下去,她又往杯子里倒了一点。她开始把脏盘子往洗碗机里放。她的一只新的不粘锅上已经有了一道划痕。

"去孟菲斯玩得好吗?"乔问道。他的一只手已经放在厨房门的把手上了。

"不错,"她说,"茱莲娜'迷糊的肚脐'喝多了。"

"果不其然。"

这时谢拉冲了进来,说:"爸爸,你得去把我壁橱上的那个东西修好。门关不上来了。"

"上边的那条轨道?又坏了?我现在没时间。"

"他不住在这里。"贝弗莉对谢拉说。

"好吧,我的壁橱坏掉了,谁来修?"谢拉摊开双手,跺着脚跑出厨房。

乔说:"要我说,将来如果我们想要维持下去的话,得学学怎样进行更好的交流,这样很恶心。"他把帽子在头上戴正了。"你想要的太多,都不知道自己到底先要什么。"他说。

透过门上的玻璃,她看见他朝他的卡车走去,两只手插在口袋里。她曾无数次目睹他以同样的方式走出家门——不管是由于他不想再听下去了,还是他觉得该说的话他已经说完了。她连忙跑出去追他,可是他的车子已经开走了。她看着他从眼前消失,车子的尾灯在一个停车牌那里快速地亮了一下。她有一种羞耻感。

贝弗莉在车道拐角处一棵小针栎旁站住脚。当年乔种这棵树的时候,小区里几乎没有几棵树。所有房子都是过去十年里建成的,四周的树木都还没长大。她家左边是格里姆太太的房子,她是个寡妇,养猫。另一边,后院围栏里的一条德国警犬,正隔着贝弗莉的院子朝格里姆太太的猫狂叫。狗的主人开着一家录像带出租店，他老婆每年都要神秘地离开家几个星期。她不在的时候她丈夫就像一个不受管制的孩子，整夜整夜地看电视。贝弗莉夜里起来查看孩子时能看见他家的灯光。她过去从来没有注意到三家的墙用的都是红灰斑点的砖头，就像统一用油漆泼溅出来的。每扇窗户都由竖着排列的砖头支撑着。她站在车道的尽头，诧异自己会在这个时辰在这里驻足停留。

搞清楚她到底想要什么应该是件很容易的事。贝弗莉的父母像两只被激情锁死在一起的狗一样过了一辈子，也许那根本就不是激情。不过她和乔不必那样，时代不同了。乔可以拍拍屁股搬去南卡。贝弗莉和茱莲娜可以去孟菲斯度过一个充满乐趣的周末。谁知道接下来会发生什么，谁又会在任何一个周末或人生的任何一个阶段，做出一个什么样的决定？

她把昨天的信件带回家——乔的汽车杂志、他该付的信用卡账单和一些垃圾信件。她把乔的信件放在厨房的一个架子上，紧挨着从乔那里借来但忘记归还的录像带。

心愿

　　山姆硬撑着眼皮。牧师是个长着一张胖脸、有大学学历的大男孩，他的"r"音发得很特别。正在做心灵污染布道的他以一则原油泄漏的新闻作为开场白。山姆坠入梦乡，梦里一群鸡正在刨矮牵牛花花圃。妹妹达玛森就坐在他边上，她用瘦骨嶙峋的胳膊肘捅了一下他的肋骨。打呼噜了，她用眼睛对他说。

　　每个礼拜去完教堂后，山姆和达玛森都要去看望他们的另一个妹妹霍特和她丈夫塞西尔。山姆通常自己开车，但今天他车子的汽油不多了，达玛森让他搭她的车。达玛森住在镇上，而霍特和塞西尔住在乡下，离他们老家的房子不远，那栋房子二十年前老爸去世后就卖掉了。经过老房子时，山姆看见达玛森战栗了一下。她已经不像过去那样，每次经过时看见房子周围越积越多的废旧汽车，嘴里都要轻声吐出"垃圾"两个字。院子成了光秃秃的泥巴地，屋前的那棵大榆树已经开裂。山姆和他妹妹一次又一次地希望新州际公路会从老家这里穿过。山姆后悔当初没把他妹妹的那份买下来留住。

"你怎么样，山姆？"见到达玛森和山姆后霍特问道。达玛森的丈夫波特今天因背上的伤没出门。

"快死了。"山姆咧嘴一笑，捶了捶胸脯，装出心脏有问题的样子，弄疼了患有关节炎的手指。

"又来了！"霍特逗他说，"你就爱抱怨，山姆。你这辈子都是这样。"

"你认识我有那么久了吗！告诉你吧，我还记得你出生的那个晚上。你怨声怨气地来到世上，全身长满了刺，从那时起你就没变过。"

霍特拍了拍他的手臂。"你的仓门打开了，山姆。"进客厅时她说道。

他毫无羞耻地拉上裤拉链。到了这个年龄，他什么都不在乎了。

霍特把达玛森引进厨房，嘴里嘀咕着"蓝盘菜"[1]。山姆坐下

---

[1] 餐馆里一种用带分隔的盘子装的菜肴，有点类似中国的盒饭，通常比较经济。

来，和塞西尔聊起了庄稼和天气。他们的习惯是先聊本周的天气，然后是他们的健康，再接下来是本地新闻——依此顺序。塞西尔是个和蔼的小个子，不喜欢与人争辩。

过了一会儿，吃晚餐的时候，塞西尔开玩笑地问山姆："你还在给吉米·李·司瓦格[1]寄钱吗？"

"见鬼，才不呢！我一分钱也不会寄给那个狗日的。"

"山姆从来不给牧师寄钱。"霍特用维护的口气说，同时把一碗脆皮土豆递给他，"那是诺娃。"

山姆的老婆诺娃八年半前就去世了，山姆觉得诺娃老想着花钱去买进天堂的机会。她有一些稀奇古怪的习惯，比如保留额外的花种和多放防腐保鲜剂等等。

霍特说："我还是这么认为，诺娃之所以要在那块地上盖房子，就是为了有一栋自己名下的房子。"

达玛森猛地点点头。"她不想把新房子也归在山姆名下，她想独自拥有那栋房子。"

"莫名其妙，是不是？"山姆说，回想了一阵诺娃，他能够清晰地看见她，她像是要引起别人注意似的拿着一块炸鸡。形象如此生动，他几乎要让她把装青豆的盘子递过来。

霍特说："你们已经有一栋很好的房子了，绿树成荫，有块烟

---

[1] 吉米·李·司瓦格（Jimmy Lee Swaggart, 1935— ）：一个通过电视布道的牧师，后因性丑闻辞职。

草地，离父母又那么近，但是她非要搬到城里去住。"

"她跟我说假如她需要去医院，救护车会到得快一点。"达玛森说，她又拿起一个松饼，"霍特，你这次的松饼不如从前做得好吃。"

"我没用发酵面粉。"霍特说。

"对于新建的高速公路，差别没那么大。"塞西尔说，他在说救护车。

搬家那天，山姆不肯让步，把自己盖得严严实实地躺在床上。到了下午四点，他的堂兄弟把家具都搬走了，他还在那儿躺着。诺娃在他们进来搬床前一直不理他。她把他的衣服放在床上，在他头上方晃动车钥匙。她从来没学过开车。这几乎是十五年前的事了。过了没几年诺娃就死了，把他留在那个她称之为梦想之家的砖头盒子里。盖那栋房子时院子里一棵树都没有，现在那里有两棵开满花的野苹果树和一棵还不太结实的小橡树。

晚饭后霍特和塞西尔拿出他们重孙辈孩子的新照片。孩子们都变了，山姆分不清谁是琳达的，谁是唐纳德的。他吃饱了，把自己舒服地埋在霍特高背沙发上的编织靠垫里。霍特在和住在路易斯安那州的琳达通电话，说了有十分钟，挂上电话后她汇报说琳达在一家金融公司找到了一份新工作。迷迷糊糊地，他听着周围此起彼伏的声音。他太熟悉他们的用语了，礼拜天下午坐在一

- 350 -

起，他的亲戚们从来不讲故事或追忆往事，他们讨论人格。"他是天底下最小气的人。""和她在大街上说话她很随和，不过和她一起做事就跟下地狱一样。""跟他说什么他都不听。""她肯为你做任何事情。"

山姆盯着一个剃着锅盖头男孩的照片看，达玛森说："老威尔·斯通提到自己总说'俺'。'俺做了这个，俺做了那个。'"

霍特说："斯通家的人总想抓你的差。只要见到你，他们总能想出一件事让你做。"斯通是他们母亲娘家的人。

"我从来不让他们告诉我做什么，"达玛森大笑着说，"我会说：'我做不了！我有颤抖症。'"

那时达玛森还小，她姑姑茹总是抱怨颤抖症。有一次，为了逃避摘豌豆，她也宣称自己有颤抖症。山姆还记得那件事。他笑了起来——一阵突然爆发出来的大笑，他们以为他没在听他们说话，是为了其他的事情在暗自发笑。

霍特为山姆准备了一盘炸鸡、土豆、青豆和苹果泥带回家。他坐在达玛森车子的后座上，身边是十四枚鸡蛋和一袋烤松饼。达玛森猛地倒出车道，吓得那条猎犬连忙缩回到紫丁香树丛下方的洞里。

"打理这块地方真够霍特和塞西尔忙的。"山姆说。他注意到旧猪圈那里长满了野草。

达玛森说:"霍特家里的气味从来都很好,但今天闻起来不对,有股炸鱼味。"

"我没有注意到。"山姆说着,打了个哈欠。

"山姆,你睡眠不是很好吗?"

"是呀,不过我胃里一发酸就会打哈欠。"

"你不是老了吧?"

"没有,我没老,想到老你才会老。"

达玛森不请自邀地进了山姆家,借口说要帮他把食物摆放好。他的妹妹们总管着他,她们检查他家收拾得怎样,寻找坏了的食物,确定他的蹲便器冲过水了。有一天他捡回来一条狗,把她们惹火了,要不是狗在路上被车撞了,她们早把它送去收容所了。

达玛森把食物放进厨房,打开冰箱查看了一遍。山姆急不可待地换上牛仔裤,准备看计划要看的特德·特纳台的一个节目。他已经忘记这个节目的名字,但知道播出时间是下午四点。达玛森走进客厅,仔细看着他所有的照片,对着每张重孙的照片大呼小叫。山姆的儿孙遍布全国各地。儿子在俄亥俄州的阿克伦市从事轮胎业的工作。年纪最大的孙女在佛罗里达州开了一家酸奶店。他不明白人们为什么要吃各式各样的酸奶。孙子博比去年带着一个口音刺耳的意大利女人从亚利桑那过来。山姆告诫自己不要笑,他不愿意让她看见他在笑,但是她的口音逗得他忍不住想笑。现在博比来信说她已经回意大利了。

达玛森在一张全家福老照片前愣了一下——老爸、妈妈和全部六个孩子，还有克莱叔叔和托马斯叔叔，以及他们的老婆萝丝和朱悌，外加姑姑茹。山姆的三个兄弟已经过世。照片里的达玛森是个穿着针织领圈衣服的小姑娘，长着金色卷发的霍特还戴着围涎。老爸坐在中间的一张椅子上，两腿分得很开，好像是在承受稳住一个如此疯狂的家庭的重任。他看上去残忍固执，像是要去揍谁一顿。

突然，达玛森脱口而出："老爸毁了我的一生。"

山姆大吃一惊。达玛森过去从来没这么说过，不过他知道她的意思。她身上总笼罩着一种悲伤，好像她的希望很久以前就破灭了。

她说："他毁了我——不让我和莱尔在一起。"

"那都是六十年前的事了，达玛森。你不会还在为这件事难过吧？"

她把照片贴在胸前，说："你听电视上说过吗？那些从小被打被虐待的孩子，这些虐待给他们留下多深的烙印？现在大家知道这回事了，过去没人知道。他们从来不知道小时候发生的某件事情会影响你这么久。"

"没有人虐待你呀。"

"不是说那个，但结果是一样的。"

"莱尔不适合你。"山姆说。

"可是我爱他呀，老爸不让我见他。"

"莱尔是个酒鬼，要让老爸信任他还不如让他去杀了他。"

"后来我完全是出于怨恨才嫁给波特的，"她继续道，"你知道得再清楚不过了，我从来都不在乎他。"

"那你干吗和他过了这么多年？为什么不像现在的小年轻那样——就像亚利桑那的博比？他和那个意大利人。他们早就分手了！"

"她是外国人呀，我一点也不吃惊。"达玛森说，从口袋里掏出一条手绢来擤鼻涕。她在山姆的矮沙发上坐下。为保护坐垫山姆在沙发上铺了毛巾，一个他无法丢弃的诺娃的习惯。那个女人如此的实际，她甚至精心安排好了自己的临终时刻。她选好了自己的丧葬服，为他准备好了早餐。他还记得自己举着壁橱里拿出来的衣架供她挑选衣服。

"达玛森，"他说，"如果你能重新再来，你会有不同的做法，但是结果也许不会比现在好。你把莱尔想得比实际的他要好。"

"至少他不会开枪把自己打死。"她平静地说道。

"那是个事故。"

她摇摇头。"不是，我不这么认为。"

达玛森声称莱尔是为了她自杀的。那天晚上，天快要黑的时候，莱尔来到老房子那里。山姆和他的几个兄弟已经忙了一整天，帮老爸去除烟草的根出条。那时山姆已经开始约会诺娃，达玛森

- 354 -

高中刚毕业。邻里的男孩像一群追逐小母狗的公狗，礼拜天教堂一结束就会上这儿来。达玛森对莱尔情有独钟，因为他的胆子比其他男孩大。那个礼拜六晚上过来找达玛森的时候，莱尔已经喝了不少私酿的酒，他像一头小公牛一样乱蹦乱跳。老爸不让达玛森跟他出去。山姆听见达玛森在阁楼上哭，莱尔在外面扯破嗓子唱歌，喊她："达玛森！我的水果派！"这时候老爸来到外面的阳台上，莱尔闪入黑暗中。

达玛森把全家照放回到架子上，说："他和其他男孩不一样。他知道得很多，他曾和他爸爸去过得克萨斯州一次——是为了他爸爸的哮喘病。他特立独行。"

"我记得那天晚上莱尔后来又回来了。"山姆说，"我听见他在阳台上走来走去，我知道肯定是他。吵吵嚷嚷地，摆出一副要冲进家找你的架势。"

"我听见了，"她说，"在我阁楼的小窝里。那天真热，我不得不打一桶凉水，用毛巾把脸弄湿了，站在那个小窗口边上吹凉风。我听见他跑过来，听见他在阳台上摔摔打打。阳台上有块木板松动了，不小心就会摔倒。"

"我想起来了！"山姆说。多年来他第一次想起那块松动的木板。

"他在那里摔了一跤。"达玛森说，"后来他爬起来，倒退着下了台阶。我能听见他在院子里。后来——"她用双臂抱住自己，低下头，"后来他大喊一声：'达玛森！'我至今还能听见那声叫喊。"

　　过了一会儿他们听见了枪响。山姆记得先是一声沉闷的响声，然后是突然的咒骂声，接下来就是那声枪响。他和哥哥鲍勃冲进屋外的黑暗里，随后老爸拎着一盏煤油灯赶了过来。他们发现莱尔四仰八叉地躺在谷仓后面，几尺远的地方有一支猎枪。一只装牛奶的桶被打翻了，他们推断莱尔来到谷仓后面时被牛奶桶绊倒了。山姆永远忘不了躺在客厅地上号啕大哭的达玛森。第二天她在那里躺了一整天，尖叫，用沉重的工作鞋敲打地板，大家不得不绕着她走。女人在她身边唠唠叨叨，男人们则一句话不说。

　　山姆现在想说点什么。他瞪着照片里的一大家子。那天摄影师来拍照，山姆的母亲让所有人换衣服。他们不得不在八月的炎热下像根柱子似的一动不动地站了一个小时。他还记得达玛森自己编起来的头发，她是按照莱尔喜欢的样式编的。一只身影模糊的鸡穿过照片的一角，名叫俄巴底亚的老猎鸟犬躺在前面，摆出的姿势比照片中僵硬的众人好得多。前排母亲边上的达玛森明亮上扬的面孔笑容焕发，大家都很羡慕她在相机前保持微笑的本事。

　　指着她照片里的脸，他说："你看你，达玛森——热恋中的姑娘。"

　　她皱着眉头，说："我只不过希望这一生过得不一样。"

　　他抓住达玛森的肩头，紧盯着她的眼睛。直到今天，她都不戴眼镜，看上去还是那么漂亮，还是原来的她，稍稍有点浮肿的老脸。他说:"你希望!好吧,往一只手里放希望,另一只手里放屎,看看哪只手先放满了!"

她被他逗笑了。她笑得那么厉害,不得不用手绢接住眼泪。"山姆你这条老狗。说这种话,还是在礼拜天。"

她起身离开。他觉得自己话说对了,因为她的脚步似乎轻快了许多。"鸡蛋和咸肉够你吃一个礼拜了。"她说,"我会给你带点邻居做的爆米花蛋糕。你肯定想不到那里面有爆米花。"

她手里拿钥匙,胳膊上挎着钱包,身上是粉色的衣服,那种小猪的颜色。她说:"我知道你为什么活得这么长了,你只看你想看的东西。你和老爸一样,冷酷,直截了当。"

"不全是这样。"他说,感到眼睛被泪水模糊了。

那天晚上他睡不着。八点半上床后,先看了一集关于大灰熊的自然专题节目。他躺在床上,回放他和诺娃在一起的生活。他想离家出走的那几次,那次他去找律师打听离婚的事(结论是离婚成本太高,而且他父母永远不会原谅他)。那次她把他从床上拖起来,搬到这个新家来。他喜欢他们的旧家,木结构的房子,有阳台和吊椅,前面是一片烟草地和一排树木。那时总有一条狗,一条很特别的狗,陪他坐在阳台上。这里没有阳台,只有几级水泥台阶,有时他坐在台阶上看车来车往。晚上,喝醉酒的人飞驰而过,偶尔会撞上哪家的信箱。

她是凌晨三点半走掉的,到了最后一刻她什么都不要——不吃,不喝,不听新闻,铁石心肠。没有软乎乎的小猫可以抱着,没有回忆。他不睡觉陪着她,以防她需要他,但她到死都不需要他做一件事情。现在他也不需要她了。借着黯淡的路灯,他环顾自己选做卧室的小房间——单人床、光秃秃的墙壁、钉子上挂着的牛仔裤、摆在架子上的鞋子、他祖母留下来的脸盆架、床边上的一小块碎呢地毯。他很幸福。两个月后是他的生日,他就要八十四岁了。他想起了那条猎鸟犬俄巴底亚,那天晚上他出去约会时它跟着他——那晚他平生第一次与女孩子做爱。她叫内蒂,刚开始她不愿意和他一起躺下,不过他带了一床被子,他把被子铺在草地上。那几天地里刚割完草,青草湿漉漉的,有股甜味。他至今还能感觉到被子里干净、柔软、凉飕飕的棉花,被子下面的草根在他脊背上留下了印痕。内蒂躺在他身边,他们研究天空里的星星时,她呼出的气息落在他肩头上,那些戳破夜空的小洞洞,多像那床被子四边缝被线的针眼。内蒂。内蒂·斯莱德。她衣服上的扣子是那种用布裹起来的,硬得像晒干的玉米粒。